FANTASTIC ORIENTAL HEROES

무림의 여신

무림의 여신 5

아랑 新무협 판타지 소설

초판 1쇄 찍은 날 § 2004년 4월 2일
초판 1쇄 펴낸 날 § 2004년 4월 12일

지은이 § 아랑
펴낸이 § 서경석

편집장 § 문혜영
편집 책임 § 김희정
편집 § 장상수 · 권민정 · 유경화
마케팅 § 정필 · 강양원 · 이선구 · 김규진 · 홍현경

펴낸곳 § 도서출판 청어람
등록번호 § 제1081-1-89호
등록일자 § 1999. 5. 31
어람번호 § 제2-0354호

주소 § 경기도 부천시 원미구 심곡1동 350-1 남성B/D 3F (우) 420-011
전화 § 032-656-4452 팩스 § 032-656-4453
E-mail § eoram99@chollian.net

ⓒ 아랑, 2003

값 8,000원

ISBN 89-5831-064-2 04810
ISBN 89-5505-934-5 (SET)

5

천부운여 天浮雲輿

FANTASTIC ORIENTAL HEROES

아랑 신무협 판타지 소설

무림의 여신

도서출판

청어람

목 차

30. 네 책임이 아냐 7

31. 음모는 음모를 부른다 113

32. 그의 속셈 159

33. 아무것도 아닌 것 187

34. 혼란 223

외전 - 신수열전(神獸列傳) 첫 번째 239

30

네 책임이 아냐

秋雨嘆 *(추우탄)*

가을비 탄식

—杜甫 *(두보)*

凉風蕭蕭吹汝急 *(양풍소소취여급)*

산들바람 너에게 세차게 불어대니

恐汝後時難獨立 *(공여후시난독립)*

얼마나 더 홀로 서 버틸까 두려워

堂上書生空白頭 *(당상서생공백두)*

공연히 머리만 흰 집안의 서생은

臨風三嗅馨香泣 *(임풍삼후형향읍)*

바람에 거듭 향기 맡고 근심이네

秋雨嘆 *(추우탄) 中에서*

네 책임이 아냐

'이런… 큰일이다.'

교언명은 낭패감을 떠올리며 입술을 깨물었다. 하필이면 그것을 머리 속에서 잊고 있었을 게 뭐란 말인가.

사실 오늘은 맹주가 맹주로서가 아닌 헌원세가의 가주로 돌아가는 날이었다. 무슨 소리인고 하니, 맹주가 되었다고는 해도 헌원가진은 맹주이기 이전에 헌원세가의 가주였다. 헌원세가를 아주 제쳐 놓을 수도 없는 노릇이었고 손이 귀한 세가인지라 방계 혈통이라면 몰라도 직계 혈통은 오직 헌원가진밖에는 남아 있지 않은 통에 대리 가주를 맡기기에도 부적합했다. 해서 오 일에 한 번 정도는 세가로 돌아가 세가의 일을 돌보았다. 그리고 공교롭게도 어제저녁, 맹주는 금릉 서부에 위치한 세가로 잠시 돌아가 있었고 오늘 아침에 맹으로 돌아오고 있었던 것이다.

"이게 대체 무슨 일이오이까?"

"…매, 맹주……."

선황철검이 앓는 소리를 냈다. 사실 오늘이 헌원가진이 세가에서 돌아오는 날임을 알고 있었지만 잘해야 개전 시각이 가까워져야 돌아오리라고 예상했었는데 참으로 낭패가 아닌가.

자신들의 나이에 대어보자면 아직 한참이나 어린 약관의 청년에 불과한데도 헌원가진은 어딘지 모르게 대하기 어려운 껄끄러움이 있었다. 혈기 왕성한 나이답게 불의를 보면 참지 못하고, 평소에는 사람 좋게 웃고 있어도 늙은이의 노련함으로 함부로 다룰 수 있는 그런 젊은이가 아니었던 것이다. 유함 가운데 강함이 자리 잡고 있다고나 할까.

누가 보기에도 이 일은 구파일방에서도 배분 높은 자 셋이 자파의 제자들을 무단 동원하여 인이란 애송이(?)를 핍박한 것으로밖에는 보이지 않을 테니 맹주가 나설 것임은 불을 보듯 뻔했다.

"세가에 나가 계신 줄 알았는데 일찍 돌아오셨구려."

지형사태가 눈을 살짝 내리깔며 헛기침을 했다. 차마 헌원가진의 얼굴을 똑바로 마주할 자신이 없었다.

"맹주……."

인에게 위축되었다는 것을 나타내지 않기 위해 콩닥콩닥 뛰는 심장을 애써 추스르며 태방 진인은 태연함을 잃지 않으려 노력했다. 다른 두 사람이 어떨지는 몰라도 태방 진인은 뒷일이야 어찌 됐거나 맹주가 나타난 것을 다행스럽게 여겼다. 그렇지 않았다면 저 인이란 자에게 큰 망신을 당할 뻔하지 않았는가.

"이게 대체 어찌 된 일이냐고 묻고 있지 않소?"

헌원가진의 말끝은 매서웠다. 조용한 음성이었지만 주변의 공기를 모조리 얼어붙게 만드는 힘이 있었다.

'…제법이네.'

청룡은 희미한 미소를 지으면서 감탄사를 날렸다. 예전에 봤을 때와는 또 분위기가 다르지 않은가. 기도를 드러내니 인과도 맞먹을 듯했다. 그것은 인간치고는 상당한 경지에 올라 있다는 증거인 동시에 만만치 않은 상대라는 의미이기도 했다.

"맹주… 제가 설명드리겠습니다."

교언명이 나섰다. 그래도 선황철검이나 지형사태, 태방 진인보다는 자신이 나서는 게 모양새가 더 좋을 것이라 예상한 탓이었지만 헌원가진에게는 받아들여지지 않은 듯했다.

"총관의 변명을 듣자는 게 아니오이다."

그의 말을 딱 잘라 버린 헌원가진은 인과 태방 진인 쪽으로 성큼성큼 다가갔다.

"매, 맹주께오서는 상관치 마시오. 이건 우리 대무당파의 명예가 걸린 일이란 말이오."

태방 진인이 애써 시선을 피하며 내뱉었다. 하나 부질없는 저항이었다.

"대무당파의 명예는 이른 아침부터 맹 앞에 제자들을 잠복시켜 놓았다가 사람을 에워싸 놓고 핍박하는 것이란 말이오?"

헌원가진의 말에 조롱기는 어려 있지 않으나 태방 진인의 얼굴이 조금 붉어졌다.

"개전까지는 아직 시간이 있으니 제 사처(私處)로 자리를 옮기도록 하십시다."

군이 따라오라고 지명한 것은 아니지만 그는 사람마다 눈길을 주어

누가 따라와야 하는 것인지를 명확히 구분해 놓고 있었다. 그리고 그 눈길 속에는 인 역시도 껴 있었다.

그리고 잠시 뒤, 인은 헌원가진의 사처에 도착했다.

'깔끔하군.'

처음 와보는 곳이었지만 인상은 좋았다. 방 주인의 고아한 취미를 말해 주듯 고서가 서가를 가득 메우고 있었다. 게다가 벽에 걸린 것은 송(宋) 시대의 서화(書畵)였다. 은은히 흐르는 고급스런 묵향과 창가에 내걸린 채 바람결에 따라 찌르릉 울리는 풍경, 창가에 내리쳐진 청옥으로 된 주렴(珠簾) 역시 헌원가진의 평소 취향을 단적으로 보여주었다. 일견 보기에는 검박한 듯 보이면서도 안목이 없다면 알아볼 수 없는 우아함이 서려 있다고나 할까.

손님용으로 마련된 의자에 몸을 올려놓으며 인은 헌원가진에게 후한 평가를 내렸다. 사처도 마음에 들었거니와 고급스러운 듯하면서도 경박하지 않고 유한가 싶으면서도 은근히 사람을 휘어잡는 위엄 역시 갖추고 있었다. 거기다가 사람을 대하는 태도에서도 결코 얕보거나 깔보는 바가 없었던 것이다.

어느새인가 흰 김이 모락모락 피어오르는 찻잔을 모두의 앞에 한 잔씩 놓고 사라지는 시종 덕택에 인은 오랜만에 차 맛을 볼 수 있게 되었다. 너무 진하게도 연하게도 아닌, 딱 좋을 정도로만 달여낸 찻물은 입안에서 부드럽게 퍼져 나갔다.

"이곳은 듣고서 없는 말들을 지어낼 호사가들은 없으니 어디 말씀들을 해보시겠소? 모두 무림에서 명성들도 떨치고 계시고 이름도 알려진 분들이신데 어째서 체면을 깎아내리는 짓을 하셨는지 말이오."

헌원가진의 말에 인은 그를 바라보았다. 과연 그가 이번 일을 어찌 처결할지 궁금해졌다.

—오늘 네놈이랑 나오길 잘했다. 덕분에 재미있는 구경 하게 됐어.

어디선가 귓전으로 들려오는 청룡의 음성에 인은 한숨을 내쉬었다. 잠시 다녀올 테니 어디 가서 시간이라도 때우고 있으라는 인의 말을 귓전으로 듣고 기어이 자신을 따라온 청룡 때문이었다. 남의 이목을 생각해 어딘가에 몸을 은신시켜서 따라온 모양이지만 말이다.

—따라왔으면 조용히 구경이나 해라.

인은 찻잔을 다시 입가에 가져다 댔다.

"어제 저자가 쓴 무공 중에 이미 실전된 무공이 상당수 섞여 있었소이다. 그걸 되찾기 위해서……."

선황철검이 먼저 자신들의 입장을 변명하고 나섰다.

"그것은 알고 있었으나 그렇다고 해서 쓴 방식은 정도가 아니었소. 최소한 정중히 초청해서 경위를 묻고 구전해 줄 수 없겠느냐고 묻는 것이 도리가 아니오이까?"

선황철검은 더 이상 말을 이어가지 못했다. 지형사태와 태방 진인 역시 자신들의 입장을 비호하려 나섰고 선황철검의 눈치를 받은 교언 명 역시 조금이라도 사태를 완화시켜 보기 위해 노력했다.

"우리의 불찰이었다는 것을 인정하지 못하는 바는 아니나 맹주께서는 우리의 입장을 조금만이라도 헤아려 주셨으면 하오."

지형사태의 나긋나긋한 말도 헌원가진에게는 통하지 않았다. 아마도 화가 단단히 난 듯했다. 실질적인 사부는 아니었다고 하나 구파일방의 선대 장문인들이나 현대의 장문인들에게 무공을 전수받았던 맹주였다. 대하기 껄끄러운 데다가 자신들이 이미 잘못까지 범해놓고 보니입이 열 개라도 할 말이 없었다.

"급할수록 돌아가라는 말이 있소. 아무리 그래도 자파의 명예를 생각하셨더라면 그러지 못하셨을 것이오. 이른 아침부터 제자를 배치해 놓고 기다렸다니, 그거야말로 핍박으로밖에 보이질 않소?"

태방 진인은 저놈에게 이목이 많은 곳에서 망신을 당하느니 차라리 이리된 것이 오히려 나았을지도 모른다 여기며 한편으로는 안심하고 있었다.

"…맹주, 여기서 그만 덮으시지요."

대충 적당한 때를 보아 교언명이 헌원가진에게 청했다.

"좋소, 총관의 말대로 합시다. 이번 일은 여기서 덮어두되 여기 계신 이분 소협께는 응당한 사과가 있어야 할 것이며 자파의 절기에 대한 일은 본인에게 맡겨주시오. 본인이 중재하겠소."

헌원가진의 제안에 별다른 이의가 있을 리 없었다.

"소협께는 제가 이들을 대신해서 사과드리겠소. 곧 정식 사과가 있을 것이오."

이번에는 인 쪽으로 고개를 돌려 정중하게 포권지례를 취했다. 보통 사람이라면 맹주의 그런 태도에 당황해서 어쩔 줄을 몰랐을 것이지만 인은 태연하기만 했다.

"됐소. 저쪽의 행태에 분노하긴 했지만 내 쪽에서도 끝까지 평정을 유지하지 못했던 것 또한 사실이오. 덮어두기로 하겠소."

인은 겨우 그것 때문에 불렀느냐는 투로 대답했다.

모두 아연한 눈으로 인을 바라보았다. 맹주의 앞에서 저렇게 빳빳한 태도를 보이는 자는 거의 전무했다고 봐도 과언이 아니었기 때문에. 아니, 조금 다른 말로 표현하자면 인의 간덩이가 부음에 놀랐다고나 할까.

"맹주께서 본인을 보자고 하셨던 볼일은 이로써 모두 끝난 것이오?"

찻잔을 탁자 위에 내려놓고 나가 버릴 준비를 하는 인의 모습에 모두가 질려 버렸다. 뻣뻣해도 어찌 저리 뻣뻣할 수 있단 말인가. 하나 헌원가진은 화도 내지 않고 자연스러운 모습이었다.

"아직 아니오이다. 소협께 청하고 싶은 게 한 가지 있으니 말이오."

헌원가진의 말에 인은 눈살을 짙게 찌푸렸다. 희미하게 웃고 있는 헌원가진의 얼굴에서는 어떤 느낌도 읽어낼 수 없었다.

"어떤 부탁을……?"

"본인과… 대련해 주실 수 있겠소?"

사람들이 모두 입을 쩌억 벌린 채 어이없다는 얼굴을 했다. 뭐라 말리고는 싶었지만 이미 범한 죄가 있는 터에 괜히 신경을 거스르고 싶지 않아 입을 다물었다.

사람들의 반응과는 상관없이 막 입 안으로 넘어가던 찻물을 삼키며 인이 싱긋 웃었다.

"대련이라니… 본인은 맹주의 저의를 읽어낼 수 없구려."

뜻밖의 말에 당황했지만 인은 절대 내색치 않고 이해하지 못하겠다는 표정을 지어 보였다. 비무도 아닌 대련이라… 그건 마치 맹주가 자신의 정체를 이미 파악했다는 소리로 들려오질 않는가.

정중한 거절이었지만 인의 속마음은 그저 귀찮고 주목받기 싫을 뿐이었다. 물론 헌원가진이 자신에 버금갈 정도의 실력을 가지고 있음은 어렴풋이 눈치 채고 있었지만 굳이 비무하고자 하는 마음보다는 '귀찮음'이 더 강했기 때문에 신경을 끄고 있는 것이었다.

"말 그대로 대련을 청하고 있는 것이오이다."

"거절하겠소이다."

"어제 검린궁주와의 비무, 일부러 지셨다는 것을 알고 있소. 마음만 먹었다면 얼마든지 이길 수 있는 비무를 말이오."

헌원가진은 절대 만만한 상대가 아니었다.

"매, 맹주! 그것이 사실이오?!" X3

태방 진인을 비롯한 삼 인이 붕어마냥 입을 뻐끔뻐끔거리는 가운데 교언명만은 '과연'이라는 표정으로 고개를 끄덕였다. 어쩌면 저 인이란 자가 천무존과 관련이 있다는 사실을 맹주는 알아챘을지도 모른다는 생각이 머리를 스쳤다.

"잘못 보시었소. 본인에게는 그럴 실력이 없소. 이길 수 있는 비무를 굳이 지다니 말이 아니 되오."

"천무존의 무공을 지니고 계신 분께서 실력이 없다는 말을 하시오이까? 삼척동자도 웃어넘길 농이오."

헌원가진 역시 연검천과 마찬가지로 천무존의 무공에 대해서 어느 정도 알고 있었던 듯했다. 그렇기 때문에 인과 천무존을 연결시켜 생각할 수도 있었던 것이고. 교언명은 두근두근거리는 가슴을 다잡았다. 역시 맹주는 한 걸음 앞서 가는 사람이었다.

'이놈도 내 무공을 안단 소리? 놀랄 노자로구만.'

인은 속으로 혀를 찼다.

한편, 태방 진인, 선황철검, 지형사태는 얼굴이 새하얗게 질려 있었다. 맹주가 내뱉은 말의 진위 여부를 판별하고자 염두를 굴리는 게 역력한 모습이었다.

"솔직히 말을 하자면 본인은 소협께오서 이미 전설처럼 되어버린 천무존일지도 모른다는 추측을 하고 있소이다."

'…미치겠구만. 날 아주 잡아먹어라, 잡아먹어. 뭐 건질 게 있다고

이놈이나 저놈이나 나한테 관심이 많은 거냐고!!'

인은 이렇게 된 바에야 연검천에게 써먹었던 거짓말을 헌원가진에게도 써먹어보기로 마음먹었다. 자꾸 거짓말을 한다는 게 찔리긴 하지만 귀찮아지는 것보단 나았으니.

"사실… 본인은……."

인의 입이 벌어지자 헌원가진을 제외한 이들은 모두 목구멍으로 마른침을 삼켰다. 그리고 잠시 뜸을 들이던 인이 말을 끝마쳤다.

"…그의 후인이오이다."

나이를 많이 먹으면 거짓말도 잘하게 되는 것일까? 인의 표정과 어투가 묘하게 어울려 진실처럼 들려왔다. 인은 어제보다 더 숙달된 실력으로 연검천에게 늘어놨던 그대로 읊어냈다. 하나, 약간은 미심쩍어하면서도 어느 정도는 받아들였던 연검천과는 달리 헌원가진은 호락호락 속아주지 않았다.

"그렇다면 그 비급을 발견한 동굴은 어느 산의 어느 동굴이오이까?"

"…설산이라오. 길을 잃고 헤매다 발견한 동굴이기에 정확한 위치는 알 수가 없소만."

갑자기 비급을 발견한 동굴을 대어보란 말에 인은 자신도 모르게 자신이 나고 자란 설산(雪山)을 입에 올렸다. 최대한 앞뒤가 어색하지 않도록 말을 맞춰 나가다 보니 어느새 그럴듯한 '기연을 얻은 운 좋은 사나이'의 이야기가 꾸며져 있었다. 인 나름대로는 필사적이었다고나 할까. 하지만 헌원가진의 눈에 실린 의혹은 지워내지 못했다.

"영약을 복용하실 기회라도 있었던 게로구려. 동굴에 진귀한 영초라도 자생하고 있었소?"

"…영약을 복용한 적도 없거니와 거기 있던 것은 비급뿐이었소."

인은 뒤늦게라도 자신이 영약을 복용했다고 말할까 하다가 관두었다. 설산에서 자생한다는 영약들은 모두 강한 음기를 지닌 것들로 자신이 지닌 무공과는 상반되는 성질의 것이었기 때문이다.

인의 대답에 헌원가진의 눈에는 이채가 스쳐 지나갔다.

"영약을 복용하지도 않았는데 그 정도의 내공을 지닐 수 있단 말이오? 대단한 내공 수련법을 익히고 계신 모양이오이다?"

"내공이라니……?"

"소협께는 태양혈의 돌출이 없소. 그리고 어제 검린궁주와의 비무에서는 뛰어난 실력을 보여주셨소이다. 이 두 가지를 종합해 볼 때 소협께서는 최소한 이 갑자에서 최대 칠 갑자의 내력을 지니셨단 소리가 되는데 영약의 복용이나 누군가의 내력 전수도 없이 그런 내공을, 그것도 소협의 나. 이. 에 지닐 수 있다는 게 말이 된다고 보시오?"

"너무 억측이 심하시구려."

한쪽은 밝혀내기 위해 애쓰고, 한쪽은 밝혀지지 않으려고 애를 쓴다. 그런 둘 사이에서 정신이 없는 건 교언명과 태방 진인 이하 삼 인이었다.

"소협께서 익히신 내공심법은 정말 효과가 뛰어난가 보오. 어렸을 적부터도 아니고 다 자란 후에 무공을 익혔음에도 불구하고 그 정도의 내력을 쌓게 해주다니 말이오. 그런 내공심법이 있다면 강호인들을 위해서라도 공개하시는 게 어떻소?"

상대를 떠보기 위한 도발. 인은 계속 수세에 몰리고 있었다. 하나 여기서 주저앉으면 서화린이라는 이름 석 자가 운다.

"남의 절기에 이래라저래라 간섭하는 것은 예의가 아니란 것을 맹주께서는 잘 알고 계시리라 믿소."

살아온 연륜만큼 인의 응수 역시 헌원가진에 못지않았다. 급조해 낸 거짓말을 이리저리 둘러쳐 가며 버티는 게 용할 정도였다. 헌원가진은 어쩔 수 없다는 미소를 지으며 한발 물러섰다. 이 보 전진을 위한 일 보 후퇴라고나 할까.

"뭐, 좋소이다. 내공을 어떻게 쌓았는지는 일단 덮어둡시다. 하나, 등 뒤에 멘 그 검이 조금 걸리오."

"이번에는 무슨 트집을 잡으려고 그러시오?"

"…트집이라니. 본인은 무림총록에서 보았던 것을 이야기하고자 할 뿐이오. 보통은 장검을 등 뒤에 메고 다니는 강호인은 드물다오. 하나 무림총록에 보면 천무존은 장검임에도 불구하고 자신의 검을 항상 등 뒤에 메고 다녔다고 되어 있소. 자세히 살펴볼 기회가 없어서 단정 짓기는 힘드오만… 그 검은 상당한 명검이오. 일반적으로는 구하기 힘든."

"…동굴에 있었던 유품이오."

"아까는 비급밖에는 없다고 하지 않으셨소?"

'걸려들었다' 라는, 의기양양함이 서린 얼굴로 헌원가진이 씩 웃었다. 반면에 인은 소태라도 씹은 듯한 얼굴이었다. 나름대로 잘 헤쳐 나가고 있었건만 검을 거론하는 통에 큰 우를 범해 버린 것이다. 천무존의 검에 대해서도 해박한 듯한 기미를 보이기에 아예 유품이라고 해버리려 했던 것이 오히려 올가미가 되어 돌아왔다.

"이래도 아니라고 우기시겠습니까?"

헌원가진은 인이 천무존이라고 완전히 단정 지어버린 듯했다. 어투가 하오체에서 정중한 존대로 바뀌어 있었으니 말이다. 사실을 밝혀내어 의기양양한 그와는 반대로 태방 진인을 비롯한 모두는 입을 쩌억 벌리고 새하얗게 질려 있었다. 눈앞의 청년—인지도 의심스럽지만—이 의외로(?) 어마어마한 거물(?)이었다는 사실을 채 받아들이지 못하고 있다랄까.

"맹주의 말씀은 참으로 황당무계(荒唐無稽)하구려. 어이없음과 당황스러움을 금할 수가 없소. 사… 부님과 미천한 본인을 동일시하시다니."

스스로를 사부님이라 호칭하긴 조금 민망했던지, 사와 부 사이에는 약간의 틈이 있었다.

"사부께서 살아 계시다 해도 이미 그 세수(歲數)가 이백을 넘기셨을 터. 인간으로서 이백 세를 넘기다니 말이 되지 않소."

인의 최후 반격은 제법 그럴듯해 보였다. 인간의 나이가 이백 세를 넘긴다는 것은 불가능한 일이나 다름없다고 여겨지니 말이다. 인의 말에 동의하듯 헌원가진을 제외한 모두가 살며시 고개를 끄덕거리고 있었다. 헌원가진의 추측대로라면 인과 천무존은 동일인일 것이나 겉모습이 새파랗게 젊은 청년이라는 점 때문에 석연치 않은 느낌이 남았다.

"이백 년 전 천무존이 처음 등장했을 시의 모습은 장년인이라고 전해집니다. 하나 강호를 등지기 직전의 모습은 중년인이었다는 놀라운 기록이 남아 있지요. 믿을 수 없게도 천무존께오서는 세월을 거스르고 있었던 겁니다. 일반적인 강호인들이 본래 나이보다 젊어 보이는 것과는 판이하게 다르지요. 그런 상태라면 지금에 이르러선 청년의 모습인 것도 이상할 것은 없지 않겠습니까?"

인이 빠져나갈 구멍을 헌원가진은 완벽하게 차단해 내고 있었다. 도대체 그는 어찌해서 천무존에 대해 저리도 상세히 알고 있단 말인가. 일반적인 '무림총록'에 나와 있는 사항만으로는 힘든 일일 것이다.

"……."

인은 고심했다. 앞으로의 행동 결정에 대해서. 계속 아니라 시치미를 뗄 것인지 시인하고 인정할 것인지를. 그 어느 쪽도 내키는 건 아니지만 선택을 해야만 했다. 조용히 살고 싶었건만 어쩔 수 없이 자기 입으로 밝혀야 한다니 입맛이 썼다.

"…나에 대해 그렇게 자세히 기술해 놓은 책이 있다니… 놀랍군."

"그렇다면… 역시……?"

"그렇다. 그대의 말대로… 본좌가 바로 천무존 서화린이다."

인은 결국 자신이 천무존이라는 것을 인정하고야 말았다. 인이 인정하자 태방 진인을 비롯한 사 인은 다리를 후들거리며 금방이라도 땅바닥에 주저앉을 듯 굴었다.

"크, 크, 크, 크나큰 실례를 범했사옵니다."

태방 진인이 더듬거리며 겨우 말을 이어갔다.

"…천무존이시라면 자파의 무공을 익히고 계신 것도 이해가 가옵니다."

지형사태가 고개를 조아렸다. 최대한 사태를 수습해 보려는 발버둥임이 뻔했다.

"본좌가 알고 있는 것은 흉내 내기에 지나지 않는다. 내가 활동할 당시에는 내가 쓴 무공들이 구파일방에서 가장 대표되는 무공들로 흔히들 썼었고 난 그런 그들과 여러 번 검을 마주해 볼 기회를 갖게 되면서 나도 모르게 눈에 익었던 것뿐이다."

인의 말은, 특별히 무공을 익힌 적도 없거니와 구결을 전해 들은 것도 아닌, 그 무공을 익히고 있던 상대와 겨뤄본 것만으로 무공을 흉내 내었다라는 의미였다. 하나 헌원가진을 비롯한 모두는 질렸다는 표정을 했다. 인간으로서 그것이 가능하다면, 그건 곧 하늘이 낸 천재(天才)

라는 의미였다.

"역시 제 예상대로셨군요."

헌원가진의 얼굴에는 흡족함이 떠올라 있었다. 척 보기에도 놀라움보다는 만족스러움이 넘쳐 보인다.

"그래, 내가 천무존이란 것을 알고도 대련을 청한 것인가?"

"더 더욱 마다할 이유가 없지 않겠습니까. 천무존께 가르침을 받을 수 있다는 것만으로도 대단한 광영이거늘."

인은 한숨을 내쉬었다. 기왕지사 털어놓은 마당에 될 대로 되라라는 심정으로 대련을 수락하고야 말았다.

"그리 원한다면, 그대의 뜻대로 하라."

가볍게 고개를 끄덕여 주자 교언명의 안색이 사색으로 변했다. 헌원가진을 말리고 싶어 안달난 얼굴이었다… 랄까.

"단, 내게 비무를 청할 만큼 자신이 있는 모양이니 내가 만족할 만한 실력을 보여라."

"최선을 다하겠습니다."

어린아이마냥 순수하게 기뻐하는 얼굴은 맹주라기보단 무인에 더 가까웠다.

"또한… 왼손으로 대련하라. 그대는 왼손잡이가 아닌가."

헌원가진의 손바닥을 흘깃 쳐다본 것만으로 그가 왼손잡이라는 사실을 파악해 낸 인이었다. 오른손과 다름없이 손바닥과 손가락에 잡힌 굳은살과 물집으로 봐선 왼손잡이이나 대외적으로는 오른손을 쓰는 듯했다. 어차피 대련을 할 바에야 확실하게 해두고 싶었다. 헌원가진이 무인이듯 자신 역시 천무존이기 이전에 무인이었으니 말이다.

"이를 말이겠습니까."

"그리고 이 방에서 본좌와 나눴던 말들은 모두 함구(緘口)하라. 주변이 시끄러워지길 원치 않는다."

"하, 하오나 그것을 굳이 감추시는 저의를 저희들은 헤아릴 수 없사옵니다. 천무존께서 나서신다면 전 강호가……."

조심조심 말을 건네는 선황철검의 눈에는 무한한 존경심이 담겨 있었다. 거의 전설처럼 변해 버린 천무존을 볼 수 있다니 꿈에서도 생각지 못했던 일이 아닌가.

"시끄러워지는 것을 원치 않는다 했다. 난 이미 오래전부터 죽었다고 치부되어 왔던 인물이 아니냐? 다시 살아나 봐야 좋을 게 없다."

"여기 있는 모두에게 제 권한으로 함구령을 내릴 수 있을지는 모르오나… 소용없을 것입니다. 본디 영원한 비밀이란 건 없는 법이 아닙니까? 게다가 눈치를 보아하니 검린궁주께서도 어렴풋이나마 눈치를 채고 천무존께 비무를 청했던 것 같고 말입니다."

말은 간곡했지만 인의 뜻에 따를 수 없다는 뜻이 함축적으로 담겨 있었다.

"천무존께오서는 그 이름만으로도 강호인들에게 두고두고 회자되는 전설이십니다. 아직까지 생존해 계신 것도 놀랍거니와 천무존의 이름 석 자에 감격해하는 자들도 적지 않습니다. 그들을 위해서라도 자신을 숨기지 말아주십시오. 천무존께서 강호를 주유하실 당시 정사 중간으로 활동하셨던 탓인지 존경하는 자들은 정사를 불문하고 널리 퍼져 있습니다. 변황의 조짐이 심상치 않은 지금은 구심점이 필요한 때입니다. 정사를 한데 묶을 수 있는……."

헌원가진의 말에 인이 피식피식 웃었다.

"그것은 영원히 섞이지 않는 물과 기름과도 같은 것. 설사 한데 묶는 것이 가능하다 해도 정사를 한데 묶는 것은 정과 사의 각 대표자가 할 일, 그것을 나에게 떠맡길 셈인가?"

"떠맡기다니요. 태양이 둘일 수 없듯이 강호인이 우러러보는 대상 역시 둘일 수 없습니다. 정사가 동맹을 결성한다 해도 자기 편의 대표자를 좀 더 우위에 세우려 힘 겨루기를 할 것은 당연할 터. 그런 면에서 볼 때 천무존께서는 강호의 상징적 존재로 적격이십니다."

인은 한숨을 쉬며 손을 내저었다. 다 늙어서 무슨 영화를 보겠다고 그런 귀찮은 노릇을 떠맡는단 말인가. 선인의 반열에 드는 것조차 내던진 자신이었다. 자신의 꿈은 남은 여생 편하게 강호를 돌아다니며 사부께 사죄하는 것뿐이었다.

"마음대로 하시게."

정히 귀찮아지면 '다시 은거해 버리면 그만이지'라고 맘 편하게 생각한 인이었다.

＊　　　＊　　　＊

크르르르르릉.

은평의 발 밑에 있던 백호의 입가에서 으르렁대는 소리가 울렸다. 은평은 의아하다는 듯 백호를 안아 올렸다.

"왜 그래?"

들어 올린 백호의 몸이 부르르 떨리고 있다는 것은 육안으로도 확인이 되었다. 잔뜩 흥분한 듯한 기색에 은평은 고개를 갸웃거릴 뿐이었다.

"으음……?"

은평은 문득 피부 위가 따끔따끔해져 옴을 느꼈다. 가시로 찌르듯 따끔따끔한 감촉과 함께 냉기가 전신을 스치고 지나가는 느낌이었다. 찌릿하면서도 꽉 죄어드는 느낌, 텁텁하고 묵직하면서도 기분 나쁜… 한마디로 설명하기 힘든 감각이었다.

"…뭐지?"

은평의 손에 안겨 있던 백호는 갑자기 아래로 뛰어내려 가 은평의 뒤에 서 있던 막리가를 향해 으르렁댔다.

[은평님! 이 작자가 지금 살기를 내뿜고 있다구요!]

"살기……?"

그러고 보니 자신을 바라보고 있는 막리가의 얼굴은 살짝 굳어 있었다. 아까 황이 나간 뒤로 갑자기 말이 없는 터라 황이 악수하려고 내민 손을 내쳐 버려서 충격을 많이 받았나 보다 하고 내버려 뒀다.

따끔따끔하던 기운이 일순간에 사라져 버렸다. 그리고 살짝 굳어 있던 막리가의 표정도 이내 풀렸다.

'…살짝 살기를 내뿜었는데도… 반응하지 않다니?'

저 새끼 호랑이가 으르렁대는 것으로 보아 살기가 효력이 없진 않았다. 한데 은평은 반응하지 않았다. 보통의 사람이라면 자신도 모르게 엄습하는 공포감에 몸을 부들거리거나 도망가야 정상일 터… 은평은 경계하지도 무서워하지도 않았다.

'…아무런 느낌도 들지 않았단 말인가?'

이건 그 나름대로의 실험이었다. 은평이 자신을 경계할 것인가에 대한. 그리고 여차하면 손을 날릴 생각도 있었다. 이런 새끼 호랑이쯤이야 문제가 되지 않았고 은평 역시 무공을 익혔다 해도 기습에는 당할 수 없으리란 생각에서…….

[살기를 내뿜었다는 건 은평님을 죽이겠다는 의사를 내비친 거란 말입니다! 그런데 어째서 그렇게 태평하신 겁니까!]

"…청룡과 네가 설명한 대로라면, 난 이자에게 죽을래야 죽을 수가 없잖아?"

[…예?]

"이자가 아무리 살기를 내뿜어봤자 그저 조금 찌릿할 뿐 위협이라고 느껴지지 않는 걸 봐선… 이자로서는 날 죽일 수 없을 것 같은데. 내 말이 틀려……?"

[그, 그건…….]

백호는 뭐라 설명할 말이 없었다. 은평의 말은 지극히 합당했다. 그리고 마음속에서 어이없음이 솟아올랐다. 자신은 어쩌면 능력을 발휘하지 않는—않는 건지 못하는 건지는 구분이 잘 안 되지만—은평을 선인이 아니라 인간이라고 언제부턴가 치부하게 됐던 것인가……? 인간의 살기 하나 받아낼 재간이 없는 나약하디나약한 인간으로……? 둔기로 머리를 한 대 세게 얻어맞은 기분이 들었다.

*   *   *

"…천무존이라……."

이른 아침의 백향루는 쥐 죽은 듯 고요했다. 단상이 있는 저쪽 편은 서로 좋은 자리를 차지하기 위해서 웅성대고 있을 테지만 수목들로 둘러싸인 백향루는 일반적인 무사들마냥 자리 하나에 목숨을 거는 것을 수치스럽게 여긴 몇몇 고수들이 찾아와 개전되기를 기다리며 차를 시켜놓고 있었다. 간간이 찻잔을 내려놓는 소리와 두런두런 말소리만이 퍼질 뿐이었다.

"확실하더냐?"

"그렇습니다. 방금 듣고 온 소식이니……."

황보영은 난간 쪽에 앉아 눈부신 아침 햇살 속에 얼굴이 가려진 청년을 가만히 바라보았다. 아니, 바라본다기보다는 나름대로 계산을 하기 위해 염두를 굴리는 중이었다. 천무존이라는 변수가 나타남으로 인해서 계획에 수정을 가해야 하는지를.

"마교의 군사가 되어 나타난 옛 배반자에게 신경을 곤두세우고 있는 줄 알았는데 의외로 이런 소식에도 귀를 세우고 있었군."

놀림이 담겨 있는 황보영의 말에 청년은 곤란하다는 목소리를 냈다.

"림주……."

"그런 놈 따위에게 신경을 쓰고 있을 시간이 없다. 천무존에 대해서 어떻게든 알아봐라."

"아직 본격적으로 소문이 퍼진 건 아닌 모양입니다. 몇몇 수뇌부들만이 알고 있습니다. 저 역시 제 아버님께 들은 이야기니까요."

청년의 말로 미루어보자면 그의 아버지는 높은 지위를 지닌 수뇌부란 의미였다. 극히 비밀스런 정보를 미리 공유할 수 있는.

"그래, 더욱 알아내기 수월하겠군."

"더욱 놀라운 것은… 그가 금황성에서 머무른다는 사실입니다."

황보영이 눈썹을 꿈틀거렸다. 금황성이라면… 설마 금충(金蟲) 금적산(金適算)과 관련이 있다는 소리인가 하는 추측이 들었기 때문이다.

"안심하십시오. 금적산과 관계가 있었던 것은 아닌 모양입니다. 천무존을 금황성 내에서 머물도록 해준 것은 그의 여식인 금난영입니다. 금난영 역시 자신이 머물게 한 상대가 천무존이란 사실을 까마득하게 모르고 있었던 것으로 보입니다."

제법 큰 소식들을 물어온 청년에게 그는 미소로 화답했다. 그리고 앞으로도 이 청년이 물어올 소식들을 기대했다.

"그렇다면 그에 대해서 알아내기도 제법 쉽겠구나."

"이를 말이겠습니까."

도대체 어째서 이들은 천무존의 뒤를 캐기가 쉽겠다고 단정 짓는 것일까. 하나 그 의문은 뒤에서 들려온 아리따운 옥음에 의해서 곧 풀렸다.

"여기 계셨군요, 제갈 공자."

무공을 익힌 여인답지 않게 금빛의 궁장을 차려입은 미녀, 바로 금난영이었다. 화려하면서도 화려한 것이 전혀 부담스럽지 않은 여인이랄까.

"동행이 계셨군요… 제가 끼어들어도 되는 건지 염려되는군요."

난영의 말에 청년이 자리에서 벌떡 일어났다. 그 덕에 청년의 얼굴을 가리고 있던 햇빛이 걷히고 낯익으면서도 준수한 얼굴이 드러났다. 바로 제갈묘진… 그였다. 방금의 대화로 미루어보아 연학림에 속해 있는 신분이기도 하며, 황보영이 어떤 신분을 숨기고 있으며 대외적으로는 어떤 행세를 하고 있는지까지 알고 있는 것이 분명했다.

"실례랄 것이 있겠소? 인사하시오. 이쪽은 전(前) 한림학사인 황보영 공이시오. 낙향하시는 길에 본인의 초빙으로 잠시 제갈세가에 머무르고 계신다오."

제갈묘진의 중재에 의해 금난영은 황보영에게 다가가 인사를 건넸다. 대상가의 여식답게 강호의 소식뿐만이 아니라 관의 소식에도 밝은 그녀였다. 때문에 황보영의 위명은 귀가 따갑도록 듣고 있었다. 황태

자가 어릴 무렵 직접 학문을 가르치기도 했으며 황제의 신임이 두터웠다던 대석학이라고 말이다.

"한림학사의 위명은 귀가 따갑도록 듣고 있었어요. 뵙게 되어 반갑습니다."

"허허허, 본인은 이미 오래전에 한림학사 직을 내놓았소. 지금은 초야에 묻힌 노인일 뿐이니 한림학사란 칭호는 거둬주시오. 그것보다도 말로만 듣던 화중화 금 소저를 뵙게 되니 그동안 황궁에서 보아왔던 미녀들이 아무것도 아닌 것처럼 느껴지는구려."

뻔한 칭찬이었지만 금난영은 그 칭찬이 싫지만은 않은지 빙그레 웃음으로 화답했다. 문인이고 엄밀히 따지면 무림과는 도통 연이 없어 보이는 황보영이 어째서 제갈 공자와 알고 지내는지 의문이 샘솟아 올랐지만 제갈묘진이 학문에도 조예가 깊다는 사실을 떠올리며 그 의문을 지워 버렸다.

"그럼 조금 뒤 세가에서 뵈옵겠습니다."

황보영과 금난영의 인사가 끝나자 제갈묘진은 황보영에게 작별을 고했다.

"그러시게. 본인은 여기서 차를 좀 더 마시다 가려네."

"인연이 닿는다면 또 뵈옵겠지요."

금난영 역시 황보영에게 인사를 건넸다. 황보영은 가벼운 고갯짓으로 화답했다. 누가 보아도 인자하고 자상해 보이는 노학사의 모습으로 난영이 나타나기 전까지의 음침했던 분위기를 떠올릴 수 없었다.

―금적산을 여식인 저 계집을 통해 우리 편으로 끌어들이겠다는 심산이로구나. 뭐, 나쁠 것은 없으렷다… 중원의 대금맥이라는 금적산이 아니더냐.

황보영의 전음에 제갈묘진은 눈인사만을 건네며 묘하게 웃을 뿐이었다. 황보영은 한편으로 금적산을 자신의 편으로 끌어들이게 됐을 때 누릴 수 있는 부수적 효과를 떠올리며 흡족해했다. 역시 무공에만 밝은 놈들보다는 머리 회전이 빠른 놈들이 마음에 들었다. 하나를 가르쳐 놓으면 열을 아는 데다가 일일이 지시를 내리지 않아도 자신이 흡족해할 결과를 가져오질 않던가.

점점 멀어져 가는 두 사람의 그림자를 바라보던 황보영은 조용히 웃었다. 일은 점점 진행되어 가고 있었다. 한 가지 걱정이라면 배반을 할지도 모를 분자가 있다는 점일 것이나 그 걱정은 이내 마음속에서 지워 버렸다. 그것에 대한 대책 역시 마련해 두고 있었으니 말이다. 설사 배반을 한다 해도 대체할 존재는 얼마든지 있었다.

"쓸모없는 계집 같으니. 오갈 데 없는 것을 거둬 먹이고 무공까지 가르쳐 키워놓았건만 이제 와서 이 사부를 배반하려 하다니. 제깟 년이 아무리 날고 기어봤자 내 손바닥을 벗어나진 못하지. 쯧쯧……."

그는 손에 들고 있던 찻잔을 입가로 가져다 대고 벌써 오래전에 식어 미적지근해진 찻물을 벌컥벌컥 들이켰다.

*　　　*　　　*

"천무존?" (화우)

"거짓말! 이미 죽어도 한참 전에 죽어서 백골이 됐어야 할 전대 기인이잖아." (냉옥화)

"…이백 년 이상 산 육체라… 해부해 볼 만하겠군." (운향)

"지금 당장 천무존에 대한 기록을 찾아보도록 하겠어요." (능파)

"……." (밀랍아)

"그러실 필요 없습니다. 그건 제가 알고 있으니." (백발문사)

화우는 막 인이 천무존이란 사실을 접한 참이었다. 그것도 능파가 갖고 있는 소식통을 통해서. 인이 천무존이란 사실은 몇몇 수뇌부밖에 모르는 사실이거늘 능파의 소식통이 어찌 그 소식을 알아냈는지는 알 수 없었지만 말이다. 어쨌거나 반응도 가지각색이어서 화우는 반신반의하면서도 한편으로는 기뻐하고 있었고, '노괴물!! 노괴물!!'이라 외쳐 대는 옥화도 있는가 하면 간 크게도 해부해 보고 싶다는 꿈을 말하는 운향도 있었다.

"범상치 않은 인물이라는 생각은 했지만 설마 하니 천무존이었을 줄은……."

신기하면서도 반신반의, 실감나지 않는 상태. 그것이 지금 화우의 기분이었다. 아니, 화우뿐만 아니라 천무존의 전설 아닌 전설을 알고 있는 자라면 모두 화우와 같은 반응일 것이었다.

"오래전 무림총록에서 읽은 기억이 나. 구결은 전해지지 않지만 그의 무공은 강력한 위력의 양강지공이라 들었다. 그리고 믿을 수 없게도 동시에 강한 음기의 북해빙궁 무공도 종종 사용했었다고 하더군."

'무림총록'의 구절을 떠올리며 화우가 대답했다. 맨 처음 나타났을 당시의 별호는 '무도귀살(無道鬼殺)'이었다. 그도 그럴 것이 북해빙궁을 하루아침에 초토화시켰기 때문이었다. 왜 북해빙궁에게 그리했는지는 지금도 알려진 바가 없지만 어쨌거나 무도귀살이란 별호는 시간이 지나면서 천무존으로 변해갔다. 그는 피에 미친 광인도 아니었고 마인도 아니었다. 정사 중간이라는 애매모호한 위치에서 강호를 주유했고 엄청난 무위를 보여주었다. 활동하는 당시 여러 문파를 무너뜨리긴 했지만 거기엔 납득할 만한 이유가 있었다 한다. 또한 그를 하늘처럼 따르는 다섯 명의 존재가 있었는데 그들은 자신의 사문도, 장문인의 자리도, 재물도 박차고 오직 그만을 따라 후에 그가 갑작스런 은거에 들어간 후에도 잊지 못해 오랫동안 그를 찾아 강호를 떠돌았다고 한다.

"거기다가… 헌원 맹주와 대련을 한다고……?"

"개인적인 대련으로 일시는 오늘 저녁 이곳의 대연무장에서 한다 합니다."

수하가 소식을 모두 전하자 능파는 어서 나가보라는 손짓을 했다. 대련 이야기가 나오자마자 화우가 급격히 흥분한 것을 알아차렸기 때문이다.

"단, 설마 하니……."

"주군, 설마 하니……."

능파와 백발문사는 현재 화우의 심리 상태를 아주 정확히 짚어냈다. '천무존'과 자신도 대련하고 싶다라는 마음임을 말이다.

"분하다! 나 역시 그가 살아 있다면 꼭 한 번… 겨뤄보고 싶다고 여겼건만. 헌원 맹주와의 대련이 끝난 후 나 역시 그에게 대련을 요청하면 그가 받아들일까?"

이미 사색에 빠져들어 혼잣말을 하는 그의 상태를 본 능파와 백발문사는 후— 하고 한숨을 내쉬었다. 측근들 사이에서 붙여진 진무광이란 별호답게 무공에 미친 사람이 아니던가. 어렸을 적에는 폐관 수련이 모두 끝나 벽곡단이 다 떨어졌을 텐데도 연공실에서 나오지 않아 사범들이 끌고 나왔을 정도라 하니… 그런 그에게 천무존이란 이름은 그야말로 그의 무공 본능(?)을 완벽히 자극하는 최악의 '흥분제'나 다름없었다.

—역시나.

—설마 했는데 말입니다.

능파와 백발문사는 서로 전음을 주고받았다. 입가에는 쓰디쓴 웃음이 배어 있는 상태였다. 저리되면 말려도 소용없을 터, 앞으로의 일이 걱정스러워지기 시작했다.

화우가 그렇게 투지(?)를 불태우고 있을 무렵, 역시 쓴웃음을 짓고 있는 이 인이 있었다.

"천무존이라… 그래서 아무도 알아보지 못하는 우리의 성별을 한눈에 짐작했던 게로군."

그럴 만하다는 웃음을 지으며 무공서에 다시 몰두하는 잔월비선이 못마땅했던지 잔혹미영이 투덜댔다.

"불안하지 않습니까? 우린 지금 엄청난 경쟁 상대를 만난 거라구요."

"전혀. 나이 차가 이백여 년이야, 겉이야 회춘해서 젊어 보여도. 우리도 이렇게 끔찍하게 싫어하는 마당에 나이 차가 이백 년인데 받아들일 리가 없잖아?"

둘을 싫어하는 이유와 나이 차가 많이 나는 것을 받아들이는 건 전혀 관련이 없었지만 잔월비선의 말에 잔혹미영은 나름대로 납득을 했다. 겉이 아무리 푸릇푸릇하고 창창해 보여도 나이 차가 이백 년씩이나 나는데 은평이 달가워할 리가 없었다.

"그리고 대단한 경쟁 상대일수록 투지가 불타오르는 법이니까."

"그것도 그 나름대로 일리가 있군요, 오라버……."

잔혹미영의 입에서 오라버니 소리가 나오려고 하자 바로 그의 얼굴께로 잔월비선이 읽고 있던 무공서가 날아들었다.

"너무해요!"

"시끄러워. 그나저나 기대되는 건 오늘 저녁 맹주 놈하고의 대련이란 말씀이지……."

잔혹미영에게서 무공서를 건네받으며 잔월비선은 히죽─ 웃었다.

*　　　*　　　*

─하루아침에 위치 급상승이로군. 일반 좌석에서 맹주 바로 옆 자리라니.

놀리고 있는 것이 역력히 드러난 청룡의 음성이 귓전을 파고들었다. 조금 놀란 인은 못마땅한 기색으로 퉁명스럽게 대꾸했다.

─위치 급상승 대신 쏟아지는 시선이 있지.

이놈은 기척이 하나도 느껴지지 않아서 있는지 없는지도 모르고 있다가 저렇게 갑자기 말을 걸어올 때면 자신도 모르게 쟤가 내 옆에 있었나?라고 놀라게 되는 것이다.

─푸하하핫, 그것도 그렇구먼. 그리고 보니 '왜 저런 놈이 맹주 바로 옆 자리에 앉아 있지?'라는 눈빛들인데?

모습이 보이지 않아서 알 수는 없지만 아마 보고 있었다면 바닥을 데굴데굴 구르며 웃어댔을 거라고 인은 생각했다. 어쨌거나 자신에게로 쏟아지는 시선은 거북했다. 사정을 모르는 자들은 의문을 품은 채, 그리고 사정을 아는 자들은 주변에서 괜히 알짱대며─자기 나름대로는 잘 보이겠다고 하는 짓이었지만─인의 신경을 건드려 놓고 있었다.

헌원가진의 권유만 아니었다면 그냥 일반 좌석으로 돌아갔을 것이

나 '단상 위를 내려다보기 딱 좋은 자립니다' 라는 말에 혹해서 순순히 옆에 앉아 있었던 것이 화근이었다. 이래서야 자신이 천무존이란 게 소문으로 퍼지지 않더라도 갖가지 억측에 시달릴 게 아닌가.

"불편한 점은 없으십니까?"

옆에 앉아 있던 헌원가진의 질문에 인은 가볍게 고갯짓을 했다. 저 힐끔대는 부담스런 시선만 아니라면 자리도 편했고 전망도 좋고 나쁠 것이야 없었다.

"나쁠 거야 없군."

인은 피식거렸다. 이래서 윗대가리(?)가 좋다는 것일까. 일반 좌석이 딱딱한 나무 바닥인 것과 달리 이곳은 커다란 태사의(太師椅)에 비단 방석까지 깔려 있으니 말이다.

한편, 이 시각 은평은……

[어쩌면 그렇게도 태평하신 겁니까?!]

"에이, 너무 그렇게 열내지 말라니까. 날 죽일 생각은 별로 없어 보이잖아."

[살기를 뿜었단 말입니다!!]

"날 시험해 보려고 그런 거야. 내가 자신을 의심하는 모습을 보이지 않으니까 말야. 정말로 죽이려는 의사는 없었던 것 같은데?"

백호는 은평을 상대로 한창 열을 내고 있었다. 막리가에게 '지금 심심한데 같이 나가주지 않겠어요?' 라며 동행을 시킨 일로 말이다.

[…저자가 은평님을 시험하고 있는 거란 건 어찌 아셨습니까?]

"아, 그거? 그냥 느낌으로."

은평이 희미하게 웃었다. 그냥 그런 느낌이 든 것뿐 어찌 알았냐는 백호의 질문에는 대답해 줄 수가 없었다. 이런 일이 부쩍 잦았다. 문득 곁을 스치는 사람의 생각을 순식간에 읽어내는 일이라던가, 정신을 놓고 있으면 눈앞에 이상한 신선경이 펼쳐진다던가 하는 일 등등. 물론 백호에게 전부 말해 줄 생각은 없었지만 말이다.

[은평님이 정히 그렇게 말씀하신다면 할 수 없습니다만, 제발 경계는 해주십시오.]

백호는 은평의 품 안에서 한숨을 내쉬었다. 점점 선인으로서의 능력이 개화해 나가는 것은 기쁜 일이나 막리가란 작자가 옆에서 알짱대는 것은 탐탁지 않았다.

"그래그래, 알았어. 그나저나 나오긴 나왔는데 어디로 가면 좋을까. 역시 청룡에게 가봐야 할까."

아직 숙취로 인한 두통은 말끔히 가시지 않았지만 옴짝달싹 못하고 방에 처박혀 있을 정도는 벗어났기에 청룡이나 인을 찾아가 볼 생각을 했다.

"막리가, 청룡이나 인은 맹 내 어디쯤 있어요?"

뒤에 있던 막리가 쪽으로 몸을 돌리자 그는 화들짝 놀랐다. 자신만의 생각에 잠겨 있던 듯싶었다.

"아… 그, 글쎄올시다."

그러고 보니 그들이 어디쯤 있는지는 자신도 몰랐다. 소란을 틈타 그들 몰래 빠져나와 어디 있는지 알 길이 없었던 것이다. 그런 상태에서 은평이 물어보니 대답해 주기 곤란했다.

"가보면 있겠죠."

은평은 막리가에게 그리 말하고는 다시 몸을 앞쪽으로 돌렸다. 그리고 백호를 향해 상냥한 목소리로 한마디 덧붙였다.

"백호, 네가 찾아낼 수 있지?"

[어째서 제가……!!]

"신수잖아. 신수면서 그런 것도 못해?"

'그렇게 말씀하시는 은평님이야말로 선인이시면서 이런저런요런 것도 못하십니까?' 는 말이 입 안에서 맴돌았지만 차마 밖으로 꺼내놓지는 못하고 삭였다. 이 말을 꺼내놓았을 때 생길 파장을 감당할 수 있을지 없을지에 대해서 장담할 수 없었기 때문이다.

은평이 막 맹 내로 들어섰을 땐 이미 개전을 한 무렵으로 함성 소리가 웅웅대며 울려 퍼지고 있었다. 전부 단상 주변으로 몰려갔는지 인적은 드문 편이었다.

"조용하네."

주변으로 이리저리 고개를 돌려보며 혹시 청룡이나 인이 발견되지 않을까 하고 있는데 갑자기 저 멀리서 금빛 궁장을 입은 난영이 다가왔다. 아마도 맹 입구 주변을 서성이면서 은평이 오기를 기다리고 있었던 듯했다.

"왔구나. 기다리고 있었어."

은평의 손을 잡아끌던 난영의 눈은 그제야 은평의 뒤에 서 있던 막리가를 발견했다. 막리가에게 살짝 눈웃음을 보내며 그가 있으면 이야기를 나누는 데 불편하다는 내색을 비추자 눈치 빠른 그는 쓴웃음을 지으며 자리를 비켜주었다.

막리가의 모습이 완전히 보이지 않게 되자 난영은 은평에게 바짝 다가가 약간은 상기된 얼굴로 물었다.

"너도 알고 있었던 거야?"

"…에? 뭐가요?"

그녀의 뜬금없는 질문에 은평은 고개를 갸웃거렸다. 뭘 알고 있단 말인가? 하나 난영은 그런 은평의 태도를 어떤 의미로 받아들였는지 다 알고 있다는 태도로 은평의 어깨를 툭툭 두드렸다.

"굳이 모르는 체하지 않아도 돼. 다 알고 있어. 나도 제갈 공자에게 서 방금 들었거든."

"……?"

은평의 표정에서 의문스러움은 가시지 않았다. 난영은 주변을 휙휙 둘러보더니 은평에게 전음을 건넸다. 아직은 수뇌부에서밖에는 모르 고 있는 사실이니 알려져서는 안 된다고 제갈묘진에게 단단히 다짐받 았기 때문이다.

―인… 아니, 인님―무려 호칭이 아무개에서 님으로까지 격상되었다― 이 실은 천무존이시라는 것 말야.

"천무존? 사람 이름이에요? 성은 천씨고 이름은 무존?"

만약 천무존이란 이름이 존재한다면 기분이 참 더럽겠다고 생각했 다. 무존이라니 꼭 무좀이란 단어를 연상케 하지 않는가. 아마도 어렸 을 적에 무좀이라고 친구들 사이에서 놀림받았을 것이라고 은평은 자 기 좋을 대로 단정 지었다. 혹시 인의 본명이 천무존이라는 걸까.

"장난치지 말고! 천무존이 정말 어떤 인물인지 모르는 거야?"

"그러니까 그 사람이 누구냐니까요?"

은평의 표정이 진심임을 깨달은 난영은 말이 턱 막혔다. 천무존이란 존재 자체를 아예 모르고 있지 않은가. 강호인이라면 누구나 한 번쯤 은 구전으로라도 들어보았을 그 이름을 말이다.

"그러니까……!!"

난영은 답답한 마음에 자기도 모르게 입으로 말을 하려다가 이내 입을 다물고 전음을 시도했다.

―인님이 천무존이시라는 것 정말로 몰랐어?

"인이 천무존? 근데 그게 뭐가 어쨌다고요?"

이제야 인의 별호가 천무존이라는 것을 깨달은 은평의 머리 속으로 스쳐 지나가는 기억이 있었다. 그때 당시는 손도 다쳐 있었고 배가 고파서 허겁지겁 식사를 하던 와중이라 자세히는 듣지 못했지만 현무와 인이 나눈 대화에서 천무존이란 이름을 들은 것 같기도 했다.

"그, 그런 극비 사항을 입에 담으면 어떻게 해?!"

"극비였어요? 뭐… 예전에 들은 것 같기도 하네요."

난영은 금방이라도 쓰러질 것 같은 몸을 간신히 추슬렀다.

"별로 중요하게 보이진 않는걸요. 천무존이든 뭐든 인은 인이니까."

"그건 네가 천무존이란 이름이 가지는 의미를 몰라서 그래."

"유명해요?"

난영은 고개를 끄덕여 주었다. 단지 '유명하다' 라는 단어로는 설명하기 버겁달까. 그거야 당연하지 않은가. 모르고 있는 은평이 비정상이라고 느껴질 정도로 유명한 이름이고 또한 두고두고 회자되고 있는 이름이니.

"유명하든 안 유명하든 천무존도 인이고 인도 천무존이니까 어느 한 쪽만 확실히 알고 있으면 되는 거 아니에요? 그게 그렇게나 놀랄 만한 일……?"

그것이 은평의 생각이었다. 천무존이든 천무좀이든 인은 인일 뿐이니까 난영이 호들갑을 떠는 이유 역시 이해할 수 없었다.

"이백여 년 전부터 쭉 유명했어. 그 이름은… 모르는 사람이 없을 정도로."

"자, 자, 잠깐만요!! 이백여 년 저어어어언?!"

은평은 경악했다. 은평이 놀라는 것을 보고 난영은 한숨을 쉬었다. 이제야 놀라다니— 하는 표정이 역력했다.

"그래, 이백여 년."

"호호백발 할아버지가 됐… 아니지. 이미 무덤 속에 파묻혀서 썩어도 단단히 썩어야 할 나이잖아요!!"

'그런 나이가 됐음에도 청년의 모습으로 건재하니까 더욱 놀라운 거잖아' 라는 난영의 말은 은평의 흥분 속에 파묻히고 말았다.

"말도 안 돼! 겉모습만 푸릇푸릇하고 호호백발 할배였단 말야? 괴물! 사기꾼!! 그 나이를 먹고도 어떻게 그런 모습일 수 있어? 그런데 왜 그렇게 젊은 거지? 불로초(不老草)라도 캐다 먹었나? 젊어지는 비법을 딴 사람들에게 팔면 떼돈 벌겠다!!"

'…어째서 흥분하는 이유가 옆길로 샌 것 같은 기분이 들지?

난영은 고개를 설레설레 내저었다.

"난데없이 웬 대련이란 말인가?"

"그러게나 말일세."

"어허, 아직도 그 소식을 듣지 못했단 말인가? 헌원 맹주와 겨룰 상대가 실은 천무존이란 소문이 떠돌고 있다네."

"난 사부님께 살짝 언질받았다네. 그 청년이 실은 천무존이라고 하더구만."

일부 수뇌부들만이 알고 있었던 사실은 어디서 퍼졌는지 개전한 지 채 몇 시진 못 되어 파다하게 퍼져 나갔다. 아마 자신들의 제자에게만 알고 있으라고 귀띔해 준 것이 이 사람 저 사람에게 퍼져 나간 듯했다.

'쯧쯧… 이렇게들 입이 싸서야.'

막리가는 주변 여기저기서 들리는 대화를 들으며 한심해했다. 그 역시 물론 소식을 듣고 한동안은 믿지 못했지만 그동안 인이 간간이 보여주던 모습을 떠올리며 그럴 수도 있겠다고 납득했다. 하나 갈수록 일파만파로 퍼져 나가고 부풀려지는 말들을 들으며 중원인들을 비웃을 수밖에 없었다.

"소저, 소저께서도 그 대련을 구경하러 가보시겠소?"

인이 천무존이었다는 사실에 놀라기보단 '이백 살이나 처먹었으면서 청년 행세를 하다니, 사기꾼!'이라며 격분해한 은평이었다. 확실히 보통의 사람들과는 사고(思考) 자체가 다른 것 같았다.

"주위 사람들을 보니 전부 구경 가겠다고 하는 것 같은데 사람들로 북적거릴 것 같아서 싫어요. 가려면 혼자 가세요."

은평은 막리가의 제안을 거절했다. 막리가는 어쩔 수 없다는 듯 어깨를 으쓱하며 은평에게 앞으로의 행로를 물었다.

"그럼 금황성으로 돌아가실 작정이오?"

"아뇨, 현무나 청룡을 찾아볼 생각이에요. 모두들 어디에 처박혀 있는 건지."

"그럼 여기서 헤어져야겠구려."

막리가는 대련이 열린다고 들은 연무장 쪽으로 몸을 돌렸다. 은평은 막리가가 걸어가는 모습을 가만히 지켜보고 있다가 품에 안겨 있던 백호를 내려다보며 히죽 웃었다.

"백호야~ 넌 풍의 신수라고 그랬지?"

[…그렇습니다만.]

백호는 왠지 불길한 느낌이 등줄기를 오싹하게 스쳐 지나가는 것을 느꼈다.

"바람으로 날 공중에 띄울 수도 있어?"

[…가, 가능이야 합니다만.]

"그럼 공중에 떠서 보자. 사람들 틈에 끼어서 보긴 용기가 안 나거든."

'그러다가 인간들의 눈에 뜨이면 어쩝니까?' 라고 백호는 만류해 보고 싶었으나 '가능하겠지?' 라는 은평의 무언의 압박에 차마 그런 말을 꺼낼 수가 없었다.

"얼른!!"

은평의 재촉에 백호는 하는 수 없이 주변의 바람을 불러 세웠다. 보이지 않는 바람들은 둥근 소용돌이를 그리며 은평 주위를 감싸 돌았다.

"출전!! 은평호!"

[…지금 뭐라고 하셨습니까?]

백호는 은평이 내뱉은 말을 이해하지 못해서 다시 한 번 물었다.

"아? 그냥 몸이 붕 뜨니까 이런 말을 해야 할 것 같아서."

백호는 차마 뭐라 할 말을 찾지 못하고 한숨만 내쉬었다.

어디서 몰려들었는지 연무장 주변은 인산인해(人山人海)를 이루고 있었다. 아직도 꾸역꾸역 몰려드는 게 징그럽기까지 했다.

"거기 물러서시오!!"

그 덕에 죽을 맛이 된 건 맹에 속해 있는 위사(衛士)들뿐이었다. 연무장 안으로 침범하지 말라고 그렇게 경고를 줘도 뒤에서 밀려드는 인파 때문에 앞쪽 사람들이 앞으로 계속해서 이동하고 있었다.

"대단한 인파로군요… 아마도 천무존이시라는 게 암암리에 퍼진 것처럼 보입니다만."

인은 어느샌가 뒤로 다가선 헌원가진의 인기척을 느끼고 뒤를 돌아보았다. 자신의 애검을 차고 간편한 백의로 갈아입은 모습이 각오를 단단히 다진 듯했다.

"원하는 바를 이루었으니… 속이 시원하겠구만."

"무슨 말씀이신지……?"

헌원가진은 인이 말한 것에 대한 뜻을 알지 못하겠다는 얼굴이었다.

"자네가 바라고 있는 것 말일세. 그건 날 백도로 끌어들이는 게 아니던가. 그러기 위해서 필요한 절차가 내가 백도에 호의적이라는 것을 강호 사람들에게 각인시켜야 하고 말이야."

인은 자신이 짐작한 바를 내뱉었다. 백도와 마도라는 이분법적인 사고는 질색이었기 때문에 한참 활동할 당시에도 그 어느 쪽으로도 붙기를 원하지 않았었다. 자신은 이 세상에 완벽한 악인(惡人)이란 없고 완벽한 선인(善人)이란 없다 믿고 있었다. 한데 이 어리디어린 놈이 자신을 백도에 붙이려고 수를 쓰고 있지 않은가. 짐짓 귀엽게 보아주고는 있었지만 뜻대로 따라가지는 않을 것이다.

"…마치 제 속을 들여다보신 것 같군요. 이거 참… 속일 수가 없겠는데요."

그는 머쓱한 표정을 지었다. 하나 인에게 자신의 속이 들켰다고 해서 그리 당황하는 기색은 보이지 않았다. 오히려 이리될 줄 알고 있었다는 표정이랄까.

"난 이 세상에 완벽한 악인도 완벽한 선인도 없다고 믿는 사람일세. 그런 나에게 백도의 편에 서달라고 부탁하는 것인가?"

"부탁하면 들어주시겠습니까?"

"…푸하하하하하."

인이 갑자기 대소를 터뜨렸다. 헌원가진은 안색 하나 변하지 않고 그가 그리 웃는 이유를 물었다.

"왜 웃으십니까?"

"좋아. 당분간은 원하는 대로 따라주겠다."

인은… 눈앞의 이 청년이 만만치 않은 인물임을 직감했다. 그 나이답지 않게 심기가 깊었다. 자신에게 위압되지 않는 기개도 그러했고 자신의 나이쯤 되면 어지간한 놈의 속은 꿰뚫어 보는 눈이 생기기 마련인데 놀랍게도 그 어떤 속셈 같은 것도 읽어 내릴 수 없었다.

"감사합니다."

헌원가진은 만족스런 표정을 지었다.

"그럼… 가실까요?"

연무장을 가리키며 헌원가진이 먼저 앞장섰다. 인은 등 뒤에 매어진 장검을 매만지며 그의 뒤를 따랐다. 가슴의 박동이 조금씩 빨라지고 있었다.

"저, 정말로 천무존인가?! 너무 젊잖아!"

"혹시 허풍 치는 게 아닐까?"

"소문으로는 맹주께서 직접 공중하셨다던걸."

사람들의 수군거림이 바람을 타고 이리저리 휘날려 간다. 인은 듣고 싶지 않아도 듣게 되는 그 소리들을 곱씹으며 쓴웃음을 머금었다. 자신의 주변으로 바람이 휘날리는 듯한 기분이 들었다.

등 뒤에 매어져 있던 자신의 장검을 뽑아 들었다. 스르릉— 울리는 검명에 헌원가진 역시 자신을 바라보며 자신의 허리춤에 달려 있던 애검을 뽑아 들었다.

"대련이니… 기수식은 취하지 않겠습니다. 부디 가르침을."

그는 검을 손에 든 채로 포권지례를 취하고 있었다. 인은 검을 바로 세우고 앞으로 뻗어 내렸다. 바람이 머릿결을 스치고 지나갔다.

"간다."

그 말이 떨어지기가 무섭게 이 장 정도 떨어져 있던 인의 신형이 순식간에 자신을 향해서 돌진해 오는 것처럼 느껴졌다.

"······!!"

헌원가진은 헛바람을 삼키며 재빨리 보법을 운용해 옆으로 몇 발자국 물러나고자 했다. 잘 벼려진 검날이 어깨를 향해 다가왔다.

챙—!!

"너무하십니다. 검법의 이름조차 가르쳐 주시지 않다니."

몸을 반쯤 회전시키며 검을 들어 인의 검날을 막았다. 그리고 인을 책망하는 목소리를 높였다. 공격하기 전 사용할 무공 명을 대는 것은 기본적인 예의가 아닌가.

"검법이라니, 난 아무런 검법도 사용한 적이 없다. 기본 중의 기본을 쓸 때도 이름을 붙여야 하나?"

인의 동작은 지극히 간단했다. 검법이라 이름 붙이기 힘들 정도로. 기초인 수평 베기를 조금 변형시킨 선제공격이었던 것이다.

"낭화천변!"

검과 검을 맞부딪치고 있을 때 느껴지는 긴장감만큼 짜릿한 것이 또 어디에 있을까. 인은 헌원가진의 검법을 즐거운 마음으로 견식했다. 오랜만에 느껴지는 긴장감은 온몸의 신경을 곤두세우고 긴장시켰다.

검을 살짝 아래로 내린 채 진기를 주입시켰다. 웅웅— 대며 울리는 검명이 손끝까지 전달되어 왔다. 오랜만에 써보는 검강(劍罡)… 이었다. 검강을 바라보던 헌원가진 역시 씩 웃으며 자신의 애검인 혼에 진기를 주입시켰다. 인의 흰 빛과는 다르게 아직 연푸른 빛의 검강이었다. 하나 헌원가진의 애검인 혼은 인의 장검보다는 길이 면에서 약간 더 짧았다. 이것이 유리하게 작용할지 아니면 불리하게 작용할지는… 아직 모를 일이었다.

'역시… 검강까지 지니고 있었다.'

인은 자신의 예감이 맞아떨어지는 것을 느끼며 웃었다. 아직 자신의 경지까지는 다다르지 못했다 하더라도 언젠가 깨달음을 얻으면 자신의 경지까지 단숨에 뛰어오를 재목감이었다. 지금은 좀 더 높은 단계로 올라가는 도중에 막힘이 있어 성장이 멈춰 있지만 말이다.

이제 막 약관을 벗어난 나이에 그와 비슷한 경지라니, 범인이라면 으레 시샘이나 시기란 감정이 생길 만도 하건만 인은 그렇지 않았다. 지금 그에게 있는 건 이 녀석을 좀 더 키워서 자신에게 대적하게 만들 만한 상대가 되도록 하는 것이었다. 일생을 겨룰 호적수가 있다는 것은 그만큼 기쁜 일이었다.

"천저비류!!"

호선을 그리듯 검이 무수한 환영을 만들어낸다. 하나 헌원가진은 미동조차 하지 않은 채 가만히 서 있다가 진실된 하나의 검만을 짚어냈다.

"무악형장(霧岳形障)!"

검강과 검강이 맞부딪치면서 듣기 거북한 음향이 주변에 울려 퍼지고 기의 충돌로 인해 주변에 흙먼지가 휘날렸다.

"검강과… 검강의 대결이라니."

누군가의 입에서 허탈해하는 탄식성이 흘러나왔다. 여기 모인 군중들은 어지간해서는 입도 뻥긋하지 않은 채 둘의 대련을 지켜보고만 있었다. 말이 대련이지, 헌원 맹주는 천무존에게 완벽한 대결을 청하고 있는 형세였다. 대련에 목검이 아닌 진검을 쓴다는 것 자체가 이미 대련이라 불릴 수 없는 일이 아니던가. 거기다 두 고수… 그것도 강호에서는 모두 다섯 손가락 안에 들 고수끼리의 대결을 놓칠 수는 없는 일이었다. 어쩌면 이 일이 자신들에게 있어서는 큰 깨달음으로 다가올지도 모르고 앞을 가로막고 있는 벽을 뛰어넘게 해줄 가르침으로 작용할지도 모를 일인 것이다.

"초정섭련무(礁丁涉孌舞)!"

인의 소매가 허공으로 휘날렸다. 마치 덩실덩실 춤이라도 추는 듯 오른손에 들린 그의 장검이 소매와 함께 아름다운 곡선을 그린다.

"우헌선검!"

헌원가진은 왼손으로 자신의 애검 혼을 꼭 붙들었다. 왼손으로 상대하라는 인의 조건에 부응하기 위해 오른손보다는 왼손으로 그를 상대해 온 터였다.

"…모래먼지밖엔 안 보여."

[둘 사이에 충돌하는 기의 파장이 강해서 그렇습니다.]

"바람으로 좀 날려봐. 흙먼지 구경하러 온 건지 대련을 보러 온 건지 구분이 안 가잖아."

은평의 핀잔에 백호는 한숨을 쉬며 주변의 바람을 끌어 모았다. 지상으로부터는 열 장가량 떨어져 있었고 주변의 인간들은 대련에 정신이 팔려 공중을 올려다볼 일은 없겠지만 혹시 몰라 백호의 동작 하나하나는 조심스러워질 수밖에 없었다.

[은평님이 주변의 기운과 은평님의 몸을 동화시키시면 좀 더 가까이 구경하는 것도 가능한데요.]

"…싫어. 이런 기들은 기분 나빠. 싸우고 싶게 만들어지는 기운들인 걸."

은평의 말대로 지금 이곳에 널리 퍼져 있는 기들에는 인간들의 투기가 잔뜩 배어 있었다. 이제 막 기를 느끼기 시작한 은평에게는 설사 기를 동화시킨다고 해도 오래 버틸 만한 것이 못 된다고나 할까.

[청룡님은 대체 어딜 가신 건지.]

—네 옆에 있잖아.

백호와 은평은 바로 옆에서 울린 청룡의 목소리에 눈을 동그랗게 떴다. 분명 청룡의 목소리긴 했으나 주변에서는 아무런 기운을 느낄 수 없었다.

"놀랐잖아! 갑자기 어디서 나타난 거야?"

"난 아까부터 계속 여기에 있었다고. 알아채지 못한 쪽이 미련한 거지."

청룡은 은평의 바로 옆에서 희미하게 모습을 드러냈다. 희미하던 그림자는 점점 짙어져 이내 완전한 모습으로 화했다. 도대체 언제부터 옆에 있었던 걸까. 그것도 풍의 신수인 백호가 조정하는 바람에 섞여 있었으면서 백호가 알아차리지 못했을 정도로 교묘히.

"아직 멀었어. 좀 더 수련해. 풍의 신수면서 바람하고 동화된 나를 못 찾아내냐?"

청룡은 백호의 이마에 손가락을 튕기며 핀잔을 주었다. 워낙 푼수 같고 은평에게 당하기만 하는 모습을 보여서 그렇지 청룡이 사실 사신 중에서 가장 세다는 사실을 백호는 실감했다.

"불쑥불쑥 나타나지 좀 마! 정말로 놀랐단 말야!"

은평이 성을 내려던 찰나, 청룡은 화제 전환을 위해 아래를 손가락질하며 외쳤다.

"둘 다 검강이네. 저거 만들어낼 줄 아는 인간은 몇 안 될 텐데."

"검강이 뭔데?"

성내려던 것을 멈추고 검강이 뭔지에 대해 묻는 은평에게 청룡은 자상한 설명을 곁들였다.

"기가 형상화된 것의 일종이라고 생각해 둬. 기를 형상화시켜서 검에 덧씌운다고나 할까."

"또 먼지 휘날려서 보기 힘들잖아."

은평의 투덜거림에 청룡이 손을 몇 번 휘젓자 모래먼지가 차츰 가라앉았다.

"…청룡이 훨씬 잘하잖아. 너 풍의 신수 맞아?"

[은평님께 그런 소리 듣고 싶지 않습니다. 그러는 은평님이야말로 선인 맞으십니까?!]

은평은 가끔 자신의 처지를 잊는 것 같다. 선인으로서의 능력을 배우기조차 싫어하는 은평에게 '풍의 신수가 맞아?' 라는 말을 듣다니, 백호로서는 두고두고 수치스러운 일이 될 듯했다.

"둘 다 좀 조용히 해!"

청룡은 인과 현원가진이 나누는 대화를 듣고 싶었으나 은평과 백호의 투덕거림 때문에 들을 수가 없자 버럭 성을 냈다.

"그대가 나에게 대련을 청한 또 다른 이유… 알 듯도 싶네."

"…그렇습니까?"

헌원가진의 검이 인의 단전께를 파고들었다. 인은 몇 보를 움직여 유려한 몸놀림으로 검날을 피해낸다. 최대한도로 간소화시킨 움직임이었다.

"너무 어린 나이에 높은 경지에 올랐기 때문에 상대할 수 있는 호적수가 몇 없었겠지. 높은 경지에 올랐으되 그 장벽을 넘기 위해선 많은 경험과 깨달음이 필요한 법이거늘. 해서 자네는 나에게 그 깨달음을 얻기 위해 대련을 청했던 것이 아닌가."

"…아주 틀리진 않습니다. 검을 맞대어보면 뭔가 얻는 것이 있을지도 모른다고 막연히 생각했던 것은 있지요."

대화는 지극히 자연스러웠으되 끊임없이 상대방을 노리기 위해 휘둘러지는 검의 속도는 줄어들 줄 몰랐다. 헌원가진은 뭔가 잡힐 것 같으면서도 잡히지 않는 느낌을 각인시키려 노력했다. 인의 모습을 보고 있자면 뭔가 알 것도 같은데…….

"어느 일순간 얻으려 한다고 얻어질 수 있는 것이 아니라네. 수없는 세월 동안 느껴야만 도달할 수 있는 경지야. 도달했다 하더라도 마음속의 번뇌를 다스리지 못하면 완벽해질 수 없는 경지이기도 하고."

인의 얼굴에는 어느새 아련한 빛이 떠올라 있었다. 오르기는 올랐으되 마음속에 서려 있는 한 가닥 번뇌 때문에 더 위의 경지로 가기를 포기했고 또한 지금에서도 완벽해지지 못한 그였다.

"그래서… 천무존께서는 그 한 가닥 번뇌 때문에 은거를 깨셨습니까?"

헌원가진을 향해서 뻗어 나가던 인의 검이 잠시 주춤하다가 다시 뻗어 나가 헌원가진의 그림자만을 베고 되돌아왔다.

"자네는… 젊은이답지 않게 심기가 너무 깊어."

칭찬일지 아니면 한탄일지. 인은 한숨을 쉬었다. 너무 심기가 깊어도 좋지 않은 법. 젊은이다운 열기라던가 열정이 깊은 심기에 억눌려 오히려 표출되지 못하는 경우도 있으니 말이다.

"마음을 다스리지 못하면… 강해지지 못합니다."

"강해지고 싶은가?"

"물론입니다. 이 세상 누구보다도 강해지고 싶습니다! 아니, 강해져야만 합니다."

인은 웃을 수밖에 없었다. 당돌하게도 이 청년의 꿈은 천하제일인인 모양이었다. 하나 당대제일인은 있어도 천하제일인은 존재할 수 없다는 사실을 청년은 간과하고 있거나 아니면 아직 깨닫지 못한 게 틀림없었다.

"아직 젊군. 젊다는 건 좋은 게야."

자기도 겉모습은 젊은이이면서 늙은이 같은 소리만 내뱉는 인이었다.

"…기가 심상치 않군."

주변에서 뿜어져 나오는 인간들의 사기에 숨이 막혔다. 어느 정도는 견딜 수 있던 청룡이건만, 견디지 못할 정도가 되어 주변의 기운들까지 완전히 장악해 버렸다. 대련이 계속되면 계속될수록 사기는 짙어져만 갔다.

"왠지 점점 기분이 나빠져."

"당연하지. 주변의 기가 견딜 수 있는 도를 넘어서고 있으니까 말야."

몸을 밧줄로 꽁꽁 포박당하는 느낌이라면 설명이 될 수 있을까. 지금 은평이 느끼는 감각은 그것과 몹시도 흡사했다.

'왜 갑자기 사기가 강해진 걸까……'

청룡은 의문스러웠다. 하나 은평이 있는 곳에서 입 밖으로 낼 수는 없었다.

"어딘가에서 느껴봤던 기운인 것 같아. 이건……."

어디선가 느껴보았다는 은평의 중얼거림, 청룡은 흠칫 놀랐다.

"느껴봤다니……?"

"지금 이 주변에 퍼져 있는 기운 말야. 갑작스럽게 강해진 사기… 낯이 익어."

"어디선가 느껴봤다는 거야?"

"응."

청룡은 수많은 인간들의 얼굴을 내려다보았다. 과연 어떤 인간이 모든 사기를 한 번에 압도할 만한 이런 기운을 내뿜어낸 것일까. 평소라면 쉽게 식별이 가능했을지도 모를 일이나 지금은 워낙 많은 인간들이 모여 있어서 불가능했다.

'증오다……! 증오의 감정… 분노……'

증오, 원망, 그리고 분노… 인간들의 감정 가운데서도 가장 격렬한 것으로 알려져 있는 것들이었다. 한 인간이 뿜어냈다고는 믿기 힘들 만큼.

"…기억났어… 이건… 꿈에 항상 나타나는 아이에게서 느껴보았던 거야."

은평은 혼란스러워하는 표정이었다. 꿈에서만 나타나는 그 아이가 실존하고 있는 인물이란 말인가. 아니면 단순히 기가 비슷한 인간에게서 뿜어져 나온 것이란 말인가. 은평의 감각은 혼란 속에 빠져 들어갔다. 이를테면 인간의 사기에 물들기 가장 쉬운 상태로 변해 버렸달까.

"여기 모인 수많은 사람들 중 그 아이가 있어… 날 지켜보고 있어……."

"왜 그래?"

은평은 청룡이 어깨를 붙들지 않았다면 그대로 지상으로 곤두박질칠 기세였다.

"붙잡아야 돼… 도와야 돼… 내가 돕지 않으면… 그 아이는……."

"은평아!!"

[은평님!!]

청룡과 백호가 은평의 몸을 꽉 붙들었다. 뛰쳐나가지 못하도록. 하나 무슨 힘이 그리도 센지 붙잡고 있기 힘겨울 정도였다.

수많은 인간들이 모여들어 사기가 충만한 자리. 그 중심에서는 인과 헌원가진의 대련이 펼쳐지고 있고 그 위에서는 은평과 청룡과 백호가… 그리고 모든 소란을 멀리서 지켜보고 있는 한 인영이 있었다.

"드디어… 시작이군."

믿을 수 없게도 그 인영은 나무 꼭대기에 뻗어 있는, 아주 가느다란 가지에 몸을 의지한 채였다. 그리고 그 옆에는 푸르스름한 청염(靑炎) 하나가 주변을 맴돈다. 흡사 도깨비불마냥, 인영의 주변을 순회할 때마다 청염의 음영이 주변으로 퍼져 나가는 듯한 착각을 불러일으켰다.

―그래, 드디어 시작이지.

청염에게서는 놀랍게도 사람의 목소리가 흘러나왔다. 아니, 사람의 목소리라기엔 너무 기묘했다. 남자의 목소리, 여자의 목소리, 아이의 목소리, 노인의 목소리가 전부 합쳐진 듯한 음성, 여러 사람이 한데 모여서 말을 하고 있는 듯했다.

—현무… 설마 이제 와서 후회를 하고 있는 건 아니겠지?

청염이 인영, 아니, 현무의 검은 머리카락 사이를 스쳤다. 푸르스름한 색을 띠고 있다고는 하나 분명 불꽃의 형상이니 뜨거울 터인데도 현무는 아무런 미동도 없다.

"…후회라. 후회는 이미 천 년 전부터 해왔다. 그 후회를 마무리 짓는 일인데 후회라니."

—그렇다면 안심이고. 네가 자신들의 뜻에 반하는 일을 저지르게 되면 재미있는 유희(遊戲)거리를 놓치게 되는 게 아닌가 하고… 그들은 걱정하고 있으니까 말야.

" '자신들의' 라… '자신들의' 가 아니라 '우리들의' 가 되어야 맞는 게 아닌가?"

항상 감정이 담겨 있지 않던 현무의 말에 처음으로 비웃음이 실렸다.

— '우리들의' 라니. 나는 염계의 그들이 청해온 도움을 수락한 것밖에는 없는데?

청염에게서 웃음이 흘러나왔다. 여러 사람의 목소리로 웃는 웃음은 소름을 자아냈다.

—자자… 이젠 저 아이를 운명 속으로 끌어들이는 일만이 남았어. 운명에 순응(順應)하든 거역(拒逆)하든 소멸(消滅)하게 될 텐데… 어떤 발버둥을 칠지……

"청룡은 대충 알고 있을 거야. 자기 나름대로 방법을 강구하고 있겠지……"

—그것 보라고. 그들이 걱정한 이유가 드러나고 있잖아. 굳이 청룡

에게 알릴 필요 따위 없었는데.

"이쪽으로 끌어들이기 위해서였어. 하지만 그는 거부했지. 그 건에 관해서는 더 이상 왈가왈부하지 마."

―뭐, 좋아. 그 정도 작은 변수도 생겨야 유희가 재미있는 거거든.

현무는 무심한 눈으로 아래를 내려다보았다. 검은 머리카락이 어디선가 불어온 바람에 의해서 휘날렸다. 휘날리는 머리카락 사이로… 그의 얼굴을 타고 흐르는 눈물 자국이 아주 살짝 드러났다.

'저의 헛된 바람 때문에… 그들의 계획 때문에 희생양이 될 당신께 속죄를… 제가 해드릴 수 있는 마지막 호의는 전부 베풀어 드렸습니다. 부디 헤쳐 나오시기를. 그리고 절대 저를 용서하지 마십시오……'

청룡이 그의 성격상 이 계획에 따르지 않을 것을 뻔히 알고 있으면서도 그에게 귀띔을 해주었던 것은 현무가 보일 수 있는 마지막 호의였다. 그리고 지금 흐르는 이 눈물 한 방울은 자신의 죄를 비는 속죄의 눈물, 죄를 알면서도 행할 수밖에 없는 지금의 상황에 대한 눈물.

―난 염계로 돌아가 보겠어. 그럼 인계의 일을 부탁해.

청염은 점점 사그라졌다. 현무는 청염이 완전히 사라진 것을 확인한 뒤 나지막이 내뱉었다. 아까부터 자신과 청염을 지켜보고 있던 기척에 말이다.

"거기 있는 것 알고 있어. 그도 가버렸으니 슬슬 나오시지."

현무의 말이 끝나기가 무섭게 활활 타오르는 불꽃이 허공에서 튀어올라 점점 사람의 형상으로 퍼져 나갔다. 그리고 이내 그 불꽃은 아름다운 미녀로 화했다. 바로 황이었다.

"내가 있는 것을 용케도 알아냈군. 염계의 사자조차 알아내지 못한 것 같던데 말야."

"내 육체가 네가 주변에 있는 것을 알려와. 지금은 내 육체로 쓰이고 있다고는 하지만 원래는 화기의 신수의 몸이지. 육신은 끊임없이 화기를 그리워해 끌어당기고 있어. 알아채지 못할 이유가 없지……."

현무의 말에는 놀라운 사실이 담겨 있었다. 화기의 신수의 육체를 수기의 신수인 현무가 쓴다는 것이 과연 가능한 일인 것인가. 그것도 화기와 수기라는 상극의 속성이 아니던가.

"일 처리를 원활하게 하기 위해서 일부러 봉을 휴식기가 되도록 물에 빠뜨리다니. 넌 여전히 잔머리만 잘 굴려. 내가 네 계획을 전부 알고 있고 염계의 사자와의 대화까지 엿들었는데 걱정도 되지 않아? 내가 보는 것은 봉 역시 전부 느낄 수 있는데……."

"봉이 깨어났나 보군."

계속 앞만을 바라보고 있던 현무가 옆으로 고개를 돌렸다.

"전혀 걱정되지 않아. 네가 이 계획에 동참했으면 동참했지 방해를 할 것이라고는 생각지 않거든. 봉이 상처 입는 일을 싫어하는 네가 이런 것을 그에게 알릴 리도 만무하고."

"그래. 난 그가 상처 입는 것도 싫고 어서 빨리 자신의 육체를 되찾았으면 좋겠어. 그러니까 너만 죽으면 모든 게 해결되는 거겠지."

황의 말은 가차없었다. 그의 눈에는 현무를 향한 증오 어린 기운이 서려 있었다. 언제부터였을까. 황이 현무를 미워하게 된 것이, 저 눈동자에 증오의 감정이 실리게 된 것이…….

"그렇다면… 잠자코 지켜봐. 저 아이를……."

현무가 앞으로 손가락을 뻗었다. 손가락이 가리키는 곳에는… 격렬한 모래먼지가 공중으로 휘날리고 뛰쳐나가려는 은평과 그것을 저지하려는 청룡이 있었다.

"놔!! 이곳 어딘가에 그가 있어!!"

"어느 곳에서 뿜어져 나오는 기인지도 알 수 없는데 대체 뭘 하겠다는 거야!!"

은평의 동공에는 어느새 꿈속에 나타난 아이의 얼굴이 투영되고 있었다. 마음은 마치 백치처럼 멍해져서 지금 자신이 무슨 짓을 하려는 건지 아무런 느낌이 없었다. 그것과는 반대로 심장은 두근두근— 격렬하게 요동 치고 신경은 사지에 명령을 내린다. 움직이라고… 뛰쳐나가라고… 꿈속에서 보았던 그 아이에게 찾아가라고……!!

"물어봐야겠어! 내 꿈에 나타난 이유가 뭔지……."

[은평님……!]

백호가 은평의 다리에 매달렸다. 작은 몸으로는 은평을 막을 수 없다는 사실을 깨달은 백호는… 인계로 나온 뒤 최초로 몸을 변화시키기로 마음먹었다.

[크와아아아앙……!!]

청룡은 백호의 울음소리를 듣고 흠칫했다. 주변으로 바람이 일고 백호의 작고 여렸던 동체가 누가 보아도 위협적인, 커다란 모습으로 변해 갔다. 두 발로 짚고 일어선다면 어지간한 남자의 키를 훌쩍 넘을 듯한 몸집에 작고 앙증맞던 발 역시 몸이 변한 것처럼 두껍고 두툼한 크기로 커져 있었다. 달라지지 않은 것이 있다면 새빨간 빛의 눈동자뿐.

"각접양화령(塙摺澆化拎)!

인의 양 소매가 팽팽해졌다. 오성 공력만으로 상대를 하고 있던 그는 대련에 끝이 보이지 않자 공력을 좀 더 끌어올리기로 마음먹은 듯했다. 그것을 본 헌원가진 역시 잔뜩 공력을 끌어올렸다. 아직 예전에 복용했던 영약들을 전부 융화시키지 못해서 그렇지 그것들을 전부 융화시킬 수만 있다면 내력만큼은 인을 앞지를지도 모를 일이라는 생각이 머리를 스치자 왠지 조금 아쉬워졌다. 경험은 따라가지 못할지라도… 내력만큼은 천무존의 우위를 점할 수 있다니, 매력적인 소리였다.

"추강적태(抽綱蹟跆)!"

헌원가진의 신형이 조금 굽혀졌다 싶더니 인의 하체를 공략해 들어왔다. 인은 잠시 뒤로 보를 옮겼다가 다시 앞으로 도약하며 장검을 휘둘렀다. 검과 검이 부딪치면서 나는 금속음이 쟁쟁하게 울려 퍼졌다. 군중들은 숨을 숙인 채 둘을 바라보고 있고 인은 거침없이 헌원가진의 약점을 파고들었다. 수많은 싸움을 거친 그에 비하면 경험이 턱없이 부족한 헌원가진의 약점쯤은 잡기 쉬웠다. 하나 그럼에도 끝을 보고 있지 않은 것은 아직 헌원가진이 진정한 실력을 드러내지 않은 것 같다는 짐작 때문이었다. 무슨 이유에선지 자신의 능력을 완전히 내놓지 않는 그에게 조금씩 화가 나려 하고 있었다.

"실력을 전부 내놓지 않는 이유가 뭔가?"

완전히 드러내진 않았지만 살짝 노기가 실린 인의 음성에 헌원가진은 매끄러운 대답을 내놓았다.

"천만의 말씀을. 전 모든 실력을 드러내 놓고 있습니다. 제 미천한 실력이 천무존께 미치지 못할 따름이지요."

시치미는 떼고 있었지만 헌원가진이 자신을 전력으로 상대하고 있지 않음은 분명했다. 아직 드러내지 않은 무공과 능력이 있는 것 같은데 끝까지 드러내지 않는 것은 무엇일까. 그리고 그것이 자신에게 대련을 가장한 비무를 청한 것과 무슨 연관이라도 있는 것일까? 의문은 꼬리에 꼬리를 물고 이어진다.

인은 일부러 그를 도발하는 듯한 공격을 시작했다. 약을 올리듯… 공격을 하는가 싶었다가도 얼른 방향을 바꾼 채 헌원가진의 반응을 기다렸다. 하나, 헌원가진은 살짝 얼굴색을 바꿨을 뿐 변함이 없었다. 인은 점점 화가 치밀어 올랐다.

"자네가 그러하다면 나 역시 자네를 본실력으로 상대할 수 없네."

인이 헌원가진을 향해 찔러가던 검을 아래로 축 늘어뜨렸다. 그리고 검에 실려 있는 진기마저 전부 거둬들였다.

"…무슨 짓이십니까?!"

헌원가진이 버럭 소리를 지르며 자신의 진기 역시 급격히 회수하려 했으나 완전히 회수하지 못한 듯 검의 방향을 바꾸어 인의 옆길을 스쳐 지나가게 만들었다. 급격히 진기를 거둬들인 여파로 기혈이 턱턱 막혀오고 숨이 차 올랐다. 안색은 창백해져 입술 색이 푸르스름하고 입 안에서는 비릿한 냄새가 감도는 것으로 보아 내상을 입은 듯했다. 헌원가진이 이런 모습인 데 반해서 인은 태연자약하기 그지없었다. 보통 공격하고 있는 도중에 급격히 진기를 회수하게 되면 그 여파로 자신마저 내상을 입거나 혹은 진기를 회수할 수조차 없는 것이 태반인 것에 비하면 인이 진기를 다루는 능력이나 공격하는 측면에 있어서는 다른 이들과 전혀 다른 경지에 올라 있다는 것을 암시했다. 그것을 알아챈 몇몇 안목있는 이들의 입에서는 탄식성과 감탄사가 흘러나왔다. 겉모습이 아무리 젊더라도 세월의 풍파에서 오는 연륜은 앗아가지 못하는 법, 그리고 그의 무공에서 느낄 수 있는 강대함 역시……

"괜한 짓을 했구먼. 자네가 거둬들이지 않았다 하더라도 내가 십성

공력으로 호신강기를 일으키면 전부 무산되었을 텐데 말일세."

인은 자신의 검을 등 뒤에 매어진 검집으로 꽂아 넣었다. 검과 검집이 맞부딪쳐 울리는 스르릉— 소리는 간만의 싸움을 채 끝내지 못한 검의 아쉬움이 담긴 울림과도 같았다.

"…자네가 모든 실력을 드러내지 않는다면 상대할 수 없다고 하지 않았는가? 이 대련은 여기서 끝내도록 하세."

"……."

아직 내상의 여파가 가시지 않은 듯 헌원가진이 검을 쥔 손끝은 파르르 떨리고 있었다.

"대련하기 전에도 일러두지 않았는가. 전력을 다해서 가진 실력을 모두 보여라라고. 그리고 그것에 자네 역시 동의하지 않았나. 자신이 말한 것조차 지키지 못한 자를 어찌 백의맹의 맹주라 하고 또한 대련할 수 있겠는가."

인은 비웃음을 띤 채 뒤돌아섰다. 인이 뒤돌아서자 바로 눈이 마주친 군중들이 움찔하며 한 발자국씩 뒤로 물러섰다. 인이 정체를 감추고 있을 때와 정체를 드러냈을 때의 풍기는 기도는 전혀 달랐다. 전의 기도가 융화되고자 자신을 드러내지 않은 듯했다면 지금의 기도는 주변을 압도시키는 힘이 있었다.

인이 뒤돌아서자마자 헌원가진이 자신의 검으로 땅바닥을 짚은 채 힘없이 주저앉았다. 검에 의지해 최대한 일어서려 했으나 입에서 울컥 터져 나온 핏물로 인해 흰 백의를 검붉게 적셨다. 안색은 점점 더 파리해지고 검에 의지하는 것조차 힘겨운 듯 헌원가진의 신형이 휘청였다. 보기보다 내상이 깊은 듯했다.

"맹주!!"

몇몇 인물들이 군중들 틈에서 달려나와 그를 부축했다.

"괜찮소… 내력이 역류(逆流)했을 뿐이오……."

거친 숨을 내쉬며 헌원가진이 말을 내뱉었다. 목까지 치밀어 오르는 비릿한 핏물을 삼켜내는 기색이 역력했다. 그런 모습에 군중들 사이에서도 웅성거림이 일고—대부분 누가 이겼는가에 대한—인 역시 그 소리에 잠시 뒤를 돌아보았다. 그 찰나의 순간…

크와아아아앙……!!

공중에서 야수의 포효(咆哮)가 쩌렁쩌렁하게 울렸다. 분명 깊은 산중에서나 들을 수 있는 대호(大虎)의 울음이었다. 그리고 그와 동시에 작은 인영이 군중들이 한데 모여 있는 바닥으로 곤두박질쳤다. 모여 있던 사람들은 공중에서 사람이 떨어지는 것을 보고 황급히 흩어졌다. 그대로 땅바닥으로 추락하는 듯했던 인영은 매우 안정된 동작으로 지면에 착지했다. 인영은 놀랍게도 아직 어려 보이는 소녀였다. 머리가 약간 헝클어지고 옷이 구겨지긴 했으나 그런 것으로도 감출 수 없는 미모가 있었다.

"은평……!!"

놀랍게도 천무존의 입에서 외침 한마디가 흘러나왔다. 그리고 그것은 천무존뿐만이 아니라 군중 사이사이에서 발해졌다.

크르르르르릉!

지면에 착지한 은평의 앞으로 집채만한 대호가 떨어져 내렸다. 영험하다는 백호였다. 이마에 새겨진 선명한 왕(王) 자가 산중의 왕이라는 증표처럼 여겨졌다. 거기다가 보통의 백호와는 달리 새빨간 빛의 눈동자에는 야성의 기운을 품고 있었다. 기가 약한 사람들은 백호의 모습에 벌써부터 질린 듯 슬금슬금 뒷걸음질하고 고수들은 모두 검을 빼

들었다. 하나 사람들의 생각과는 다르게 백호의 관심은 평범한 인간들이 아니었다. 바로 공중에서 떨어져 내린 소녀에게 시선을 쏟아 붓고 있었던 것이다.

소녀가 숙이고 있던 고개를 천천히 들어 올렸다. 동공에 초점이 사라지긴 했지만 분명 은평이었다.

'설마… 저것이 은평이 평소에 안고 다니던 그 백호는 아니겠지?!'

군중들 틈에서 이번 대련을 보고 있던 잔월비선은 입술을 깨물었다. 하루아침에 새끼에 불과했던 백호가 저런 엄청난 크기로 커버린다는 것 자체가 말이 안 되지만 같은 백호라는 점이 그 둘이 동일하지 않을까 하는 추측을 불러일으켰다.

"은평의 모습이 이상해요… 동공에 초점이……!"

잔혹미영이 중얼거렸다. 과연 그의 말대로 은평의 눈은 초점이 풀려 있었다. 멍해 있다고 해야 할까, 넋을 잃었다고 해야 할까.

"은평 소저……!!"

군중들 틈에서 화우가 뛰쳐나왔다. 걱정스러움이 가득 담긴 안색으로. 그리고 몇몇 사람에게 부축받아 겨우 몸을 일으킨 헌원가진 역시 창백한 안색을 잔뜩 찌푸렸다.

"비켜……."

아주 작은 중얼거림이었으나 주변에 있는 자들은 모두 발달한 청력 덕에 말소리를 알아들을 수 있었다. 그 중얼거림에 화답이라도 하듯 백호 역시 커다란 포효를 발했다. 마치 둘이서 대화라도 나누는 듯한 형상이다.

크와아앙!!

"비키라고……!!"

아무런 바람도 없는 대기에 갑자기 희미하게 바람이 불기 시작했다. 그것도 백호와 은평의 주변으로 말이다.

'괴로워… 도와줘… 도와줘……!! 도와준다고 약속하지 않았어?! 도와줘……!'

머리 속으로 울려 퍼지는 어린아이의 음성. 은평은 깨질 듯한 아픔에 머리를 붙잡고 바닥에 주저앉았다.

"은평……!"

인이 달려가 은평을 붙잡으려 했으나 칼날 같은 바람이 그를 가로막았다. 그리고 놀랍게도 바람에 스치는 순간 옷이 찢기고 그의 몸에도 희미한 찰과상이 남았다. 인의 몸이 금강불괴지신이라는 점을 생각하면 놀라운 일이었다.

'도와줘!! 그를 죽여!! 죽여 버려! 죽여 버려……!!'

끊임없이 울려 퍼지는 음성, 저주와 증오에 찬 목소리는 은평의 머리 속을 헤집어놓고 있었다. 마음은 멍하기만 한데 신체는 그 목소리에 격렬하게 반응해 날뛰었다. 줄에 매달린 목각인형이 되어 조종당하는 것만 같다.

"도대체 어디야!! 사기의 근원지는……!!"

청룡은 백호를 따라 내려가 은평을 저지하고 싶었지만 그럴 수 없었다. 사기의 근원지부터 찾아내야 했다. 다행히도 인간들의 탐욕스런 욕망은 두려움과 경이라는 기운으로 변해가고 있었다. 그러니 곧 찾아낼 수 있을 것이란 쪽에 기대를 걸어보기로 했다. 사방으로 두리번거리던 청룡의 눈에 이채로운 것이 잡혔다.

"현무……?"

멀리 떨어진 거리였지만 청룡의 시력으로는 현무의 모습이 똑똑히 보였다. 그 옆에 있는 것은 놀랍게도 견원지간(犬猿之間) 같은 황이었다. 어찌 둘이 같이 있단 말인가. 현무 역시 청룡의 시선을 눈치 챘는지 새빨간 입술을 움직여 댄다. 말소리는 들리지 않았지만 입의 모양만으로도 현무가 말하고자 하는 바를 알 수 있었다.

"인간이란 존재는… 가끔 한 방향으로 폭주하면 믿을 수 없는 일을 만들어내기도 하거든. 선인의 뇌리를 지배해 버린다던가 하는……."

청룡은 그제야 깨달을 수 있었다. 이 비정상적일 정도의 사기는… 어떠한 거대한 힘에 의해서 증폭되었을 가능성이 높았다. 은평을 운명 속에 얽어내고자 하는 수작이었다.

뿌드득—!

청룡의 입가에서 뿌드득거리는 음향이 울렸다. 이를 갈아대는 듯 턱이 파르르 떨리며 청룡이 지금 느끼고 있는 분노를 여실히 드러내 주었다.

"절대 현무 너의 수작대로 되게 놔두지 않아……!!"

청룡이 결의를 다지는 동안에도 지상에서는 백호와 은평이 여전히 맞서고 있었다. 절대 물러날 수 없는, 아니, 물러나서는 안 되는 백호와 머리 속의 울림으로 인해 제정신이 아닌 은평.

'죽여 버려… 죽여 버려… 그에게 다시는 지울 수 없는 상처를 남겨 줘!'

은평은 숨을 거칠게 몰아쉬었다. 머리 속의 울림이 조금씩 진정되어 가자 은평은 얼굴을 감싸고 있던 손을 풀었다. 흥건한 땀에 머리카락 몇 가닥이 달라붙어 있어 평소의 단정하던 모습과는 대조를 이루었다. 동공이 풀린 눈동자와 그런 분위기가 맞물려 퇴폐적인 아름다움을 자아냈다.

"누구지……?"

은평이 미소 지었다. 평소의 장난기 어린 웃음이 아니었다. 가볍게, 살짝 미소 지었을 뿐이지만 도저히 은평 같아 보이지 않았다. 아니… 저건 은평이 아니었다. 전혀 다른 존재… 은평을 가장한 전혀 다른 존재일 뿐이다.

[은평님……!]

백호가 포효했다. 그저 은평을 불렀을 따름이지만 타인의 귀에는 야수의 포효성으로밖에 들리지 않는다. 하지만 은평은 이미 백호에게서 시선을 돌린 상태였다. 바로 눈앞에 있는 백호 따위는 신경 쓰지 않았다. 주변을 두리번거리고 있을 뿐.

"은평……."

인이 한 발자국씩 은평 쪽으로 다가가려 했다. 하나 발걸음을 옮기려 할 때마다 칼날 같은 바람이 휘몰아쳐 접근을 막는다.

"은평……!!"

잔월비선과 잔혹미영이었다. 군중들 틈에서 빠져나와 은평의 옆 편에 서 있었으나 은평은 그들을 한번 힐끔 쳐다봤을 뿐 다시 다른 곳으로 시선을 돌려 버렸다.

"아아… 그래. 너였어……."

자신이 찾는 표적을 발견한 듯 은평의 입가에 다시 미소가 어렸다. 백호는 불안한 마음을 달래며 어떻게든 시선을 자기 쪽으로 돌리려 애썼다. 자신은 아무리 용을 써봤자 은평을 공격할 수도 없었고 할 수 있는 일이란 건 시선을 잡아놓는 일뿐이었다. 이제껏 신수로 지내오면서 이렇게나 자신이 무력하게 느껴졌던 때가 있었던가…….

—백호! 어서 바람을 일으켜라!! 인간들의 시선을 최대한 도로 막아

내!! 지금 이 일이 인간의 눈에 뜨여서 좋을 게 없다!

귓가에 청룡의 음성이 들렸다. 무슨 계책이라도 생긴 것일까. 백호는 우선 청룡이 시키는 대로 주변의 바람을 모조리 불러들였다. 돌풍을 일으키도록. 인간들이 볼 수 없도록 모래먼지를 동반한 돌풍을 말이다.

"가, 갑자기 무슨 바람이 이토록 거세게 분단 말인가?"

"제대로 서 있기도 힘들구먼."

세찬 바람의 와중에도 몸을 반쯤 웅크린 채 그 자리를 지키고 있는 몇몇의 인영들이 있었다. 인과 헌원가진, 단화우, 잔월비선과 잔혹미영 남매도 껴 있었고 이름 모를 자들도 있었다. 하나 이들의 공통된 점이라면… 당대의 절세고수들이라는 점일 것이다. 천근추를 시전해 몸을 그 자리에 고정시키는 자가 있는가 하면 내력을 일주천시켜 바람에 대항하는 자들도 있었다.

'적어도 은평을 조종할 정도의 사기를 지닌 자라면 무공 역시 고강할 터……'

청룡은 공중에 부유한 채, 백호가 일으킨 바람 속에서도 버티고 있는 자들을 유심히 살폈다. 꼭 고강하리란 법은 없겠지만 확률로 봤을 때는 좀 더 가능성이 높았다.

"증오스러워… 네놈이. 난 이토록 고통에 몸부림쳤건만……!! 뼈를 깎는 아픔에 괴로워했건만……!! 네놈은……."

돌연 은평의 입에서 거친 사내의 음성이 흘러나왔다. 심하게 쉬어 있어 목소리는 분간해 내기 어려웠지만 은평의 목소리가 아니라는 점만은 확실했다. 이건 은평의 의지가 아니었다. 은평이 지배당하고 있는 사기의 의지였다.

"…누, 누구냐?!"

제대로 눈도 뜨지 못할 정도의 바람에 양미간을 짙게 찌푸린 인이 외쳤다. 은평이 낸 목소리라고는 생각조차 못한 채로…….

"그러니까… 네놈은 괴로움에 몸부림쳐야 돼… 나와 같은 고통을 맛보고 나와 같은 괴로움을 겪어야만 해!!"

윙윙대며 울리는 바람 소리 사이사이에 섞여 울리는 그 음성은 금방이라도 피를 토할 듯 괴롭게 들렸다.

"아아아악……!"

은평의 비명이 울렸다. 모래는 점점 더 거세져 눈앞이 보이지 않을 정도가 되었지만 은평의 비명 소리만은 쟁쟁했다.

"웃기지 마… 날 지배하려고 들지 마……! 내 몸이야! 내 머리야! 내 목소리야!! 누군지도 모르는 놈한테 빼앗길 것 같아?!"

공중에서 발만 동동 구르고 있던 청룡은 아연한 표정을 했다. 사기에 완전히 지배당하고 있을 줄 알았던 은평이 싸우고 있었다. 정신을 차리고 자신을 지배하려 드는 사기에 저항하고 있었다.

한편, 현무와 황은 이 상황을 한 치의 미동도 없이 바라보고만 있었다.

"…만만치 않은데? 사기에 저항할 줄도 알고. 자, 앞으로 어떻게 할 생각이지?"

황의 목소리엔 고소하다는 감정이 깔려 있었다. 현무를 마땅치 않게 생각하고 있으니 당연한 일인지도 모른다. 게다가 그는 아직 현무의 편에 설지 은평의 편에 설지를 결정하지 못한 상태였다.

"그래 봤자, 인간일 뿐."

현무는 손을 쳐들어 올렸다. 그는 대체 무슨 짓을 하려는 것일
까…….

'으아아아앙—!!'
자지러지는 갓난아기의 비명 소리!
'호호호호호호—!'
광기가 들린 듯한 여인의 웃음소리!!
전혀 어울릴 것 같지 않은 두 소리가 주변을 온통 지배하고 있었다.
은평은 침침해서 잘 보이지 않는 눈을 손으로 문질렀다. 하지만 침침
했던 시야는 되돌아오지 않았다. 아니, 시야가 침침했던 것이 아니라
원래부터 주변이 어두컴컴했던 탓이었다.
'아가야… 착하지……?'
누가 들어도 다정히 아이를 달래는 어머니의 목소리로 생각할 자애
로운 음성이었다. 마치 자장가를 불러주듯 고요했고 부드러웠다. 하지
만 아기의 울음소리는 그칠 줄을 몰랐다. 꽉 억눌린 듯한 울음소리를
내지르는 아이는 대체 누구일까 하는 궁금증이 생겼다.
'시끄러워……'
은평은 앞으로 천천히 발걸음을 내디뎠다. 황량한 어둠이 짙게 내려
앉은 공간 사이로 두 인영이 모습을 보이고 있었다. 치렁치렁 머리를
풀어 내린 여인과 이제 겨우 강보에 싸인 갓난아기였다.
'아가야… 착하지? 울면 안 돼……'
언뜻 듣기에는 아기를 달래는 자애로운 모성이 담긴 목소리겠지만
지금 여인이 하고 있는 행동은…….
'으아아아앙……!'

아기에게서 억눌리고 숨죽인 울음소리가 울려 퍼졌다. 바닥에 눌려진 채, 여인에게 목을 졸린 아이는 미약한 움직임이었지만 살고 싶다고 발버둥 쳐댔다. 숨이 막혀하면서도 살려달라 외치듯 그리 울어대고 있었다.

'울음을… 그치렴……'

여인의 말과 행동은 전혀 상반되는 것이었다. 입으로는 자애로운 말을 내뱉으면서 어찌 손으로는 반항조차 제대로 할 수 없는 갓난아기의 목을 조르고 있을 수 있단 말인가. 더군다나 여인의 목적은 아기를 죽이는 것이 아닌 듯했다. 숨이 넘어갈 만하면 손아귀의 힘을 풀었다가 다시 조르는 행동을 반복하고 있었다. 여인에게 있어서 아기는 생명이 아니었다. 그저… 신기한 반응을 보이는 장난감일 뿐이었다.

'무, 무슨 짓이에요!!'

말려야 했다. 무슨 미친 짓이란 말인가! 아직 어린 아기의 목을 조르고 있다니……! 살려달라 울부짖고 발버둥 치는 모습이 저 여인에게는 보이지도 않는단 말인가.

'당장 그만두지 못……'

은평은 여인에게 달려들어 아기를 빼앗으려 했으나 오히려 땅바닥에 나뒹굴고 말았다.

'몸을… 통과했어……'

자신의 몸을 내려다보았다. 분명 여인에게 달려들었으나 자신은 여인의 몸을 통과해 버린 것이다. 이걸 도대체 뭐라 설명할 수 있을까. 은평은 믿어지지 않아 다시 한 번 여인에게로 손을 뻗었다. 하지만 이번에도 마찬가지로 여인의 몸은 은평의 손에 닿지 않았다.

'…소용없어. 아무리 달려들어도 말리지 못해……'

바로 뒤에서 울리는 사내의 음성에 은평은 뒤로 고개를 돌렸다. 반쯤은 어둠 속에 묻힌 모습의 청의사내가 은평의 뒤에 선 채, 여인과 갓난아기의 모습을 바라보고 있었다. 어둠에 묻혀 얼굴은 보이지 않았으되, 사내가 입고 있는 청의만큼은 똑똑히 보였다.

'당신은 누구죠?'

잔뜩 경계하는 은평의 질문에도 사내는 대답하지 않았다. 대신 여인과 갓난아기를 손가락으로 가리키며 말을 이어 나갔다.

'살려달라고 그렇게 발버둥을 쳤는데… 아무도 없었어. 내 주변에는. 아무리 날 학대하는 사람이라 해도 어머니만이 유일한… 존재였지…….'

'뚱딴지 같은 소리 하지 말고 저 여자부터 좀 말려보라구요!!'

은평의 다그침에 사내는 소리 내어 웃었다.

'무슨 짓을 해도 말릴 수 없어… 저건 내 기억이거든… 아주 오래전의.'

사내의 뚱딴지 같은 소리에 은평은 다시 한 번 여인 쪽으로 고개를 돌렸다. 아기와 여인은 마치 연기처럼 점점 엷어져 대기 속으로 흩어져 버렸다. 그리고 그 자리엔 환영처럼 다섯 살 정도로 보이는 어린아이가 스르륵— 모습을 드러냈다. 창백하다 못해서 파리하기까지 한 안색, 가늘고 앙상한 몸이 안타까움을 자아내게 하는, 그런 아이였다.

'세, 세상에…….'

은평이 믿을 수 없다는 얼굴로 도리질쳤다. 아이의 몸에는 원래 옷이었을 누더기가 걸쳐져 있었고 벌어진 누더기 틈으로는 붉고 가느다란 상처가 수없이 나 있었다. 피부가 찢어진 곳으로 피가 고이고 제대로 치료조차 받지 못한 듯 빨갛게 부어오른 채 고름이 줄줄 흘렀다. 온

몸에서 멀쩡한 곳은 오직 얼굴뿐이었다. 제대로 걷기조차 힘이 드는지 휘청거리던 아이가 그 자리에 털썩 주저앉았다.

'가둬라.'

어디선가 싸늘하고 냉랭한 목소리가 들렸다. 그리고 검은 손들이 아이의 양 어깨를 붙들었다. 아이의 표정이 급속도로 굳어지고 눈은 잔뜩 겁에 질려 버린다.

'놔! 놔줘……! 어머니!! 용서해 주세요!! 어머니……! 어머니……!! 제발 가두지 마세요!! 뭐든지 할 테니까… 어머니가 원하는 건 뭐든지 할 테니까… 제발 가두지 말아요……!!'

아이의 눈에 눈물이 넘쳐흘렀다. 검은 손들에 붙잡혀 끌려가면서도 아이는 발버둥을 쳤다. 그 바람에 아이의 몸에서는 피고름이 뚝뚝 흘러내려 지면에 자국이 남았다.

'열어줘……!! 열어달란 말야!!'

아이는 작은 철문에 매달려 고래고래 소리를 질러댔다. 눈물이 범벅된 얼굴로, 손에 피가 배일 때까지 철문을 쾅쾅― 두들겼다.

'어머니……! 제발 열어주세요……! 여긴 무서워요… 어둡고… 춥단 말예요… 열어줘요… 열어줘요… 열어줘……!!'

발작하듯 소리를 지르던 아이가 천천히 무너져 내렸다. 몸을 잔뜩 웅크린 채 아이는 오열했다. 두꺼운 철문은 영영 열리지 않았고 아이의 주변에 있는 것은 차가운 추위와 암흑 같은 어둠뿐이었다.

'…저, 저리 가……!!'

한참을 오열하던 아이가 철문에 바짝 기대어 겁에 질린다. 도대체 뭐가 나타났기에 저렇게 겁에 질리는 것일까.

'아아아아아악―!'

비명을 지르던 아이의 동공에서 빛이 사라졌다. 유리구슬 같은 멍한 빛만이 감돌고 입술은 살짝 벌어진 채였다. 눈가로 작은 눈물방울이 주르륵 흘러내렸다. 아마도 아이는 너무 두려운 나머지 정신을 놓아버린 듯했다.

'…비좁고 어두운 공간 속에 갇혀서 피에 젖은 악귀의 환상을 봐야 했어… 피에 젖은 악귀는 언제나 항상 모습이 바뀌지… 간혹은 내가 악귀에서 사로잡혀서 살점을 물어뜯기고 사지가 갈가리 찢겨 나가는 환상이 보이기도 했어……'

사내가 키득거렸다. 생각하는 것만으로도, 떠올리는 것만으로도, 이리 듣고 있는 것만으로도 괴로움이 가득한 기억들 앞에서 키득대고 웃을 수 있는 사내에게 은평은 전율했다. 피부 사이로 오돌오돌 소름이 돋아난다.

'저, 저런 어머니라면 어째서 도망치지 않았지……?'

은평으로서는 이해할 수 없었다. 저건 학대의 수준을 넘고 있었다. 친자식이 과연 맞을까 하는 의문마저 들었다. 불구대천의 원수마냥 자식을 대하고 있지 않은가.

'…날 아무리 학대해도, 유일하게 곁에 있어준 건 어머니뿐이었으니까. 주변 사람들은 날 요마(妖魔)라 불렀다. 그 정도로 날 악귀처럼 여겼지. 그런 상황 속에선 어머니만이 유일하게 날 봐주는 사람이었어.'

'자식에게 저렇게 대하는 게 어째서 어머니야!! 어머니라 불릴 자격도 없어!'

철썩―!

사내의 거친 손이 은평의 뺨을 후려갈겼다. 맞은 곳이 금방 후끈 달아오르고 불에 지진 듯 따끔거렸다.

'어머니에 대해 함부로 말하지 마. 너 따위가 뭘 안다고……!'

'……'

'괴로웠다. 살아 있다는 것 자체부터가 나에겐 고통이었고 지옥이었어… 지옥 속에서 살아남으려면… 난 강해져야 했다. 그리고… 어머니에게 사랑받고 싶었어… 언젠가는 날 돌아봐 주겠지란 믿음 하나로 어머니가 원하는 거라면 뭐든지 했어. 이번 일만 마치면… 어머니도 날 돌아봐 줄 거야……'

어느새 아이의 모습은 다시 사라져 버리고 청의사내의 말만이 이어졌다. 은평은 착잡한 표정으로 청년을 올려다보았다. 청년이 손을 뻗어와 은평의 볼을 쓰다듬었다. 코끝을 아릿하게 만드는 피의 잔향에 은평은 얼굴을 찡그렸지만 볼에 닿아온 손끝을 뿌리치진 않았다. 청년의 손에 묻어 있던 진득한 피가 볼에 묻고 비릿한 냄새가 코끝을 찌른다.

'컥……!'

청년은 볼을 쓰다듬던 손으로 은평의 목을 졸라왔다. 숨이 막혀오자 은평은 온몸으로 저항했다.

'괴로워? 죽을 것 같아? 난 그것보다 더 괴로웠어.'

'…놔… 줘……'

어떻게든 숨을 쉬어보기 위해 자신의 목을 조르고 있는 사내의 손을 붙잡았다. 떼어내 보려고 안간힘을 썼지만 사지에 도저히 힘이 들어가지 않았다.

'날 도와줘… 네가 도와줘야만 해. 그래야 그자가 괴로워하거든……'

은평은 시야가 점점 흐릿해짐을 느꼈다. 귓가에 울려 퍼지는 청의사내의 음성이 희미해져 갔다……

"······!"

슬금슬금 눈가를 찔러오는 햇살에 떠지지 않는 눈을 억지로 비틀어 떴다. 제일 먼저 보이는 것은 낯선 침상의 기둥과 침상 기둥에 묶인 비단 휘장 자락이었다.

'여긴 어디지?'

몸이 이상하게 무거웠다. 물먹은 솜마냥 축 늘어져서 미동조차 하지 않았고 눈가는 축축하게 젖어 있었다. 눈물을 흘린 것처럼 말이다.

"깨어났군."

시야 사이로 인의 얼굴이 끼어들었다. 걱정스러움이 담긴 표정인지라 은평은 어리둥절해졌다. 도대체 뭐가 어떻게 된 일인지⋯ 깨어났다라는 말의 의미는 뭐고 이 낯선 곳은 어디란 말인가.

"뭐야, 깨어난 거야?"

발자국 소리가 울리고 청룡이 달려왔다. 평소답지 않게 안색에는 핏기가 없었다. 하얗게 질려 있는 게 역력한 표정. 거기다가 눈 밑에 낀 검은 기미가 어디가 아픈 게 아닐까 하는 걱정을 불러일으켰다.

"나, 나 좀 일으켜 줘."

바짝 마른 입술을 비틀어 열어 겨우 낸 목소리는 가뭄에 말라비틀어진 땅바닥마냥 쩍쩍 갈라져 있었다. 게다가 천근만근 같은 몸을 바르작거려 봤지만 꿈쩍도 하지 않았다.

"얼마간은 제대로 일어나지도 못할 거야. 요양이라 생각하고 얌전히 누워 있어."

청룡의 말에 은평이 눈을 끔뻑였다. 청룡이 하는 말을 이해할 수 없어서였다.

"그게 무슨 소리야……?"

어떻게든 일어나 보려고 몸에 잔뜩 힘을 주는 순간, 온몸의 근육들이 욱신대는 느낌에 어쩔 수 없이 다시 몸에서 힘을 풀어버리고야 말았다.

"…아무것도 기억… 안 나?"

인이 조심스럽게 물어왔다. 가라앉은 목소리에 표정에는 심각함이 어려 있었다.

"무슨 기억……?"

은평은 자신이 왜 여기에 누워 있는가를 생각해 보았다. 하나 떠오르는 기억이라고는 인이 대련인지 뭐시긴지를 한다기에 공중에 떠서 구경하던 기억이었고 그나마도 어렴풋했다. 어느 순간부터는 그 기억마저도 점점이 끊어져 있었다.

"인 네가 대련인지 뭔지 하는 거 구경하던 기억밖에는 없는데……?"

그 말을 들은 청룡과 인의 얼굴이 미미하게 변했다. 인은 이해할 수 없다는 표정이었고 청룡의 얼굴에는 안도감이 스쳐 지나갔다.

—어떻게… 아무것도 기억하지 못할 수 있지……?

—됐어. 오히려 모르는 편이 나아. 기억해 봤자 괴롭기만 하지.

인과 청룡은 조심스럽게 전음을 주고받았다. 들으려 의도한 것은 아니었고 굳이 들으려 마음먹지 않은 이상은 들리지 않지만 힘을 한번에 개방했던 후유증의 여파인지 의도하지 않아도 둘의 저음이 귓가에 닿아왔다. 대체… 무슨 일이 있었던 것일까. 어째서 모르는 편이 낫다고 하는 것이고 기억하면 괴롭다고 하는 것인지…….

"여긴 대체 어디야……?"

아무리 봐도 자신이 머물던 방은 아니었다. 가구들도 낯설었고 방

안의 공기도 낯설었다. 심지어는 지금 덮고 있는 침구들마저도.

"헌원 맹주가 내어준 거처야. 네가 갑자기 쓰러져 버려서 말야."

인이 대답했다.

"백호는……?"

[여기 있습니다.]

침상 밑에 앉아 있던 백호가 침상 위로 풀쩍 뛰어올랐다. 어쩐지 굉장히 말라 보였다. 흰 털로 뒤덮여 있어서 안색(?)은 알 수 없지만 눈빛은 지쳐 있었다.

백호가 은평을 상대하고 있는 사이 인과 청룡은 방을 빠져나왔다. 앞으로의 일을 논의하기 위해서였다.

깊은 밤이었던 것도 잠시, 아침이 밝아오는지 먼동이 터 온다. 서늘한 새벽의 공기가 둘 사이를 훑고 지나갔다.

"하루 만에 깨어났군."

만 하루 동안을 정신을 잃고 있었던 은평이다. 자신이 저지른 일들의 기억은 모두 잃은 채로 말이다. 인은 허탈해지기까지 했다. 어떻게 그렇게 싹 잊을 수 있는지, 혹 은평이 기억을 잃은 체하고 있는 게 아닐까 하는 생각마저 들 정도였다.

"어떻게 하나도 기억하지 못할 수가 있지?"

"정신이 사기에 잠식당하고 있을 동안의 기억은 오히려 나지 않는 게 나아. 난 어렴풋이나마 기억하고 있을 것 같아서 마음을 졸였는데 하나도 기억나지 않는 것 같으니 오히려 더 잘됐……."

말을 이어가던 청룡의 몸이 갑자기 흐릿해졌다.

"청룡……."

"…아, 괜찮아."

흐릿해지던 몸이 다시 돌아오고 있었다. 자꾸만 몸이 희미해지면서 사라지려는 것은 본체로의 회귀 본능이었다. 생명력까지 버려가면서 힘을 쓴 후유증이랄까.

청룡의 강대한 힘을 이기려면 본체라는 강인한 육체가 필요한데 본체로 현신하지도 않고서 무리하게 인간체의 몸으로 힘을 쓴 탓에 생명력이 고갈되어 버렸다. 본체로 돌아가 요양을 취해야 하지만 청룡은 그럴 수 없었다.

"아… 역시 소거(消去)의 술법은 쓸 게 못 된다니까."

청룡이 중얼거리며 자조의 웃음을 지었다. 그 모습을 보고 있던 인은 한숨을 내쉰다. 반광란 상태였던 은평을 간신히 잠재우고, 거기 있던 모든 사람들의 기억을 소거시켜 버린 것은 모두 청룡이 한 일이었다. 그리고 기억 소거 대신 꾸며낸 거짓 기억을 머리 속에 다시 심어준 것 역시. 자신이나 백호는 청룡에게 하등 도움도 될 수 없었다. 새삼스럽게 눈앞의 존재가 갖고 있는 힘에 대해서 궁금해지기 시작했다.

"…네 덕으로 졸지에 마교의 교주와 백의맹의 맹주를 한 번에 쓰러뜨린 괴물이 됐어."

"원망을 하려거든 은평에게 해. 난 일을 수습하기 위한 최선책을 쓴 것뿐이니까."

몸을 약간 수그리고 있던 청룡이 상체를 일으켜 세웠다. 다리는 후들거리고 제대로 형상을 유지시킬 수도 없을 정도였지만 지금은 힘을 내야 할 때였다. 지금 당장이라도 주저앉고 싶지만 해야 할 일이 자신을 기다리고 있었다.

"우선은… 황부터 찾아봐야겠군."

확실히 알 수는 없었지만 자신이 소거의 술법을 쓰는 동안 도와주었던 것을 떠올리면 아마 완전히 현무의 편인 것은 아닐 터… 어떻게든 찾아내야 했다.

"그……"

황을 떠올린 인의 얼굴에 난감함이 떠올랐다. 그것을 깨달은 청룡이 피식 웃었다.

"왜? 그때의 악몽이 떠올랐냐?"

목소리에 힘은 빠져 있어도 놀리는 어투는 그대로인지라 인은 약간 안심이 되었다.

'현무 네가 이렇게까지 나온다면 봉을 이쪽으로 끌어들일 수밖에.'

현무의 최대 약점도, 그리고 현무가 이렇게까지 나오는 이유도 봉 때문이라는 것을 알고 있는 청룡이었다.

"…좋아. 어쨌거나 두고 보자고. 내가 당하고만 있을 줄 알았다면 오산이야, 현무."

청룡은 새롭게 각오를 다졌다.

그 시각, 은평은……

"뭔가 대단한 꿈을 꾼 한 것 같은데… 기억이 안 나."

[꿈이요?]

백호는 꿈이란 소리에 몸을 움츠러뜨렸다. 설마, 기억이 나고 있는 것일까 하는 걱정에서였다. 오랜만에 본체로 돌아갔었던 몸은 힘을 너무 써버렸던 탓에 다시 작은 몸으로 되돌아와 버리고 말았다. 자신이 이 정도일진대 청룡의 경우는 어떨지 쉬이 상상조차 가지 않았다. 아마 인간의 형상을 유지하고 있는 것만으로도 상당한 부담일 것이었다. 자신과 청룡이 이 정도가 될 정도로 은평은 난리를 피웠던 것이다.

"무슨 꿈이었을까……."

자꾸만 갈라지는 목소리가 왠지 자신의 것이 아닌 것 같았다. 어차피 움직일 수도 없는 몸, 은평은 멍하니 허공을 응시했다.

"일어날래."

계속 누워 있으려니 답답했던 은평은 억지로 몸을 일으키려 애썼다. 몸을 일으킬 때마다 온몸의 근육과 뼈가 욱신거렸고 서로 어긋나 있는 듯 우두둑거리는 소리가 들린다.

"하아……."

아픔을 참아가며 겨우 상체를 일으키자 절로 한숨이 새어 나온다. 상체를 일으킨 것만으로도 등이 욱신거리고 허리가 빠질 듯 아프다.

[괘, 괜찮으십니까?]

"…괜찮아… 죽을 정돈 아니야."

일단 몸을 일으키니 일어나고 싶어졌다. 상체를 일으키는 것도 이렇게 힘들었는데 일어서려면 얼마나 아플까라는 생각에 몸을 일으키는 것이 겁이 난다. 우선 근육의 통증이 가라앉을 때까지 기다리며 고개를 숙였다.

헐렁한 침의의 소매 사이에서 삐죽 나와 있는 자신의 팔에서 이채로운 것이 눈에 뜨였다. 엷은 색의, 이미 다 아물어가고 있는 상처였다.

'…웬 상처?'

상처를 입었던 기억은 없는데 어찌 된 일인가 싶었다. 좀 더 자세히 보기 위해 손에 힘을 꽉 주고 눈가 가까이 들어 올렸다. 팔을 허공으로 들어 올리는 것도 힘이 들었다.

아물어가고 있는 상처라 어떻게 입은 것인지 알 수는 없지만… 마치 검에 베인 듯한 형상을 하고 있었다. 거기다가 한 개가 아니라 팔에는 비슷한 상흔으로 가득했다. 이미 다 아물어가고는 있다지만 어떻게 입은 상처인지 궁금해졌다.

"백호야… 나 도대체 무슨 짓을… 한 거야?"

[무슨 짓을 하다뇨. 아무 짓도 하지 않으셨는데요.]

"그럼 이 상처는 뭐지? 아무 짓도 안 했는데 이런 게 생겨?"

[이미 아물고 있는 것들이잖습니까.]

"왜 다쳤는지가 알고 싶은 거야."

은평은 백호의 말꼬리를 집요하게 물고 늘어졌다. 자신의 눈을 휙휙 피하려고 고개를 뒤트는 모습을 보아 자신에게 분명히 뭔가를 숨기고 있는 것이 틀림없었다.

"왜 다쳤는지… 알고 싶어?"

침상 맡으로 붉은 옷자락이 떨어져 내린다 싶었더니 이내 요염한 미녀가 모습을 드러냈다. 저번에 은평과 만났을 때와 달라진 것이 있다면 약간 창백한 안색이랄까.

"…갑자기 나타나지 마. 놀랐잖아……!"

[화, 황님…….]

은평은 황이 갑자기 나타난 것에 놀랐지만 백호는 황이 나타난 것에 불안을 느끼고 있는 듯했다. 황이 은평에게 쓸데없는 소리를 할까 봐서였다. 은평이 기억을 못해서 내심 안도하고 있던 백호에게 먹구름이 드리워지고 있었다.

"미친놈은 힘이 장사라더니. 네가 바로 그 꼴이었지 뭐야."

"…미친… 놈?"

[화, 황님!!]

백호는 어떻게 하면 황의 입을 막을 수 있을까 고심했다. 밖에 있는 청룡을 불러와야 하나라는 생각을 하고 있을 찰나, 황의 입이 다시 열렸다.

"어머, 기억 안 나? 너……."

[황님!! 그만 해주십쇼!]

백호가 고함을 질렀다. 하나 그 고함은 은평에 의해서 막혔다.

"백호, 조용히 해. 무슨 일인지 들어야겠어."

"너 말야. 마교의 교주인지 뭔지 하는 작자, 거의 죽일 뻔했잖아. 청룡하고 백호가 막지 않았다면 그 인간, 염계를 떠도는 귀신이 될 뻔했다구."

"…뭐……?!"

은평은 황이 하는 말이 잘 이해가 가지 않았다. 마교의 교주……? 그렇다면 화우를 자신이 죽일 뻔했다는 말인가……?

"황! 그만둬!!"

황의 기척을 알아챈 청룡이 인과 함께 달려오고 있었다. 황은 잠시 곤혹스러워했다가 이내 얼굴을 펴고 화사한 미소를 지은 채 고개를 돌렸다.

"꼴이 말이 아니네. 거보라구. 내가 말렸을 때 그만뒀으면 몸이 그 지경까진 안 갔잖아."

"나랑 이야기 좀 하자."

황이 은평에게 또 무슨 소리를 해댈지 알 수가 없어 우선은 밖으로 그를 끌고 나가야만 했다. 하나 호락호락하게 청룡의 뜻대로 움직여 줄 황이 아니었다.

"일단 나와봐! 여기서 할 이야기가 아니라……."

"청룡, 여기서 하지 못할 이야기라는 게 대체 뭐야?"

은평의 목소리가 청룡의 움직임을 멈추게 했다. 천천히 고개를 쳐들고 청룡에게로 시선을 주는 은평의 눈에는 사실을 말해 달라는 애원이 담겨져 있었다.

"숨기기만 한다고 능사는 아니라니까. 본인이 저렇게 알고 싶어하는데 말해 주는 게 어때?"

황은 붉은 기가 도는 자신의 머리카락을 손가락 끝으로 빙빙 휘감아 올리며 교태롭게 손장난을 치고 있었다.

"내가… 화우를 죽이려고 했다는 게 사실이야……?"

은평은 마른침을 삼켰다. 갈증이 일고 가슴이 콩닥콩닥 뛰어대서 견딜 수가 없었다. 아무런 기억도 없는데, 그리고 황이 말한 것이 사실이란 보증도 없지만 몸은 격렬하게 반응하고 있었다. 마치 사실이라고 외치는 것처럼.

"…사고였어. 그건 명백한 사고야. 의지가 아니었으니까."

무슨 말을 해야 할지 막막한 청룡 대신 인이 입을 열었다. 은평의 의지가 아니다, 라고 인은 믿고 있었고 청룡 역시 그리 말했다. 사기의 탓이라고, 그저 사기에 휘말려서 이성을 놓아버린 탓이라고…….

"…사고든, 뭐든… 내가 그를 죽일 뻔했다는 건 맞는가 보네."

끊겨 버린 기억은 돌아오지 않는다. 하지만 이게 사실이란 건 온몸이 증명해 주고 있었다. 은평은 무슨 말을 해야 할지 알 수가 없었다.

"모두의 기억은… 내가 소거시켰다. 그들의 기억 속에는 네가 한 것이 아니라 그자가 인에게 비무를 청했다가 내상을 입은 것으로 되어 있어. 그러니까 넌……."

"기억을 지운다고 내가 한 일이 하지 않은 일로 둔갑하는 건 아니잖아."

[은평님······.]

팔에 가득한 상처를 손끝으로 천천히 쓸어보았다. 아픈 것은 아니었지만 왠지 욱신거리고 있다는 느낌이 든다.

딱—!

은평의 이마에 황의 가느다란 손끝이 퉁겨졌다. 이마에는 손톱 자국이 살짝 남았고 은평은 얼얼한 이마를 문지르며 황을 올려다봤다. 청룡과 인, 그리고 백호는 황에게 영문을 모르겠다는 눈총을 보냈다.

"어울리지도 않는 청승 그만 떨어. 선인 주제에 인간의 사기에 휘말리기나 하고 말이지. 정말 어이가 없다니까. 지나간 일 후회해 봤자 소용없어. 어쨌거나 죽지 않았으면 된 거잖아. 더군다나 이 몸이 친히 치료를 해주기도 했고."

"···치료를 해······?"

"선인 손에 인간이 죽으면 어떤 상황이 찾아올지 생각도 안 해봤어? 그 꼴 보기 싫어서 치료해 준 거니까 괜한 착각은 말라구."

황의 말에 청룡은 놀랐다. 황이 거기까지 손을 써주고 있는 줄은 꿈에도 상상하지 못했기 때문이다. 은평을 진정시킬 때 황이 도움을 주었기 때문에 완전히 등을 돌린 건 아니라고 여기긴 했지만······.

"지금 네가 할 일은 자기 자신을 찾는 거야. 항상 그렇게 맹하게 있으니까 바보 멍청이처럼 당하는 거잖아! 선인 주제에 인간의 사기에 그렇게 쉽게 물들다니!! 그게 얼마나 수치스러운 일인지 알기나 해? 이 맹꽁아!"

자신에게 쏟아지는 청룡의 시선이 부담스러웠던지 황은 버럭 고함을 질렀다. 쑥스러워하고 있다는 걸 청룡은 바로 알아차릴 수 있었다.

─부탁한다.

인에게 은평을 부탁한다는 전음을 보내고 청룡은 황에게 손짓했다. 앞으로의 방향에 대해 이야기를 나눠볼 필요가 있었다. 그 손짓의 의미를 알아차린 것인지 황이 조심스럽게 밖으로 나가고 청룡 역시 황의 뒤를 따랐다.

둘이 나가자 어색한 침묵이 방 안을 감싸고 인은 침상 끝에 걸터앉았다. 조금 머뭇머뭇거리는 기색으로 인은 천천히 입을 열어 하고 싶은 말을 토해냈다.

"침울한 표정 하지 마. 정말로 너답지 않으니까."

"…나다운 게 어떤 건데? 언제나 하하 호호 깔깔깔 생각없이 무책임하게 구는 거? 보고도 못 본 척, 알고도 모르는 척 구는 거? 대체 어느 게 나다운 거야?'

은평의 입술 사이로 비웃음이 흘러나왔다. 자기 자신에 대한 동정, 분노, 그리고 그동안 자신이 떨어왔던 위선을 비웃고 싶었다. 비난하고 싶었다.

"그게 내 모습이라고 생각했어?'

기억은 분명히 나지 않는다. 하지만 온몸의 떨림은 자신이 한 일이 사실이라고, 꿈이 아니라고 말해 주고 있었다. 사람을 하나 죽일 뻔하고도 평정을 유지하고 있어야 한단 말인가. 즐거운 척, 아무렇지도 않은 척, 웃어대란 말인가.

"당연하잖아. 네가 그 모습밖에는 보여주지 않았는데."

"…뭐……?'

이어지는 인의 대답은 뜻밖이었다.

"너에게 아무도 그 모습을 강요한 적 없어. 그건 네가 스스로 만들어서 보여준 모습이지 타인이 강요한 게 아냐. 너 스스로 널 가둬놓고 그 모습 하나밖에 보여준 적이 없잖아. 그런데 내가 혹은 다른 타인이 그 가면을 뚫고 네 내면을 어떻게 알아채라는 거지……?"

"…너도 나에게 진정한 모습을 보여준 적 없잖아!! 이 사기꾼아! 괴물!! 이백 년 넘게 살았고 천무존인지 뭔지라며?! 같이 지내는 동안 그런 소리 한마디라도 해준 적 있었어?!"

은평이 갑자기 화를 냈다. 자신 역시 나에게 진실된 모습을 보여준 적이 없으면서 자신에게는 진실된 모습을 꺼내 보이라는 설교를 하다니, 이거야말로 어불성설이었다. 인은 한동안 멍해져 있다가 다시 입을 열었다.

"지워내고 싶은 과거가 있어. 묻어버리고 싶고, 할 수만 있다면 없는 일로 하고 싶은 일이지. 이백 년이 넘어가는 일이면 그만 잊혀질 법도 한데 그 일만은 가면 갈수록 생생해. 가끔 악몽도 꾸곤 하지. 천무존이란 이름을 얻게 되었던 것도… 내가 서화린이란 이름을 물려받았다는 사실도 모두 지워 버리고 싶었다. 그래서 말하지 않았어."

"그러면서 나보고는 드러내라는 거야?"

은평의 눈에는 원망이 서려 있었다.

"그래, 어쩌면 나도 이런 말을 할 자격 없는지도 모르지. 언젠가… 네가 이런 소리를 한 적이 있어. 정확히는 기억이 안 나는데 말야, 대략 이런 내용이었을 거야. '사람마다 생각이 다르고, 살아온 환경이 다르고, 살아오면서 느낀 것 자체가 다르다. 그 사람의 성격이 형성되게 된 살아온 과정 역시 한순간의 말로 논할 사항이 아니다. 그 사람이 살아온 세월의 일부만을 알고 있는 상태에서 그 사람에 대해서 함부로 논할 수 없다' 라는……."

자신이 했던 말을 정확히 기억하고 있는 인에게 은평은 조금 놀랐다. 이렇게까지 기억해 주리라고는 생각하지 못했었다.

"네 말대로 사람은 다른 사람을 대할 때 그 단면만을 보고 평가를 내리지. 본인이 아닌 이상, 그 사람의 모습을 완벽하게 읽어 내리기란 어려울 거야. 때때로는 자기 본인조차 자신의 모습을 완벽하게 인지하지 못하고 있는 사람이 많으니까. 비슷한 경험을 했다고 해도 그건 어디까지 비슷한 경험일 뿐이지 똑같은 건 아니잖아? 그래서 난 지금 너의 기분이 어떤지 알 수 없고, 네가 말하는 모습이 어떤 건지 잘 모르겠다. 그렇지만 이건 확실해. 사람이 살아가면서 가면을 쓰지 않는 경우는 없다는 것. 내가 그랬듯이, 혹은 네가 그랬듯이 누구나 다 위장을 위한 가면을 써. 위장을 위한 가면도 스스로의 모습이지. 그게 네 모습이 아닌 건 아니야. 그것 역시 네가 만들어낸 일부분이고 네 모습이잖아. 내면의 너도, 밖으로 비치는 너도 모두 같아. 어느 거나 전부 너다운 모습이야. 비단 너뿐이 아니라 누구나 다 똑같지. 마음을 열어준 상대에게는 내면을 좀 더 보여주는 것뿐이고 마음을 열지 않은 상대에게는 가면을 쓰고 대하는 것뿐이야. 너만 그런 게 아니라구."

자신의 얼굴을 빤히 바라보고 있는 시선이 조금 부담스러웠던지 인은 눈을 내리깔고 헛기침을 몇 번 뱉어냈다.

"어쨌거나 본론으로 돌아가서 어느 거나 자신의 모습임은 틀림없는데 이건 거짓, 이건 진실 이렇게 구분 짓는 건 이상하다구."

인은 머리를 긁적였다. 두서없이 지껄여 놓고 보니 말을 하고 있는 자신조차도 자신이 무슨 말을 하려고 했는지 까먹고 있었다.

"거기다가 이번 일… 네 잘못이 아니잖아. 네 잘못이 아닌 일에 매달려 봤자 너만 손해야. 그러니까 기운 차려. 그리고 너에게 그 사기인지 뭔지를 뒤집어씌운 놈을 찾아내서 엉덩이라도 한 대 차주라구. 다시 말하지만 이번 일은 사고였어. 사고를 탓하는 사람은 없다고. 그냥 자기 운이 나빴구나라고 칠 뿐이지."

인의 손이 은평의 머리를 쓰다듬어 주었다. 마치 왈칵 울음이 나와 버릴 것만 같은 따스한 손이라고 은평은 생각했다.

"지금 당장 봉을 불러내."

거의 명령조인 말에 황은 코웃음을 쳤다. 자신이 어째서 그 말에 따라야 한단 말인가.

"싫어."

"고집 부리지 마! 지금 현무를 제어할 수 있는 건 봉뿐이란 말야! 너도 알고 있잖아! 현무가 이렇게까지 난리를 피우는 이유를."

초조해진 청룡은 마구 뻗어 있던 긴 머리를 쓸어 올리고 입술을 잘근잘근 씹어댔다. 하지만 황은 순순히 청룡의 뜻대로 따라줄 마음이 없는 모양이었다.

"난, 봉이 상처받는 걸 원치 않아. 현무가 하는 일 역시 마음에 들지 않지만 봉에게 절대 이 일을 알릴 수 없어. 그래서 현무를 보고만 있었던 것뿐이야. 그리고 나중엔 널 도와주기도 했잖아. 어느 쪽으로 기울어지던 봉이 상처 입는 건 마찬가지니까. 나는 절대 중립이야."

황은 매몰차게 고개를 돌렸다. 그리고 입 안으로 뭐라고 웅얼거렸다. 작디작은 목소리였지만 청룡이 못 알아들을 리 없었다.

"그 말… 믿어도 될까?"

뒤돌아선 황의 등에 청룡의 질문이 던져졌다. 황은 어쩔 수 없다는 기색으로 어깨를 으쓱해 보였다.

"속고만 살았어?"

앙칼지게 말을 내뱉고 난 뒤, 황은 온몸을 다시금 거대한 불꽃으로 변화시켰다 사라져 버렸다. 사라지고 난 뒤에도 주변으로 강렬히 퍼져 나가는 얼얼한 화기를 느끼며 청룡은 주먹을 쥐었다 펴보았다.

＊　　　＊　　　＊

시야는 마치 뿌연 안개 사이에 가려진 느낌이었다. 눈가로 끊임없이 흘러내리고 있는 것은 눈물일까. 뺨은 이미 젖어 축축했고 소맷자락도 눈물로 푹 젖어버린 것 같았다.

'어머니, 많이 편찮으십니까?'

자신도 모르게 입에서 알 수 없는 말이 튀어 나갔다. 그런데 어머니……? 어머니라고? 어머니는… 이미 오래전에 돌아가시지 않았던 가.

'난 괜찮습니다.'

평소보다 창백한 안색이었지만 어머니는 침상에 누워서 자신을 내려다보고 있었다. 앙상하게 마른 손을 들어 뺨을 닦아주며 혀를 찼다. 정말로 어머니일까… 십 년 전에 돌아가신 어머니라니… 필시 꿈이리라.

'하후의 피를 이어받은 자가 어찌 눈물을 보인단 말입니까! 당장 그치세요.'

침상에 누워서도 어머니는 호통을 치고 있었다. 아픈 것이 분명한 몸임에도 불구하고 전대 교주 따님으로서의 위엄은 전혀 사그라지지 않았다. 오히려 더욱더 그 위엄을 드러내며 얼음과도 같은 냉기를 뿜어낸다.

'소교주님, 나오시지요. 시간이 다 되었습니다.'

조부가 자신에게 붙여주었다던 삼마영 중 하나가 자신의 손을 붙잡고 방 밖으로 이끌어내려 하고 있었다. 분명 내가 겪고 있는 일임에도 내 몸은 내 의지가 아닌 양 생각지도 못했던 말을 내뱉고, 또 행동하고 있었다. 마치 제삼자가 되어 내 내면 속에 들어앉아 상황을 관전하는 기분이었다.

'놓아라! 어머니께서 몸이 편치 않으심에도 제대로 옆에 있어드리지 못한단 말이냐?!'

'일영(一影), 어서 데리고 나가시게. 이런 모습은 보여주고 싶지 않으이.'

어머니는 침상에서 매몰차게 돌아누우며 퇴장을 명했다. 일영은 송구스럽다는 듯 고개를 조아리고 날 끌어내고 있을 뿐이었다.

'어머니……!'

일영의 손에 이끌려 방 밖으로 나와 버렸다. 방 밖에서는 아버지가 기다리고 있었다.

'어머니는 지금 와병 중이시니 한동안은 뵙는 것을 삼가거라.'

'예…….'

내 머리를 쓰다듬어 준 아버지는 문을 열고 방 안으로 들어갔다. 그리고 얼마 지나지 않아서 어머니의 노성이 방 밖까지 쩌렁쩌렁하게 울려댔다.

'그 가증스런 얼굴을 보고 싶지 않으니 당장 꺼지세요. 아니면 지금이라도 늦지 않았으니 날 죽이던가요! 왜 살려주었지요? 평생 수모를 안겨주기 위해서?!'

'난… 당신에게 빚을 졌소. 당신의 입장에서 본다면 나에게 자리를

빼앗긴 것이나 다름없었을 거요. 그 심정 이해하고 있소.'

'…호호호호호호… 당신이 날 이해해? 웃기지 마. 당신은 마교의 교주 위에 오르지 못했어야 할 사람이야! 원래는 내 자리였던 것을… 당신이 했던 짓들은 모두 당신에게 그대로 되돌아오게 될 거야. 가장 처절하게 말야.'

웃음을 터뜨리며 아버지에게 저주를 내뱉은 저 목소리가… 어머니라고? 도저히 믿기 힘든 사실이었다. 일영은 더 이상 내가 대화를 듣지 못하게 하려는 듯 날 끌어내고 있었다.

기억이 났다. 이건 내 과거의 기억들… 낡고 오래된, 어렸을 적의 기억이라 잊고 지냈던 기억들인 것이다. 한번 기억이 나고 나니 마치 줄이 연결되듯 여러 가지 기억들이 줄줄이 끄집어내졌다.

저 날 이후… 어머니는 한 달에 한 번 뵙기도 어려웠다. 저때가… 다섯 살 때의 일이던가?

"…정신이 들어요?!"

애타는 음성이 화우의 의식을 깊은 심연으로부터 끌어올렸다. 천천히 밝아져 오는 시야가 눈부셨다. 오랜만에 빛을 보는 듯 빛을 마주한 눈은 빙글빙글 돌기만 한다. 어디선가 청명초의 청량한 향기가 방 안을 감돌고 있었다.

'청명초는… 잊고 있던 기억을 떠올려 준다고 했던가…….'

멍한 머리에 드는 생각은 그런 것뿐이었다. 흐릿한 시야 사이로 사람들의 발걸음이 분주해지고 있는 게 보였다.

"형님… 저 운향입니다. 알아보실 수 있겠습니까?"

운향의 것이 분명한 가느다란 손가락이 화우의 손을 잡아왔다.

"…운향이냐……?"

말라붙은 거북이 등껍질처럼 쩍쩍 갈라진 목소리였다. 목이 빡빡했다. 시원한 물을 마시고 싶은 생각이 간절해졌다.

"물……."

자신도 모르게 중얼거린 그 소리에 어디선가 물 냄새가 물씬 풍기는 것을 느낄 수 있었다. 입가로 들어오는 시원한 물의 감촉에 말라붙은 입가며 목이 축축이 젖어든다. 차가운 물이 식도를 타고 위로 내려가는 것이 느껴지면서 겨우 시야도 완전히 밝아지고 둔했던 감각도 조금씩 돌아오고 있었다.

"…날 좀 일으켜 세워줘."

"좀 더 누워 계셔야 합니다."

백발문사의 만류에도 불구하고 화우는 고개를 저으며 거부했다. 어쩔 수 없다는 태도로 옆에 있던 운향이 나서서 그의 상체를 일으켜 주었다. 일어나려고 하자 가슴께에 격통이 일어났지만 식은땀을 흘리면서도 내색하지 않았다.

"왜 무모하게 천무존에게 비무를 청하는 일 따위를……."

능파의 원망 어린 걱정에 화우는 쓴웃음을 지었다. 깜깜했던 기억도 서서히 돌아오고 있었다. 그러니까 그때… 천무존을 보고 자신이 비무를 청한다고 뛰어들었던가. 분명 기억은 나는데 이게 현실인지 꿈인지도 감이 잡히지 않았다.

"예상보다 심하시진 않습니다만, 한동안은 요상을 하셔야 할 겁니다……."

거의 울먹임에 가까운 운향의 음성이 들렸다. 화우가 누워 있는 동안 그의 맥을 짚고 내상 정도를 파악해 약까지 처방한 것은 모두 운향이 한 일이었다. 화우가 의식을 잃고 깨어나지 못하는 동안 어찌나 마음을 졸여댔던지 그는 보기에 안쓰러울 정도로 홀쭉해져 있었다.

"내가 정말로… 천무존에게 비무를 청했느냐?"

"…예?"

영문 모를 소리에 운향이 되물었다.

"아니다."

화우는 쓴웃음을 삼켰다. 비릿한 피 냄새가 입 안을 떠도는 기분이 들었다.

"운향의 말에 의하면 내장이 상했다 하더군요. 이것 좀 들도록 하세요, 단."

어느새 능파는 구수한 냄새와 흰 김을 피워 올리고 있는 죽 그릇을 날라다 화우의 앞에 내밀고 있었다. 흰 소반(小盤)에 담긴 죽은 화우의 허한 속을 자극시켰다. 수저를 들고 죽을 떠서 입 안으로 가져가자 고소하면서도 담백한 맛이 우러났다.

이윽고 그는 죽 한 그릇을 모두 비웠다. 허했던 속이 조금은 채워지는 느낌이다.

"아… 백의맹의 맹주 역시 내상을 입은 것으로 알고 있는데……."

감감한 기억을 더듬어낸 화우가 헌원가진을 떠올렸다.

"그 역시 심한 내상을 입은 걸로 알고 있습니다. 마교의 교주와 백의맹의 맹주가 모두 천무존에게 패배해 자리보전을 하고 있어서 무림대전은 며칠 동안 중단되어 있던 상태입니다."

화우가 정신을 잃고 있던 동안의 일들을 백발문사는 소상히 고했다.

"그리고 이곳은… 백의맹입니다. 맹주가 방 하나를 내어주었습니다."

"그는 무사한가?"

자신이 이 정도니 그 역시 무사하진 못했으리라는 생각이 머리를 스쳤다. 그가 걱정되기도 했고 같이 천무존에게 비무를 청했으니 그쪽은 얼마나 다쳤는지 궁금하기도 하다.

"…주군처럼 정신을 완전히 놓았던 것이 아니라 깨어났다가 다시 의식 잃기를 반복했다고 알고 있습니다. 내상의 정도가 정확히 어느 정도인지는 알지 못합니다."

"천안 쪽에서 알아낸 바에 의하면 의식은 차리고 있으나 어쩐지 넋이 나간 듯한 모습이라 하더군요."

능파의 말에 화우는 고개를 끄덕거렸다. 어쩌면 당연할지도 몰랐다. 천무존과 겨뤘던 것을 생각하며 무엇이 부족했던가를 떠올려 보는 것이리라. 하나 이상한 점이라면 자신은 천무존과 겨뤘다는 기억은 있되 과정이 전혀 떠오르지 않는다는 점이었다.

'내상을 입은 소득이 없군……'

방 안으로 비춰드는 햇살을 보아 분명 아침이라 여겨졌다. 아침의 밝은 햇볕이 쬐고 싶어졌다.

"창을 좀 열어주겠나?"

삐그덕 소리와 함께 열린 창으로 밝은 햇살이 쏟아져 내렸다.

화우가 햇볕을 쬐고 있을 때, 조용히 문가를 지키고 있던 밀랍아는 문가를 서성대는 인기척을 느꼈다.

"…문밖에 누군가 와 있는 듯싶습니다."

밀랍아의 말에 모두의 시선이 문가로 쏠렸다. 분명 사람의 인영이 왔다 갔다 하는 것으로 보아서는 밖에 있는 것 같기는 한데 아마 안으로 들어올 엄두를 내지 못하는 듯 보였다.

"문을 열어보세요."

능파의 말에 밀랍아는 어색한 동작으로 문을 열었다. 밖에 있던 상대는 갑자기 문이 열리자 놀랐는지 눈을 동그랗게 뜨고 방 안의 사람들을 바라보고 있었다. 문밖을 서성대던 사람들은 뜻밖에도 은평과 인이었다.

"여긴… 어쩐 일이십니까?"

백발문사의 질문이었다. 모두가 놀란 표정이었다. 천무존이 온 것도 놀랍지만 은평이 찾아온 것 역시 놀라웠다.

"저… 몸이 괜찮은지 걱정이 되어 찾아왔어요."

기분 탓일까. 화우의 눈에는 은평의 얼굴이 창백해 보였다.

"흠… 몸은 괜찮으신가?"

인은 헛기침을 하며 은평과 함께 방 안으로 들어섰다. 모두 당황하고 있는 가운데 운향은 인에게 노골적인 적의를 드러냈다. 운향에게는 그가 천무존이든 뭐든 자신의 형님을 다치게 했다는 사실이 더 중요했다.

"앉으시지요."

능파는 제일 먼저 정신을 차리고 의자들을 끌어다가 침상 앞에 놓아두었다. 은평과 인을 앉게 하기 위해서였다.

"실례오만, 우리끼리 하고 싶은 이야기가 있으니 자리를 비켜주실 수 있겠소?"

"…썩 꺼져!! 당신이 우리 형님을 다치게 했…… 읍읍……!!"

참지 못한 운향이 소리를 지르자 옆에 있던 옥화가 잽싸게 그의 입을 틀어막았다. 괜히 천무존과 문제라도 일으키면 좋을 것이 없다 판단했던 것이다. 상대는 전대 기인으로 알려진 초절정의 고수―그것도 백의맹의 맹주와 마교의 교주를 동시에 쓰러뜨린!―였고 운향은 무공을 익히긴 했으되 무공보다는 의술에 더 관심을 보이는 사람이 아닌가.

"…그럼 말씀 나누십시오."

백발문사는 화우에게 꾸벅 고개를 숙여 보인 뒤 모두와 함께 방을 빠져나갔다. 화우는 아직도 은평과 인이 자신을 찾아온 이유를 알아차리지 못하고 어안이 벙벙한 표정을 지은 채 멍하니 둘을 올려다보았다.

"우선 좀 앉으시지요."

화우가 자리를 권하자 은평과 인은 각각 침상 앞에 놓여져 있던 의자에 몸을 내렸다.

"몸은 좀 어떠한가?"

"…막 깨어났습니다."

연적(?)이긴 했으나 상대는 어찌 됐거나 평소부터 무한히 존경해 오던 천무존이었다. 연적일 땐 연적일 것이나 지금의 그는 천무존이었다. 그렇기에 화우의 말투에 배인 존경심은 숨김없이 드러나고 있었다. 그리고 그것을 알아챈 인은 쓴웃음을 머금을 수밖에 없었다.

"괜찮다니 다행이구면."

그 말을 끝으로 셋 사이에는 다시 침묵이 짙게 내려앉았다.

"걱정이 돼서… 찾아왔어요. 몸은 괜찮아요?"

'…내상을 입은 소득이 없었다고 했던 것 취소다.'

화우는 자신이 아까 속으로 생각했던 말을 재빨리 취소했다. 내상을 입은 소득이 없다니, 버젓이 있지만 않은가. 은평이 걱정을 해주고 있다는 사실 하나만으로도 내상을 입을 가치가 있었다.

"…미안해요……."

"에……?"

"미안해요… 미안해요……."

고개를 푹 수그린 채 미안하다는 말을 반복하는 은평이 화우로서는 이해가 가지 않는 일이었다. 도대체 은평이 자신에게 미안할 일이 어디에 있던가…….

"은평 소저가 어째서 본인에게 미안해한단 말이오?"

"…그냥 미안해요……."

푹 수그린 고개에서 눈물방울이 떨어져 바닥의 융단 위에 자국을 남기고 있었다. 은평이 울고 있음을 눈치 챈 인과 화우는 심히 당황했다.

"아니, 너 우냐……? 저기… 그러니까……."

인은 뭔가 할 말을 찾아야 하는데 할 말을 찾지 못해 버벅대고 있었고…

"소, 소저… 큭……."

화우는 자신이 지금 내상을 입은 몸이란 사실도 잊고 침상에서 일어나려 바르작대다가 가슴을 내려치는 통증에 거친 숨을 내쉬며 침상에 드러누웠다.

"미안해요… 나 때문에……."

은평은 주먹을 꽉 쥐었다. 어쨌거나 자신은 화우에게 큰 죄를 지었다. 비록 화우가 그 사실을 기억하지 못하고 자신 역시 기억이 나지 않는다고 해도 그것은 엄연한 사실이고 실제했던 일이었다. 자신은 화우가 알든 모르든 사과를 해야만 했다.

"정말 미안해요……."

허리를 꾸벅 숙여 보인 은평은 앉아 있던 자리에서 벌떡 일어났다. 그리고 화우가 뭐라 말을 하기도 전에 후닥닥 문 쪽으로 걸어갔다.

"은평……!"

인은 주저없이 은평을 뒤쫓아 나가고 방에는 화우만이 남았다.

'도대체 왜 미안하다는 거지?'

의아함도 잠시, 은평이 자신을 걱정해 줬다는 사실만이 머리 속이 남아 그의 기분을 들뜨게 했다. 그리고 괜히 흐뭇한 기분에 피식 하고 웃음을 터뜨렸다. 지금 같은 기분이라면 얼마든지 아파도 좋을 것 같았다.

한편, 갑자기 나가 버린 은평을 좇아 인은 밖으로 나왔다. 방문들이 늘어서 있는 복도 끝에 은평이 어깨를 축 늘어뜨리고 벽에 기대서 있는 것이 보였다. 인은 서둘러 그쪽으로 발걸음을 떼어놓았다.

가까이 다가가자 은평의 어깨가 떨리고 있는 것이 느껴졌다. 인은 뭐라 말할 수 없는 기분에 사로잡혔다. 뭐라 위로를 해줘야 할 것 같은데 아무런 말도 머리 속에 떠오르지 않았다.

"네 잘못이 아냐. 넌 기억조차 나지 않는 일이잖아. 사고였다구."

뒤돌아선 은평의 어깨에 살짝 손을 얹는 순간, 숨죽이고 있던 울음이 터져 나왔다. 엉엉 우는 은평의 머리를 쓰다듬어 주자 은평은 인의 가슴에 얼굴을 파묻었다.

"야, 야… 저기……."

자신의 가슴에 얼굴을 파묻고 울어대는 은평을 어쩔 줄 몰라 하다가 인은 결국 한숨만 내쉬었다. 그리고 등을 토닥여 주며 달랬다.

"네가 책임감을 느낄 필요 없어. 내가 한 걸로 되어 있다니까."

눈물에 가슴 앞섶이 점점 젖어드는 것이 느껴졌다. 등을 토닥여 주고 머리를 쓰다듬어 줘도 은평의 울음은 그칠 줄 몰랐다.

그렇게 얼마가 지났을까… 겨우 은평이 고개를 쳐들었다. 빨개진 볼과 코, 부어버린 눈, 그리고 눈물 자국으로 범벅이 된 얼굴이었다. 인은 어쩔 수 없다는 듯 혀를 차며 손을 들어 은평의 얼굴에 남은 눈물

자국을 닦아냈다.

"울어도 좀 곱게 울 일이지. 얼굴이 이게 뭐냐."

인은 자신의 앞섶을 툭툭 털며 애써 장난스럽게 투덜댔다.

"으이구… 너 때문에 다 젖었잖아!"

은평의 머리를 짐짓 쥐어박는 시늉을 하지만 말 그대로 시늉일 뿐이다.

"절대 네 책임이 아니니까 죄책감 같은 거 갖고 있을 필요 없어."

인의 말에 은평은 조그맣게 고개를 끄덕였다. 하지만 마음속 깊이 자리 잡은 이 불안감과 죄책감은 사라지지 않을 듯했다.

*   *   *

여인의 희고 고운 섬섬옥수에는 어울리지 않게도 한 마리의 전서구가 붙잡혀 있었다. 푸드득거리는 전서구의 날개를 꽉 붙잡은 채 능숙한 솜씨로 다리에 매달린 통에서 꾸깃하게 접혀진 종잇조각을 꺼냈다.

'…교주의 인장(印章)이라……'

전서구의 다리에 찍혀져 있던 것은 백발문사가 속해 있는 군사부의 인장이었으나 종이에 자그맣게 찍혀져 있는 것이 교주의 인장임을 확인한 여인은 의아한 듯 고개를 갸웃거렸다. 날개를 손에서 놓자 전서구는 날아서 여인에게서 멀지 않은 곳의 나무에 몸을 얹었다. 마치 회신을 달라는 듯이.

"천음요희가 아니신가. 여기서 무얼 하고 있단 말이오?"

접혀진 종이를 펼쳐 보려던 찰나, 뒤에서 같은 장로인 육살도광 피륵의 목소리가 들렸다. 뚱뚱한 거구의 몸으로 여인, 아니, 천음요희에게 다가오고 있었다.

"아무것도 아니라오. 들어가 계시구려."

천음요희가 배시시 웃음을 터뜨렸다. 천음요희가 익히고 있던 섭혼나염공의 영향으로 인해 주변에 야릇한 기운이 퍼뜨려진다. 심기가 강한 자가 아니라면 금방이라도 이 기운에 취해 해롱댈 것만 같았다.

"어서 들어오시구려. 태상께서 기다리고 계시다오."

피륵은 벗겨진 자신의 대머리를 긁적이며 등을 돌렸다. 피륵이 완전히 사라지는 것을 보고 나서야 천음요희는 접혀진 종이를 펼쳐 볼 수 있었다.

편지를 펼치자 눈에 익은 교주의 필체가 들어왔다. 깨알 같은 글씨였지만 천음요희에게 글씨를 읽는 것은 그다지 어렵지 않은 일이었다.

"…어, 어째서 교주가 냉 군사를 알고 있단 말인가. 그 당시의 일을 교주에게 알릴 만한 사람이 없거늘. 냉 군사의 일을 알고 있는 것은 태상과 장로들뿐이 아니던가……!"

천음요희의 아리따운 입술 사이로 신음 소리가 흘러나왔다. 믿을 수 없다는 듯 고개를 도리질치는 모습은 방금 전의 모습과는 판이하게 달랐다. 천음요희는 부들부들 떨리는 몸을 간신히 지탱하고 손에 삼매진화를 일으켰다.

화르르륵—

종이는 삼매진화의 불꽃 속에서 금세 재가 되어 바람에 휘날려 갔다. 재가 휘날려 가는 것을 가만히 보고 있던 천음요희는 고소를 터뜨렸다. 우스워 견딜 수 없다는 듯 숨죽여 한참을 웃어댔다.

"후후후후… 큭큭큭… 결국에는 이리되고야 마는군."

본교의 사람들에게조차 모습을 제대로 보이지 않았던 교주였고 소수의 측근과 장로들 사이에서만 알려져 있던 그였다. 장로들이 설마 그에게 입을 열었을 리는 없겠고 또한 그 일을 알려줄 만한 사람과 접촉했을 일도 없을 텐데 도대체 어떻게 그가 냉 군사를 알고 있단 말인가.

"설마, 옥화 그 아이가……."

옥화가 어렸을 적, 지나가는 말로 그 아이의 아비에 대해 이야기를 해준 적이 있었다. 아주 어렸을 적의 일이었고 그 아이 역시 자신의 아비를 알고 있어야 한다는 생각이었다. 하나 어렸을 적의 일이니 그저 막연히 기억하지 못하리라 여기고 있었건만…….

"여기서 묻어야 한다. 그 당시의 일을 들춰내서 모두에게 좋을 것이 없는 것을……."

이 일은 여기서 덮어둬야 한다고 되뇌고는 있었지만 천음요희는 그 누구보다 잘 알고 있었다. 이 세상에서 완벽한 비밀이란 없다는 것을. 그리고 이 일이 언젠가는 전부 드러날 것임을…….

"업보인 게야… 태상… 아니, 우리 모두의 업보인 게야… 우리 모두가 수수방관했던 일인 것을 누구만의 책임이라 어찌 말할 수 있으랴."

태상을 거론하려던 천음요희는 이내 고개를 저었다. 보고도 모른 체했던 자신들 모두의 업보였다. 그리고 그 대가는 자신들뿐만 아니라 후대의 아이들까지 옭아매고 있었다.

천음요희는 어쩐지 잠시 전보다 몇 년은 더 늙어 보였다.

짧막한 회신이 담긴 종이를 전서구의 다리통에 넣으며 그녀는 한숨을 내쉬었다.

"초매(綃妹), 지금의 결과에 만족하느냐? 냉문악(冷雯岳)… 당신 역시 이 결과를 만족한단 말이오? 태상 교주… 당신도 지금의 결과를 만족하신단 말이오……?"

지금은 이미 죽고 없는 두 사람과 태상 교주의 이름을 원망스레 불러보았다. 창공 위로 전서구가 회답을 받아 날아가는 모습을 바라보며 천음요희의 독백은 점점 잦아들고 있었다.

＊   ＊   ＊

"몸은 좀 어떠십니까?"

구파일방의 장문인들이 침상 곁에 죽 늘어서 있었다. 침상 위에는 헌원가진이 누워 있었고 맹에 소속되어 있는 천완의선(天完醫仙) 전당포(殿棠匏)가 그의 몸 상태를 상세히 진료하고 있었다.

"견딜 만하오."

헌원가진은 쓰린 속을 내색하지 않고 애써 웃음을 지었다. 아프긴 했으나 참기 힘들 정도는 아니었으며 그가 약한 모습을 보여서야 위엄이 제대로 서지 않는 일이었다.

"탕제(湯劑)는 하루에 세 번 드십시오. 푹 쉬셔야 무림대전도 재개될 수 있습니다."

역대 최초로 며칠 동안이나 무림대전이 열리지 못하는 사태가 발생했다. 그것도 한 사람에 의해서 말이다. 천무존이 헌원가진과 단화우의 비무를 모두 받아들여 격퇴시켰기 때문에 두 사람이 내상으로 한동안 자리보전을 해야 하는 상태였다. 대전을 이끌어야 할 사람 둘이 모두 누워 있으니 대전이 속개될 수 없는 것도 당연지사.

"고맙소, 천완의선."

노회한 모습의 천완의선은 헌원가진에게 꼬박꼬박 존대를 쓰고 있었다. 비록 나이는 어릴지라도 맹주로서의 헌원가진을 존경하기 때문에. 또한 헌원가진 역시 의술에 독보적인 경지에 올라 있는 천완의선을 아꼈다.

"그럼 이만 물러가 보겠소이다. 무슨 일이 있으시면 바로 이 늙은이를 부르시오."

풍성한 소매 속에 침통을 챙겨 넣고 천완의선은 침상 곁에서 물러났다.

"자리보전을 하고 누워보는 것도 오랜만인 것 같습니다."

헌원가진이 파리한 안색을 하고서 가벼운 웃음을 터뜨렸다. 평소에는 잘 정돈된 느낌의 고아하면서도 단아한 미공자였지만 이리 자리보전을 하고 누워 있으면서 흐트러진 모습을 보이는 헌원가진에게서는 마치 여인 같은 아름다움을 느낄 수 있었다. 옥을 깎아 만든 듯 아름다운 이목구비가 사내에게는 전혀 어울리지 않는 '요염함'이란 단어를 떠올리게 했고 동시에 이 세상 사람이 아닌 것처럼 보였다.

"천무존께선 역시 대단한 분이셨던 것 같습니다. 그동안 제 실력이 강호에서 다섯 손가락 안에 들 것이라 자만해 왔던 것이 부끄러워집니다."

"아니오이다. 그것이 어찌 자만이란 말이오?! 맹주께서는 천무존을 제외하면 당할 자가 없으시다고 우리 모두는 믿고 있소."

모두의 위로에 헌원가진은 고개를 저었다.

"실력에서도, 경륜에서도, 연륜으로도, 내력을 운용하는 기술에 있어서도 저는 한참 부족했다는 것을 깨달았습니다. 또한 천무존께서는 철저히 실전으로 경험을 쌓으신 분이란 것도 알았습니다. 더욱 노력해서 다시 한 번 천무존께 대련을 청해볼 작정입니다."

졌음에도 헌원가진은 절대 실망하지 않았다. 오히려 다시 한 번 도전하겠다고 웃음을 짓고 있지 않은가. 그의 대범함에 구파일방의 장문인들은 내심 감탄을 금치 못했다. 어렸을 적부터 드러났던 천부적인 재능과 모두가 혹할 만한 얼굴, 좋은 가문, 이렇게까지 축복받은 인생을 사는 사람이 있을까.

"마교의 교주 쪽은 어찌 되었답니까?"

"그쪽 역시 자리보전을 하고 있는 것으로 아오. 내상의 정도가 맹주보다 심하다고 하더이다."

그 말에 헌원가진이 자리에서 상체를 일으켜 세웠다. 갑작스런 그의 행동에 모두가 놀랐지만 그는 잠시 숨을 몰아쉬었을 뿐, 아프다는 신음성 하나 내지 않았다.

"단전께가 뻐근하군요."

오히려 식은땀이 주르륵 흐르는 얼굴로 모두에게 웃어 보였다. 참을성 하나만큼은 대단한 사내였다.

"죄송하지만 거기 위에 놓여진 제 의관을 좀 건네주시겠습니까?"

침상과 조금 떨어진 거리에 놓인 원탁 위에는 새하얀 의복이 놓여져 있었다.

"맹주, 좀 더 누워 계셔야 하오."

모두의 간곡한 만류에도 불구하고 헌원가진은 끝끝내 자신의 의관을 넘겨달라고 고집을 피웠다. 원탁에 가까이 있던 무당파의 장문인인 태봉 진인이 옷가지들을 들어 그에게 넘겨줬다.

"자리에서 못 일어날 정도는 아니니 예의상 마교의 교주에게 찾아가 보아야 하지 않겠습니까? 그는 저보다 더 심한 내상을 입었다고 하니 말입니다."

침상 맡에 있던 줄을 잡아당기자 얼마 지나지 않아 시비가 문을 열고 들어왔다. 시비는 구파일방의 장문인들이 죽 늘어서 있는 것을 보자 주눅이 든 모습이었다.

"부르셨습니까."

"잠시들 나가주시지요. 곧 의관을 정제하고 나가겠습니다."

헌원가진의 축객령에 그들은 조용히 방을 빠져나갔다. 사람들이 일제히 빠져나가고 나니 좁아 보이던 방이 훤했다.

시비의 도움을 받아 옷을 입으면서 헌원가진은 보기보다 자신의 내상 정도가 심한 것 같다는 생각을 했다. 역한 피 냄새가 목을 타고 올라오고 있었고 마치 속을 긁어내리는 것 같은 느낌이 들었다. 하나 애써 참아냈다.

"다 되었습니다."

시비의 목소리에 헌원가진은 상념에서 깨어났다.

"물러가라."

시비를 물린 뒤, 방 한편에 놓여져 있던 동경에 자신의 모습을 비추어 보았다. 흰옷을 입으니 창백한 안색이 도드라져 보였다. 다른 것을 걸칠까 했지만 항상 흰옷만을 입고 지내온 터라 굳이 그리하진 않았다. 어쨌거나 일어나 제대로 몸을 지탱하고 서는 데는 많은 노력을 필요로 했다.

"정신 차려라. 넌 백의맹의 맹주 헌원가진이다."

동경 속의 자신에게 채찍질한 그는 조용히 방을 빠져나갔다.

"정녕 마교의 교주에게 찾아가시겠습니까? 몸이 회복되신 뒤에 찾아가도 늦지 않는 일이오이다."

구파일방 장문인들의 만류가 뒤따랐다. 그들로서는 어쩐지 불안했던 것이다. 하나 헌원가진은 고개를 저으며 자신의 뜻을 분명히 내비쳤다.

"다녀오겠소이다."

몸이 좋지 않은 탓일까. 마교의 교주를 찾아가는 발걸음은 왠지 모르게 편치 않았다.

한편, 은평이 돌아간 뒤 한동안 기분이 좋아져 있던 화우는 헌원가진이 자신을 찾아왔다는 소식을 받았다.

"…백의맹의 맹주가 내 병문안을 왔다고?"

믿어지지 않는지 화우는 몇 번이고 되물었다. 그가 찾아올 일이 있었던가. 더군다나 병문안을 올 만큼 친한 사이 역시 아니질 않던가.

"예, 지금 문밖에서 기다리고 계십니다."

백발문사의 말에 화우는 잠시 생각을 곱씹었다. 자신 역시 편치 않은 몸임에도 불구하고 병문안을 왔다는데 박대할 이유는 없다고 여겨졌다.

"들어오시라고 하게."

화우의 명을 받은 백발문사가 문밖의 헌원가진을 맞아들였다. 헌원가진은 방 안에 모여 있던 사람들을 보더니 조용히 웃었다.

"처음 뵙는 분들도 여럿 계시는 것 같소. 본인은 헌원가진이라 하오이다."

자신보다 분명 나이가 어릴, 운향과 옥화에게마저 정중히 인사를 하는 모습에서 품위가 묻어났다. 명가에서 나고 자라 자연스레 배어 있는 기품이랄까.

"처음 뵙겠습니다."

옥화는 헌원가진의 예의 바르고 여자를 방불케 할 정도의 아름다운 얼굴에 호감을 느낀 듯 호의적인 반응을 보였고 운향은 고개를 갸웃거리며 조용히 중얼거릴 뿐이었다.

"…해부해 볼 만한 가치가 있겠어."

물론 그 중얼거림을 알아들은 옥화가 운향의 옆구리를 콱 꼬집어 버렸지만 말이다.

"천안의 주인과 마교의 교주께서는 사이가 좋으신 모양이오."

가벼운 농을 던지며 능파에게도 포권지례를 취해 보였다. 몸이 좋지 않은데도 무리하게 몸을 움직이고 있는 것이 뻔히 보이는 그 모습에 모두는 동정 어린 마음이 들었다.

"맹주께오서도 몸이 안 좋아 보이시오이다."

누워 있다가 상체를 일으켜 기대 있던 화우는 그에게 자리를 권했다. 헌원가진이 침대 맡에 놓여진 자리에 앉자 딱히 비켜달라 말을 하지 않음에도 모두는 조용히 방을 나서고 있었다. 끝까지 방에 남아 있을 만큼 둔치들은 아니었기에.

탁 하는 소리와 함께 문이 닫히자 헌원가진은 겨우 입을 열 수 있었다.

"몸은 괜찮으십니까?"

"괜찮소이다. 맹주의 안색이 창백히 질려 있어 오히려 그쪽이 더 걱정이 되오."

화우는 헌원가진을 마주하고 있자니 창백히 질려 있는 그의 안색에 걱정이 되었다. 거동은 가능한 것을 보니 자신보다 상태는 좋은 듯하지만 그 역시 휴식이 필요함에도 자신을 찾아왔다는 생각이 들자 어쩐지 정도와 마도를 뛰어넘어 좋은 사람이다라고 느껴졌다.

"전 괜찮소이다. 이리 거동은 할 수 있지 않소."

"걱정 감사하오."

헌원가진의 이마로 땀방울이 주르륵 흘러내렸다. 하나 안색은 점점 더 창백하게 질려갔다. 그것을 알아챈 것은 본인보다도 화우가 더 빨랐다.

"안색이 나쁘시오. 편치도 않은 몸으로 너무 무리를 하신 게 아니오?"

"…그런 것 같소. 무사한 모습을 뵈었으니 이만 돌아가 보겠소이다……."

속이 울렁거리고 시야는 어지러웠다. 역시 이 몸으로 움직이는 것은 무리였던 모양이다. 하지만 내색하지 않기 위해서 헌원가진은 정말 무던한 노력을 해야만 했다.

"맹주……?"

화우가 뭐라 말을 하려 할 때 헌원가진의 신형이 기우뚱 기울며 옆으로 고꾸라졌다. 입에서는 검붉은 핏물이 왈칵 넘쳐흘러 흰 백의를 붉게 물들였다. 핏물은 그의 백의뿐만이 아니라 바닥의 융단 위에도, 그리고 침상 위에도 점점이 흔적을 만들어냈다.

"…밖에 아무도 없는가?! 어서 들어오시게!!"

화우는 자리에서 일어나 그를 부축하려고 했지만 가슴을 찌르르 울리는 격통에 포기하고 그의 팔을 잡아 붙드는 것만으로 만족해야 했다.

"무슨 일이십니까?!"

화우의 부름에 백발문사가 뛰어들어 왔다. 침상께에서 쓰러진 채 화우가 붙잡은 한쪽 팔이 아니었으면 완전히 바닥에 고꾸라졌을 헌원가진의 모습을 본 그는 서둘러 달려왔다.

"이게 대체 무슨 일입니까?"

"…나도 모르겠네. 갑자기 쓰러져 버려서……."

화우 역시 당황하고 있는 듯했다. 운향이 재빨리 다가와 헌원가진의 손목 맥을 짚었다. 맥이 약간 불규칙하긴 해도 온전히 뛰고 있음을 확인한 그는 이번에는 닫힌 눈꺼풀을 잡아 열었다.

"너무 무리를 한 모양이군요."

이곳저곳 뜯어보던 운향은 아물던 내상이 도졌다고 판명을 내렸다. 그리고 무슨 이유에선지 모르지만 내상을 입었음에도 운기를 한다던가 하는 방식으로 치료하려 들지 않았음 역시 알 수 있었다.

"맹의 수뇌부에 연락을 해서 모셔가라 하겠습니다."

운향이 그의 상태를 살피는 사이 백발문사는 행정적인(?) 일을 도맡았다. 어쨌거나 맹주가 쓰러졌으니 모셔가라고 연락은 해야 할 것이 아닌가.

"괜찮겠느냐?"

"잘은 모르겠습니다만, 자신의 몸을 돌보지 않아서일 뿐 치료를 하면 금방 나을 겁니다."

운향은 아무리 봐도 해부해 볼 가치가 있다 여기며 헌원가진의 얼굴을 뜯어보았다.

'마음에 걸리는군.'

화우는 헌원가진이 계속 마음에 걸렸다. 자신을 찾아와 준 것도 그렇고 쓰러졌을 때 얼마나 가슴이 철렁했던지. 자신은 마도의 정점이라 할 수 있는 마교의 교주, 그리고 저쪽은 정도의 정점이라 할 수 있는 백의맹의 맹주. 하지만 자꾸만 신경이 쓰이는 건 무슨 이유에서일까.

얼마 지나지 않아서 소식을 받은 맹의 총관인 교언명이 달려왔다.

"맹주⋯⋯!"

교언명은 쓰러진 헌원가진의 어깨를 자신의 어깨에 대고 부축했다.

"어쩌다 이리되신 것이오?"

"본인도 알 수 없소. 우리는 두 분이 이야기를 나누도록 자리를 비켜 드렸고, 그 후 얼마 지나지 않아서 갑작스레 쓰러지신 거라오."

교언명이 질문을 한 대상은 화우였지만 대답은 백발문사가 대신했다. 교언명은 좀 더 묻고 싶은 것이 많은 눈치였지만 군말하지 않고 헌 원가진을 부축해 방을 나갔다.

침상 위에 점점이 뿌려진 핏방울을 보면서 화우는 한숨을 내쉬었다.

"자리를 갈아드리겠습니다."

백발문사가 침상 위의 핏자국을 발견했는지 혀를 차며 시비를 부르기 위해 종을 울렸다.

"됐네, 놔두시게. 움직이기도 귀찮으이."

자리를 갈겠다는 것을 만류한 채 화우는 침상 벽에 몸을 기댔다. 화우는 자신도 모르게 손가락 끝으로 번져 버린 핏자국을 만지작거렸다. 아릿한 피비린내가 풍기는 느낌, 왠지 모르게 그리운 느낌, 이유없이 마음속에 걸리는 쐐기……. 대체 이 기분은 무얼까…….

*　　　　　*　　　　　*

"그게 무슨 소리냐, 이놈아!"

"아, 그럼, 아무리 찾아도 볼 수가 없는데 계속 이대로 있으란 말이냐?!"

사람들이 많이 지나다니는 대로 한복판. 상반된 신체적 차이를 보여주는 장대한 거구의 노인과 땅딸막한 노인은 주변의 시선을 완전히 무시한 채 서로 티격태격 싸우고 있었다.

"여기서 포기하다니! 내 자존심이 허락을 못해!"

거구의 노인은 포기하지 못하겠다고 주장했으며 땅딸보 노인은 여기서 그만 포기하자고 주장한다. 눈에 띄는 체구도 체구이려니와 한껏 높인 목청에 이들이 이렇게까지 싸우는 이유가 대체 무엇일까 궁금증이 이는 것도 당연지사. 덕분에 둘의 주변에는 지나가던 행인들이 발걸음을 멈추고 둥글게 원을 만들어 모여서 있었다.

"그럼 너는 이대로 포기하자는 말이냐?!"

"못하겠다고 말씀을 드리고 차라리 다른 걸 시켜달라 하면 되지 않느냐……."

"절대 못한다!! 안 돼! 그동안 쌓아온 사회적 지위와 명성과 체면이 있지. 어찌 한 번 약속한 것을 번복한단 말이냐?"

둘이 아웅다웅하는 모습은 절로 웃음을 자아냈기에 행인들 사이에서는 키득대는 웃음소리가 퍼져 나오고 있었다. 그 웃음소리를 놓칠 두 노인이 아니었다.

"…감히 어르신께서 말씀하시는데 누가 버릇없이 웃느냐!"

행인들의 대부분은 무림인이 아닌 일반인이었으나 큰 도와 도끼를 매단 둘의 모습에서 두 노인이 무림인임을 짐작했는지 웃음소리는 순식간에 사그라졌다.

"에잉… 요즘 것들은 싸가지 없어. 싸가지가."

땅딸보 노인의 탄식(?)에 다시 한 번 웃음소리가 터져 나왔으나 그의 눈초리에 다시 쑥 들어가 버렸다.

"…노선배님들이 아니십니까?"

행인들 사이에서 두 노인을 알아본 청년이 있는 모양이었다. 행인들 사이를 걸어나와 노인들 앞으로 다가오는 청년은 다름 아닌 당약윤이었다. 당가의 문장이 새겨진 옷도 변함없었고 조금 달라진 것이 있다면 청년의 얼굴에 서린 기운이었다. 예전에는 심약하기 그지없었는데 지금은 조금이나마 자신감이 서려 있달까.

"백염광노 노선배님, 파랑군 노선배님, 오랜만에 뵙습니다."

"오냐, 그래도 네놈은 싸가지가 제대로 박혀 있구나."

"예……?"

그랬다. 어쨌거나 이 둘은 백염광노와 파랑군이었던 것이다. 은평이 말한 사람을 찾기 위해 금릉을 이 잡듯이 샅샅이 헤집고 다닌.

"이곳에는 어쩐 일이냐? 우리는 볼일이 있어 왔다지만……."

백염광노의 질문에 약윤은 들고 있던 종이 봉투를 툭툭 쳐 보였다. 종이 봉투에서는 달콤한 냄새가 풍기고 있었다.

"동생들이 밀과(蜜菓:꿀과자)를 사달라고 졸라대서요."

"…한참 비무를 할 시간이 아니더냐? 경험을 쌓으려면 남이 비무하는 것도 봐두는 것이 좋을 텐데."

백염광노의 말에 당약윤은 고개를 갸웃거렸다.

"아직 모르셨습니까? 며칠간 무림대전은 열리지 않습니다. 주최자라 할 수 있는 백의맹의 맹주와 마교의 교주가 모두 자리보전을 하고 누워버려서 말이지요."

이 모든 전반적인 사항들을 백염광노와 파랑군은 전혀 모르고 있었다. 한동안 군중들이 내지르는 시끄러운 함성 소리가 뜸했던지라 조금 이상하게 여기긴 했었지만 말이다.

"무슨 일로 드러누웠다고 하더냐?"

흥미가 생겼는지 파랑군이 대답을 재촉했다. 한 사람도 아니고 둘이 동시에 자리보전이라니 이상하지 않는가.

"둘이 대련이라도 했느냐?"

"하하핫, 아닙니다. 두 분 모두 천무존께 비무를 신청했다가 내상을 입은 겁니다."

당약윤의 대답에 둘은 소스라치게 놀랐다.

"그게 사실이더냐?!"

"하핫, 역시 두 분께서도 놀라시는군요. 저 역시 놀랐습니다. 천무존이 살아 있다는 것도 놀라운 일인데 더군다나 완벽하게 젊어진 청년의 모습이었거든요. 제 또래 정도밖에 안 되어 보였지요."

두 사람은 도저히 믿지 못하겠다는 표정들이었다. 무공을 익히면 자기 나이보다 젊어 보이는 사람은 있어도 완벽히 세월을 거슬러 청년의 모습이라니, 둘의 상식으로선 도저히 믿지 못할 일이었다.

"만약 거짓으로 우리 둘을 놀리는 거라면 네놈의 다리를 부러뜨려 놓을 테다!"

파랑군의 으름장에도 불구하고 약윤은 당당하기만 했다.

"제가 왜 노선배님들께 거짓을 알려 드리겠습니까. 제 말을 믿지 못하시겠다면 지나가는 무림인을 붙잡고 물어보십시오."

"천무존이라니… 말도 안 돼……."

백염광노는 약윤의 눈에서 진실을 말하고 있음을 읽었다. 하지만 도저히 믿지 못할 일이었다. 다 늙은 모습도 아니고 청년……?!

"대체 어떤 모습이더냐?"

"왼쪽 뺨에 흉터가 있습니다. 등 뒤에는 장검을 멨구요. 겉보기엔 그냥 떠돌이무사처럼 보여서 저도 상당히 놀랐었지요."

약윤에게서 들은 인상착의로 두 사람의 머리에 불현듯 떠오르는 한 사람이 있었다. 서글서글한 눈매와 더불어서 알 수 없는 연륜을 풍기던 청년……!! 거기다가 왼쪽 뺨에 흉터가 있다고 하질 않던가. 틀림없이 그 청년이 천무존이라 둘은 직감했다.

31

음모는 음모를 부른다

음모는 음모를 부른다

"지금 무엇이라 했느냐? 누굴 암살할 뻔했어?!!"

잔월비선의 불같은 노성에 바닥에 꿇어앉은 여인의 몸은 덜덜 떨려오고 있었다. 여인의 바로 앞에 놓여진 한 권의 장부에는 지난 반년간, 암살을 의뢰받은 자들과 그들에게서 받은 돈, 암살 대상 등이 빼곡이 적혀 있었다.

"진정하세요……!"

"내가 지금 진정하게 됐어!"

잔혹미영의 만류에도 불구하고 잔월비선의 화는 가라앉을 줄 몰랐다. 그리고 놓여진 장부를 신경질적으로 뒤적거렸다. 암살업(?)은 비밀엄수가 생명인만큼 의뢰인의 이름은 암호로 표기되어 있었고 암살 대상은 이름이라던가 간단한 신상 명세가 적혀 있었다.

"…면목이 없사옵니다. 몇몇 건의 가벼운 암살 건은 제 재가를 받지 않고 제 휘하의 손에서 재가되고 시행되기에… 미처 확인하지 못했던 것 같습니다."

팔락팔락― 종이를 넘기는 소리가 한동안 요란하더니 이내 원하는 것을 찾아낸 듯 잔월비선의 손이 멈췄다. 그곳의 암살 대상란에 적혀 있었던 것은 틀림없이 '한은평'이란 이름 세 글자와 그 일을 맡은 살수(殺手)의 이름… 그리고 의뢰 시 받은 선금만이 적혀 있었다.

"…언제 적의 일이냐……?"

"약 한 달 정도 된 일인 듯싶사온데… 보고에 따르면 무공도 모르는 소녀의 암살이었으며 암살 대상에 비해서 선금이 턱없이 높았다 하더이다. 게다가 요구 역시 일급의 살수를 보내달라는 것이었고요. 요구에 따라 일급의 살수를 보냈는데 살수는 돌아오지 않았고 암살은 실패로 돌아갔다 하옵니다. 재차 살수를 보내려 했으나 의뢰인 측에서 그만 하면 됐다라는 뜻을 전해왔었고 의뢰 선금 역시 회수하지 않아서 그 선에서 일을 덮은 걸로 마무리 지었다라고……."

잔월비선은 어이없는 기분이 되어 장부를 자세히 살펴보았다. 의뢰인의 이름은 '만(晩)'이란 한 글자뿐이었다. 아마도 의뢰인의 성일 것이었다.

"기강이 아주 해이해질 대로 해이해졌구나. 아무리 내가 한동안 돌보지 않았기로서니……."

잔월비선은 장부책을 덮은 채 여인이 푹 수그리고 있는 바닥으로 내던졌다. 그리고 여인에게 물러가라는 듯 손을 흔들었다.

"…무, 물러가겠사옵니다."

그냥 물러가라는 건 매우 뜻밖의 결과였다. 이 자리에서 지금 당장 목을 친다 해도 할 말이 없었던 탓에 여인은 서둘러 물러갔다. 여인이

물러가거나 말거나, 잔혹미영이 걱정스런 시선을 보내거나 말거나 잔
월비선은 상황을 파악하기 위해 머리를 굴리고 있었다.

"오라버니……."

"…시끄럽다. 오라버니라 부르지 말라 하지 않았더냐?!"

버럭 성을 내는 그를 보고 잔혹미영은 걱정을 잠시 접었다. 오라버
니란 말에 저렇게 부르르 떠는 것을 보니 평소의 잔월비선이긴 한 모
양이었다. 그 역시 항상 엄한 처분을 내리던 잔월비선이 여인을 순순
히 물러가라 한 것을 이해하지 못하고 있던 참이었다.

"아마도… 이 의뢰인은 은평을 죽일 심산은 아니었던 것 같다."

"…죽일 것도 아니면서 살수를 보내는 경우도 있습니까?"

"처음부터 죽일 목적이 아니라 시험을 목적으로 보낸 것 같다. 일급
의 살수를 보내서 암살 대상의 실력을 평가하고자 한 게지. 하나 일급
살수로 실패를 했으니 거기서 그만둔 거겠고."

잔월비선은 장부에 적힌 것과 보고 들은 것만으로 꽤 정확한 추리를
해내고 있었다. 그리고 은평이 죽지 않은 이유는 아마도 천무존이란
존재 덕일 터.

"그래서 살려 보낸 거로군요?"

"…뭐야? 그럼 내가 죽이길 바랐단 말이냐?"

여인을 살려 보낸 것을 갖고 잔혹미영이 이죽거리자 잔월비선은 버
럭 화를 냈다. 어차피 시험 삼아 은평을 떠보기 위한 것이었고 오히려
좋은 자료가 될 듯해서 여인을 고이 보낸 것뿐이었다. 해이해진 잔영
문의 군기를 잡을 방도는 이미 잡아놓고 있었다.

"그나저나… 의뢰인은 대체 누굴까. 만(晚)이란 글자 하나만 적혀
있었거늘."

"좀 더 알아보라 지시를 내리세요."

"그래야 할 듯싶구나."

잔월비선은 자리에서 일어났다. 사실 황궁으로 귀환하기로 마음먹은 날짜를 훌쩍 넘기고 있었다. 아마 지금쯤 자신들의 부황은 안절부절못하고 있을 터였다. 체면이 있어서 대대적인 수색령은 내리지 못하겠고, 그렇다고 찾지 않자니 어딘가 모르게 불안하고 말이다.

"만이라… 만… 설마… 혹시……?"

만이란 글자에 대해서 뭔가 생각난 것이 있었는지 잔월비선의 얼굴에 반신반의하는 표정이 서렸다.

"뭔가 생각난 것이 있으십니까?"

설마 하는 마음으로 잔혹미영은 이어질 그의 대답을 기다렸다.

"어쩌면… 가까운 시일 내에 황군 동원령을 내려야 할지도 모르겠군."

"…그게 무슨 소리입니까?"

"만씨 성을 지닌 인물 중에서… 뭔가 떠오르는 인물이 없느냐?"

잔혹미영은 재빨리 염두를 굴렸다. 만씨 성이라… 고관대작(高官大爵)을 비롯해 황궁 대신들의 이름, 그리고 자신이 알고 있는 여러 무림인들을 떠올려 보았지만 집히는 사람은 없었다. 더군다나 만씨 성을 가진 사람은 드물었다. 만씨 성을 가진 사람은 많지만 글자가 달랐던 것이다. 대부분 만(萬)이나 만(滿)을 썼지 만(晚)을 쓰는 사람은 드문 경우였다.

"육합천천뇌(六合天闡腦) 만경소(晚竟蕭)."

잔혹미영이 도통 이름을 떠올리지 못하자 잔월비선은 한 사람의 이름을 내뱉었다. 영 내키지 않는다는 태도로. 그건 마치 입에 담기도 꺼려하는 듯한 태도였다.

"서… 설마요……!!"

육합천천뇌 만경소라는 별호와 이름을 듣는 순간 잔혹미영이 새파랗게 질렸다. 믿을 수 없었다. 그는 이미 오래전에 세상을 등진 자가 아니던가.

"그는 이미 오래전에 죽었다구요."

"내가 말하는 건 그가 아니야. 만경소의 성인 만과 장부에 적혀 있던 만 자가 일치해. 분명 그의 자손이겠지……."

"그렇다면… 배교에서 은평을 주목하고 있다는 겁니까?"

잔월비선은 대답 대신 고개를 두어 번 끄덕거렸을 뿐이다. 잔혹미영의 얼굴에는 참을 수 없는 분노가 피어올랐다. 불공대천의 원수를 떠올리는 듯한, 그런 분노였다. 그에 반해 잔월비선은 여전히 냉정한 태도를 일관하고 있었다.

"진정해. 여기서 분노해 봤자 득 될 게 없어. 그자가 세운 배교 덕에 당문이 멸문한 건 사실이지만… 그는 이미 죽은 사람일 뿐이고 지금 배교를 이끄는 것은 그의 자손일 뿐이야. 복수는 그 자손에게 해도 늦지 않아."

육합천천뇌 만경소는 본디 마교에 적을 두고 있던 자였다. 뛰어난 두뇌로도 이름이 드높았지만 무공 역시 뛰어난 경지에 올라 있었다고 한다. 한데 무슨 이유에서인지 오십 년 전 자신을 따르던 무리와 마교를 빠져나왔고 중원에 대환란과 혈겁을 일으키고야 말았다. 오십 년 전 그는 대접전의 혼란 속에서 죽어갔지만 그의 후예들은 세외로 도피해 이십 년 전 중원 대환란을 일으켰던 것이다. 거기다가 배교는 자신들 어머니 출신 가문인 당문을 처참히 짓밟기도 했었다. 무엇보다도 두 남매에게는 그것이 잊을 수 없는 원한이었다.

"어마마마의 일 때문에라도 배교를 쳐부수는 데 황궁의 힘을 보태야겠다 생각은 했지만 설마 은평까지 얽혀 있을 줄이야……."

"…절대 가만히 놔둘 수 없겠군요. 이렇게 된 이상."

잔월비선과 잔혹미영의 입가에 야릇한 미소가 떠올랐다. 이것이 후에 찾아올 중원과 세외의 대접전에 있어서, 무림의 일에는 관여하지 않는다는 황군이 대규모로 접전에 참여하는 결과를 낳게 됨을 아직은 본인들조차 짐작하지 못하고 있었다. 아직은 말이다.

*　　　*　　　*

이젠 제법 내상도 회복되었고, 혈색도 돌아왔으며, 내력의 순환도 순조로워진 화우는 오랜만에 자리보전을 하고 있던 침상에서 일어나 평소 즐겨 입던 검은 무복을 챙겨 입을 수 있었다. 몸이 찌뿌둥한 것을 보니 한바탕 비무라도 하고 싶어졌다.

"주군… 본 교로 날려 보냈던 전서구가 돌아왔습니다."

옷을 입고 있던 화우의 뒤로 백발문사가 다가왔다. 그의 손에는 전서구 한 마리가 붙잡혀서 푸드덕대고 있었다.

"천음요희께서 답신을 보내오셨단 말인가?"

"그렇습니다. 펼쳐 보시지요."

백발문사는 전서구의 다리통에서 꺼낸 종이를 공손히 그에게 내밀었다.

막상 종이를 펼쳐 들려니 화우는 가슴이 두근두근했다. 과연 냉 군사라는 인물은 누구일까. 그리고 어머니와의 관계는 어떻단 말인가.

교주께오서 어찌 냉 군사의 일을 아셨으며 지금에서야 냉 군사의 일을 들추어내시는지는 모르겠소만… 오래전 병사한 사람일 뿐이고 그자를 들추내는 것은

옥화에게도 본녀에게도 상처가 될 뿐이니 부디 거론치 마시기를.

그것이 답신의 전부였다. 거론하고 싶지 않음이 역력히 드러나는 천음요희의 답신에 화우는 쥐고 있던 종이를 꽉 움켜쥐었다.

"어째서……!!"

미심쩍었다. 듣기로는 옥화의 아비라 했으니, 천음요희와 내연의 관계에 있던 사내여서일까 아니면 다른 이유가 숨어 있어서일까. 전자든 후자든 간에 화우는 반드시 알아야 했다. 자신이 알고 싶은 건 자신의 어머니와 얽혀 있는 관계… 그것만 안다면 수수께끼 하나가 풀릴 것도 같은데 어째서 잡힐 듯 잡히지 않는 것인가.

"형님, 일어나 계서도 괜찮은 겁니까?!"

밖에 나갔다가 언제 돌아왔는지 문가에는 운향이 서 있었다. 아침에 입고 나간 깨끗했던 백의에는 새빨간 핏물이 배어 있었다. 분명 어디선가 동물의 배라도 갈라보고 온 것일 터였다. 한동안 잠잠하다 싶었던 그의 취미가 요즘 들어 다시 발동되는 모양이었다.

"옷에 밴 그 피들은 다 뭐냐?"

화우의 목소리에 책망하는 기운이 어려 있음을 깨달은 운향은 머리를 긁적였다.

"심심풀이 삼아 토끼의 배를 갈라봤을 뿐입니다. 신경 쓰지 마십시오. 그보다도 몸은 괜찮으신 겁니까? 좀 더 누워 계셔야 할 텐데요."

"의원은 네가 아니냐. 내 몸 상태는 누구보다도 네가 잘 알 텐데 날더러 괜찮느냐 물으면 어쩐란 말이냐."

어쩔 수 없다는 태도로 피식 웃음을 터뜨리며 화우는 운향의 머리를 쓰다듬어 주었다. 누구보다도 귀여운 자신의 동생이었고 혈육이었다.

무슨 짓을 해도—그 무슨 짓이라는 것이 사람의 두개골을 수집한다던가 살아 있는 생물의 배를 갈라보는 것이지만…—그저 귀엽게만 보인다랄까. 나이 차가 여덟 살이나 난다는 사실 역시 이유라면 이유였고.

그리고 보니 운향은 정말 아버지이자 전대 교주인 녹혈환마 단절강과 닮지 않은 것 같았다. 오히려 어머니 쪽을 빼닮았달까. 사내치고는 퍽 가늘고 여린 뼈대와 어머니를 닮아 자연스레 배어 나오는 차가운 기품—이 경우는 조용히 입을 다물고 있어야만 성립된다—등등. 거기다가 무공이라면 자다가도 벌떡 일어나는 아버지나 자신과는 달리 그는 학문이나 의술을 더 파고들었고 무공은 흥미없어했다. 그리고 어지간히 고집불통인지라 그에게 끝까지 무공을 가르쳐 보려고 했던 아버지마저 두 손 두 발 들게 했던 장본인이기도 하다. 군이 그를 분류하자면 무인 풍이라기보단 문사풍에 더 가까웠다.

"무림대전은 내일부터 속개되는가?"

"그렇습니다. 백의맹의 맹주 역시 빠른 회복을 보이고 있는 모양입니다."

날짜를 꼽아보던 화우는 중추절(仲秋節)이 얼마 남지 않았음을 깨달았다. 자신과 헌원가진의 부상 덕에 무림대전이 한동안 열리지 못했던 탓으로 원래라면 중추절 훨씬 이전에 끝났어야 할 무림대전이었다.

"그럼 아직 조금은 여유가 있는 셈이군."

"…뭔가 하실 일이라도 있으십니까? 하실 일이 없으시다면 맹주 쪽의 문병을 가보시는 것이……."

"아니… 그 일은 잠깐 미뤄두지."

별로 문병을 탐탁지 않아 하는 화우의 말에 백발문사는 눈을 크게 치켜떴다. 화우의 말이 너무도 뜻밖이었던 탓이다.

"…그저 기분이 내키질 않아."

그런 백발문사의 시선을 알아차렸는지 화우는 쓴웃음을 지었다. 왜일까. 당연히 문병을 가는 것이 마땅한데 어째서 기분이 이리도 내키지 않는 것일까… 맹주를 떠올리면 같이 떠오르는 이유 모를 불안과 위태로움 때문일까.

일단 그 문제는 접어두고 화우는 중추절도 얼마 남지 않으니 대로에 한번 나가볼까라는 마음을 품었다.

"잠시 대로에 나가볼까 한다. 아마 떠들썩할 테지."

최대의 명절이라는 중추절. 남녀노소를 불문하고 중추절에 가까워지면 자연스레 들뜨는 법이었다. 수확기가 다가와 먹을 것도 풍부해지고 더웠던 하절을 보내며 서늘한 추절을 맞이하게 되지 않던가.

"따라오겠느냐?"

"할 일이 있어서 그러지 못할 듯합니다."

웬일로 운향이 화우를 따라나서길 거절했다.

"제가 모시겠습니다."

백발문사가 같이 따라가겠다고 나섰다. 하나 화우는 가볍게 손을 저어 거절의 뜻을 분명히 했다.

"아니네. 됐어. 가끔은 혼자서 대로를 구경하고 싶군."

화우는 혼자서 대로변을 거닐고 싶다는 생각이 들었다. 사실 그의 수하들이 따르지 않는다면 대로변에 나갔을 때 자신이 마교의 교주라는 것을 알아보는 자는 몇 없을 것이란 생각이 들었다.

"괜찮으시겠습니까?"

"별 소동이야 있겠나. 그저 둘러보는 것뿐인데."

화우는 백발문사의 걱정을 잠재우기 위해 손을 내저으며 천천히 방 밖으로 발걸음을 떼어놓았다.

"뭐야! 난 쉬지도 못해?! 벌써 며칠째 네가 시키는 대로 다 했잖아!"

쩌렁쩌렁 울리는 은평의 고함에 인은 선잠에서 깨어났다. 며칠 전, 펑펑 운 것을 계기로 뭔가 자신도 깨닫는 게 있었는지 청룡이 가르쳐 주는 것들에 열중하더니 기어이 싫증을 낸 것일까.

"누가 계속 놀겠대?! 대로 구경만 좀 하고 온다니까!"

한동안 침울해 있는 것 같더니 지금은 조금 기운을 차린 모양이었다. 역시 밝게 웃고 장난을 잘 치는 것이 은평다운 것 같다. 괜히 침울해져서는 펑펑 울대는 건 어쩐지 은평이 아닌 것처럼 느껴졌다.

"잠 좀 자자. 어젯밤도 늦게까지 시끄럽게 굴어서 잠도 못 잤구먼."

"그러게 말이오."

인과 같이 선잠에 빠져 있던 막리가도 투덜거렸다. 무슨 일을 하는지 밤마다 우당탕거리는 소리에 잠을 못 이루기는 막리가나 인이나 매한가지였던 것이다. 막리가는 처음에 인이 천무존이라는 사실 때문에 조금 조심하는 듯하다가 차츰 평소와 다름없이 대하게 되었다. 처음엔 말도 못 붙이더니 이제는 가끔 농도 던질 정도가 된 듯했다.

"…인! 마침 잘 일어났어. 나랑 같이 놀러 가자."

은평이 인에게로 쪼르르 달려왔다. 예전과는 달리 자신에게 부리는 어리광이 느는 것 같다는 생각은 그저 기우인 걸까.

"그래, 가자, 가. 어차피 잠 깬 거 가자고."

어차피 거절해 봤자 은평의 끈질긴 조름에 못 이길 것은 불을 보듯 뻔했고 그냥 일어나 주는 게 뒤탈없고 피곤을 더는 일이었다.

"사람은 많아야 재밌으니까 막리가도 갈래요?"

"…뭐 별달리 할 일도 없으니 그럽시다."

막리가를 맘에 들어하지 않는 인은 그가 나서는 게 못마땅했지만 대놓고 드러낼 만큼 바보는 아니었다.

"가긴 어딜 가! 아직 안 끝났다구!"

청룡은 은평이 하는 양을 보더니 기가 막히다는 듯 혀를 찼다. 이제 시작인데 벌써부터 싫증을 내서야 어찌 그 많은 것들을 다 배울 수 있겠는가. 은평이나 백호에게는 특별히 내색하지 않았지만 청룡은 지금 조급해하고 있었다. 현무가 더 일을 꾸미기 전에 하나라도 더 가르쳐놓으려는 마음이랄까.

"오늘은 놀러 나갈 거야. 더 했다간 내가 못 버텨!"

청룡을 향해서 혀를 삐죽 내밀어 보인 은평은 재빨리 백호를 안아들고 인의 옆으로 와서 그의 팔마저 잡아끈다.

"청룡 쫓아오기 전에 얼른 가자~!"

뭐가 그리 재미있는지 샐쭉대는 은평을 보며 인은 귀엽다라는 생각을 했다.

"소저! 같이 가십시다!"

"소저라고 부르지 말라고 그랬죠?!"

"야! 팔 잡아당기지 마! 간다구, 가!"

청룡에게는 은평과 인이 투닥거리는 소리도, 밝게 돌아온 은평도 금방이라도 깨져 버릴 유리인 것만 같았다. 이제 얼마 남지 않은 것 같은데… 그게 과연 언제일지 짐작이 가지 않았다. 짐작조차 할 수 없는 안개, 덮쳐 오는 불안감, 그리고 내색할 수 없다는 괴로움. 현무의 심정을 짐작하고 있으면서도 그와 척을 져야 한다는 마음 등은 청룡의 마음속에 깊고도 음침한 그림자를 만들어놓고 있었다.

중추절이 머지않음인지 대로를 지나다니는 사람들은 어딘가 활기 차 보였다. 하절의 끝자락인지라 무더운 날씨에도 불구하고 사통팔달(四通八達)한 지리 탓에 각지에서 전해지는 여러 산물들로 상인들은 즐거운 비명을 내지르고 주머니가 두둑해진 한량들이 대낮부터 진회하로 모여드는 통에 화류계의 여인들 역시 한껏 재미를 보고 있는 중이었다.

분위기에 한껏 들뜬 사람들은 너도나도 대로변의 큰 장터로 모여들고 덕분에 금릉은 나날이 떠들썩한 분위기로 변모하고 있었다.

"사람들의 분위기가 들떠 있는 것 같아."

"당연하지. 곧 중추절이니까."

인은 사람들이 중추절을 맞이한 탓에 잔뜩 들떠 있음을 깨달았다. 아… 벌써 중추절이 되어가는가 싶고 중추절이 지나면 곧 가을인데 또 한 살을 먹어버리는구나 하는 생각에 마음 한구석이 쓸쓸했다.

"중추절? 그게 뭐지? 아… 혹시 추석?"

"…추석은 또 뭐냐?"

"응응, 그런 게 있어."

은평은 예전보다 말이 많아졌다. 떠들기도 잘 떠들고, 엉뚱한 소리 하는 건 조금 줄었지만 누군가를 골탕 먹이기 좋아하는 건 똑같았다.

"갑자기 달콤한 월병(月餠)이 먹고 싶네."

보들보들하면서도 달콤한 월병을 떠올린 인은 입 안에 절로 감도는 군침을 삼켰다.

"월병? 그게 뭐야?"

"월병이란 게 뭡니까?"

은평과 막리가 동시에 월병이 무엇인지를 물었다. 은평은 은평대로, 그리고 평생을 사막에서만 자라온 막리가 역시 월병이 뭔지 하나도 아는 게 없었던 것이다.

"둥글게 생긴 과자야. 팥소가 들어가서 맛있지. 중추절에만 맛볼 수 있는 별미랄까."

"먹어보고 싶다."

"곧 배 터지도록 먹게 될 거야. 중추절에 가장 흔해 빠진 게 월병이니까."

중추절이 가까워져서일까, 은은한 하늘빛 역시 날로 쪽빛처럼 진하게 변해가고 하늘의 높이는 점점 높아져만 가는 것 같다.

"막리가, 왜 그렇게 넋이 나가 있어요?"

은평은 막리가가 한곳을 뚫어져라 바라보며 넋이 나가 있는 모양새임을 깨달았다. 도대체 뭘 그렇게 보나 싶어서 막리가와 같은 곳을 바라봤지만 별달리 특별한 건 없었다. 그저 초로의 노인 하나가 장터에 나와 목기 그릇을 둘러보며 흥정하고 있는 모습 외엔 말이다. 저런 모습은 장터라면 어디서든지 볼 수 있는 흔해 빠진 광경인지라 그다지 신경 쓰일 만한 일이 아님에도 왜 저리 바라보고 있는 것일까.

"…지나가던 참새 똥구멍이라도 보셨소? 왜 이리 넋을 빼고 계시오?"

"아… 아무것도 아니오."

막리가는 약간 당황한 표정을 애써 감추었다. 하지만 그의 눈에 비춰진 건 틀림없는 동요, 그것이었다.

"소저, 노형."

"왜요?"

"……?"

"여기서 이만… 헤어져야 할 것 같소."

막리가는 여기서 은평과 헤어지기로 마음먹었다.

"에? 갑자기 왜요?"

은평이 말리는 기색인 데 반해서 인은…

"그렇소? 안녕히 가시오. 그동안 즐거웠소."

라는… 아주 쌀쌀맞은 기색이었다. 하지만 막리가에게는 그런 것을 알아챌 여유 같은 것은 이미 남아 있지 않았다. 초조해 보이는 표정을 억누르고 있음이 역력한 얼굴로 재빨리 이별을 고하고 신형을 날렸다.

"…제대로 인사도 안 하고 가버리네. 막리가도 은근히 동에 번쩍 서에 번쩍 한다니까."

은평은 인사를 제대로 못했다며 중얼거렸지만 인은 심각한 눈으로 막리가가 사라진 방향을 바라보았다. 어쩐지 점점 예감이 좋지 않았다. 금방이라도 큰일이 일어날 것만 같은 불안감이 스멀스멀 피어올라 그의 마음속으로 스며들고 있었다.

'그 짧은 시간에 어디로 사라졌단 말인가!'

아주 찰나의 시간이었음에도 자신이 찾던 사람은 훌쩍 사라져 버리고 없었다. 주변을 두리번거려도 자신이 찾는 사람은 없었다. 사람들로 북새통을 이루어 주변을 지나다니는 사람은 많았지만 말이다.

막리가는 목기 그릇을 늘어놓고 팔던 상인에게로 성큼성큼 다가갔다.

"아이구, 어서 오십… 쇼."

반갑게 그를 맞이하려던 상인은 막리가의 벽안을 보고 조금 흠칫하는 듯했다. 머리를 빡빡 깎고는 있었지만 살짝 돋아난 머리는 분명 색이 밝은 금발로 그가 중원인이 아니라는 표식과도 같았다.

"아까 목기를 고르던 노인이 어디로 갔는지 아시오?"

"…그 노인장 말씀이시오? 저쪽으로 가던데……."

상인은 고개를 주억거리며 조그만 골목길 하나를 가리켰다. 대로변의 소란스런 상인들과는 달리 가벼운 먹거리나 차 등을 팔고 있는 노점들이 죽 늘어선 골목으로 척 보기에도 인적은 대로보다 뜸한 편이다.

"고맙소."

상인이 알려준 골목길로 들어서자 구수한 음식 냄새가 진동을 했다. 대로변에서 장을 보다가 출출해진 사람들 몇몇이 골목길 안의 노점에서 간단히 한 끼 식사를 때우고 있고 조금 지친 듯한 노인들이 다점(茶店)에 둘러앉아 차를 시켜놓은 채 담소를 나누고 있었다. 막리가는 노인들만을 중점적으로 살폈다.

'도대체… 어디 있단 말인가!'

자신이 쭉 만나보고 싶어했던 사람이었다. 배교의 교주가 드리운 그늘과 자신의 사부가 드리운 그늘에서 벗어날 수 있는 해답을 제시해 줄 수 있을 것만 같은 사람, 그리고 자신을 세외의 정점에 세워줄 것만 같은 사람! 그렇게 만나고자 하였어도 어쩐지 모습을 드러내지 않다가 아까 우연히 장터에서 만났던 것이다.

"아이구, 어서 옵쇼."

얼기설기 커다란 천으로 천막을 쳐놓은 노천 다점으로 들어섰다. 안에 혹시 자신이 찾는 사람이 있나를 보기 위함이었지만 주인은 그를 손님으로 착각했던지 얼른 손을 맞비비며 달려왔다.

"뭘 드릴깝쇼?"

"사람을 찾으러 왔소."

막리가가 손님이 아님을 그제야 깨달은 주인은 입을 삐죽이며 다시 자신의 자리로 돌아가 버렸다. 주인이 그러거나 말거나 주변을 획획

둘러보던 막리가의 눈에 어떤 노인의 뒷모습이 잡혔다. 뒷모습으로만 봐도 정갈하고 단정한 분위기가 묻어났다.

'서, 설마……'

돌아앉은 뒷모습뿐이었지만 부르르 떨리는 몸과 자신의 육감이 저 사람이 자신이 찾던 이라 말하고 있었다. 도망이라도 갈세라 막리가는 서둘러 그 노인에게로 달려갔다. 걷는 동안에도 가슴팍의 심장은 두근두근 요동질을 쳐댔다.

"노인장……"

막리가의 부름에 노인이 천천히 고개를 돌렸다. 초로의, 어디서나 흔히 볼 수 있는 노인이었다. 다만 그에게서는 인자한 노학사의 풍모가 조금 엿보였을 뿐이다.

"용케도 찾아냈구먼."

쿵쿵쿵—

분탕질을 치듯 가슴이 두근댔다. 귓가에까지 자신의 심장 소리가 들릴 것 같은 거센 박동이었다. 찾았다라는 안도감과 이제부터 시작이라는 생각이 뒤범벅되어 막리가는 막상 노인을 앞에 두고도 한마디 말조차 할 수 없었다.

"앉으시게. 언제까지 올려다보게 할 셈인가? 고개가 아프구먼."

그 말에 쭈뼛거리며 노인의 건너편에 내려앉았다. 노인은 막 시킨 그윽한 다향을 즐기며 앞에 놓인 찻잔을 입가로 가져갔다.

"가끔은 이런 곳도 좋구먼. 향도 그리 나쁘지 않은 편이고… 차 맛은 별로지만 말이야. 껄껄."

노인은 잠시 차 맛을 음미하다가 다시 찻잔을 앞에 내려놓고 손을 들어 주인을 불렀다.

"아이구, 뭐 시키실 일이라도 있으십니까?"

"여기 엽차(葉茶) 한 잔 가져다 주시게."

서민들이 즐겨 마시는 값싼 엽차를 시켰다. 주인은 서둘러 주전자와 백자 찻잔을 갖고 돌아왔다.

"어느 분께 드릴깝쇼?"

"저분 앞으로 놓아주시게."

막리가의 앞에 백자 찻잔이 놓여지고 모락모락 김이 피어오르는 노릇한 액체가 담겨진다. 뿌연 수증기가 막리가의 시야를 가려도 그는 별말이 없었다.

"계속 벙어리가 되어 있을 참인가? 날 쫓아왔다면 뭔가 할 말이 있을 것 같은데."

"…오랜만이오. 연학림주."

막리가는 형편없이 갈라져 나오는 목소리를 가다듬기 위해 앞에 놓여진 엽차를 한 모금 들이켰다. 하절의 무더운 날씨임에도 불구하고 목을 타고 넘어가는 엽차가 어쩐지 서늘하게 느껴졌다.

"오랜만이구먼. 포달랍궁의 소궁주."

노인은… 바로 연학림주이자 전 한림학사인 황보영이었다. 그는 처음 만났던 아주 예전과 한 치의 변함도 없었다. 막리가는 그에겐 특별한 재주가 있는 것 같다고 느꼈다. 사람의 마음속 깊숙이 숨겨진 탐욕과 욕망을 자신도 모르게 전부 드러내게 해버리는, 그리고 어쩔 수 없이 자신과 손을 잡게 만드는 아주 특별한 재주 말이다. 그는 사람의 욕심과 사람의 마음을 다루는 법에 너무 능숙한 자였다…….

"…그때 나에게 제시했던 모든 것이 아직도 유효한 거요?"

"그거야 당연하지 않는가. 자네는 세외의 지배자가 되고 나는 중원의 지배자가 되는 것일세."

황보영, 그는 도대체 무슨 꿍꿍이란 말인가. 청의사내와 나누었던 대화에서는 다만 정도무림을 지배할 것이라 말하지 않았던가. 한데 이번에는 대담하게도 중원이라……? 도대체 그에게 있어서 진정한 아군은 누구란 말인가. 청의사내? 아니면 지금 마주하고 앉은 막리가? 그것은… 황보영 본인이 아닌 이상 아무도 알 수 없는 것이었다.

"자네도 느끼고 있겠지만 배교의 교주는 자네를 이용할 뿐, 일이 성공했을 때 아무것도 넘겨줄 생각이 없네. 이용만 당하고 버려질 바에야 차라리 자네가 먼저 그의 뒤를 치는 것도 그리 나쁜 생각은 아닐 것 같네만."

다점은 너무도 조용했다. 간간이 이야기를 나누는 사람들의 작은 말소리만이 들릴 뿐. 지금 막리가의 귀에서 메아리치고 있는 것은 황보영이 방금 내뱉은 말들이었다.

"…내가 어쩌면 좋겠소……?"

막리가의 질문에 황보영은 회심의 미소를 지었다. 이런 젊은 애송이를 다루는 일쯤 그에게 있어서는 아주 쉬운 일에 속했으니까.

활기 찬 대로의 공기. 화우는 이런 분위기를 좋아했다. 한껏 들떠 있는 사람들을 바라보는 것이나 시끌벅적함과 함께 사람 냄새가 물씬 풍기는 장터를 구경하는 것은 언제나 그에게 재미와 즐거움, 두근거림을 안겨다 주었다.

'만일 내가 마교에서 태어나지 않았더라면 나 역시 저들 같은 삶을 살아가고 있었을 테지.'

무림대전의 일정이 좀 더 길어져 중추절까지 이곳 금릉에서 머물렀으면 좋겠다는 생각이 머리를 스쳤다. 마교 역시 나름대로 중추절을 보내긴 하지만 이곳처럼 밝고 활기 찬 사람 냄새를 맡을 수는 없기 때문이었다.

"…어라?"

화우는 사람들을 둘러보는 도중 낯익은 얼굴 하나를 발견했다. 누구보다 아름다운, 여전히 사람들의 수군거림과 시선 속에 휩싸여 있는 은평이었다. 언제나와 같이 백호를 품에 안은 채 주변을 전혀 신경 쓰지 않는지 당당한 기색이었다.

"은평 소……"

은평의 이름을 부르며 가까이 가려던 화우는 은평의 뒤편에 있던 인을 발견했다. 얼마 전까지만 해도 존경하는 천무존이었던 인이 연적으로 둔갑하는 순간이었다.

이대로 이름을 부를까 말까 고민하고 있는 사이 은평이 먼저 화우가 있는 곳으로 다가왔다.

"화우……?"

은평의 얼굴에는 반가움 반, 조심스러워하는 기색 반이었지만 인은 화우를 보는 순간 인상을 벅벅 구겨댔다. 겉으로 그걸 드러낼 만큼 눈치없지 않았고 인이 그걸 드러내지 않았다고 해서 알아채지 못할 화우 역시 아니었다.

'겨우 막리가 놈이 사라졌다 싶었더니 이번에는 저놈이냐!'

막리가가 갑자기 사라진 통에 오붓하게 둘이 있을 수 있겠다 싶은 참에 방해를 받았으니 인의 기분이 나쁜 것도 당연했다.

"저… 이렇게 돌아다녀도 몸은 괜찮은 거예요?"

"괜찮소이다. 거의 나아가는 중이고 내일이면 무림대전 역시 속개될 수 있소."

화우의 웃음기 어린 말에 은평의 표정이 그제야 환하게 밝아졌다. 아직 화우에게 품고 있는 죄책감을 완전히 떨쳐 내지 못한 은평이었기 때문이다.

[무사한 것 같으니 다행이군요. 은평님이 그렇게까지 걱정하실 필요가 없다니까요.]

백호는 화우가 무사하니 은평이 완전히 떨쳐 내지 못하는 죄책감을 떨쳐 내길 바랐다. 하지만 은평은 백호의 말을 듣는지 안 듣는지 별 대꾸가 없다.

"천무존께서도 나와 계셨군요."

화우가 인에게 인사를 건넸다. 인 역시 가벼운 목례로 그 인사를 받아넘겼다. 그다지 인사하고 싶은 기분 상태는 아니었지만 말이다.

"동행해도 되겠소?"

"전 상관없어요."

은평은 싱글싱글, 백호는 동물의 모습인 관계로 어떤 표정을 하고 있는지 알 수 없었고 인의 표정은 우거지상이었다랄까.

"인, 왜 그렇게 똥 씹은 것 같은 표정이야?"

"…암 것도 아냐."

한숨을 폭폭 내쉬며 눈부신 햇살을 쨍쨍 내리쬐고 있는 태양을 원망스레 바라볼 뿐이었다. 인 그에게 무슨 힘이 있겠는가. 그냥 시키시는(?) 대로 할 뿐이지.

"날씨가 후텁지근하구려."

"더우면 잠시 다점이라도 들어가 있지."

천무존인 걸 밝히지 않았을 때야 존대였지만 어차피 까발릴 대로 까발려진(?) 터이니 인의 입에서는 반말이 튀어 나갔다.

"차 맛없어. 쓰기만 무지 쓰고."

"…네가 차 맛을 즐길 줄 모르는 거야."

인의 핀잔에 은평은 입을 삐죽였다. 지기는 싫었던 모양인지…

"좋아, 가자구. 가면 될 거 아냐! 그 다점인지 뭔지……! 내가 왜 차 맛을 즐길 줄 몰라! 안 마시는 것뿐이지!"

라는 말을 내뱉었다.

"그럼 저기로 가도록 하지요."

수많은 다점들 가운데서도 객잔에 딸린 널찍한 다점을 고른 것은 화우였다. 이야기를 나누려면 시끌벅적한 곳보다는 조용한 곳이 좋으리란 생각에서였다. 하지만 그곳에 매우 뜻밖의 인연이 기다리고 있었을 줄은 인도, 은평도, 화우도 모두 생각지 못했다.

살랑살랑 불어오는 바람이 문서건 사이에서 흘러내린 머리카락 몇 가닥을 휘날리고 다기 속에서만 감돌던 다향 역시 부드럽게 코끝을 스쳐 지나가고 있었다. 차와 바람을 마주하고 있으면 절로 평안해진달까.

"더 필요한 것은 없으십니까?"

거친 갈의(葛衣) 차림으로 고급 다점의 주인 같아 보이진 않았지만 사내에게서는 그윽한 다향이 풀풀 풍겨 나왔다.

사내의 조용한 물음에 헌원가진은 고개를 내저었다.

"괜찮소."

도졌던 내상이 가라앉자마자 그는 이곳을 찾았다. 평소에도 즐겨 찾던 곳이기도 하거니와 다향을 마주했을 때 느낄 수 있는 그 평온감을 느끼고 싶어서였다.

"그럼 이만 물러가 보겠습니다."

사내는 깍듯하게 헌원가진을 대했다. 그것은 결코 헌원가진이 백의맹의 맹주라서가 아니었다. 다점을 꾸려온 그에게는 다도(茶道)를 아는 사람만이 최고의 손님이었다. 그런 점에 있어서 헌원가진은 몇 안 되는 최고의 객이었다.

'요즘 들어 나도 모르게 평정을 잃는 일이 잦아졌다… 이건 나답지 않은 일이야.'

손 안의 따스함. 하절임에도 불구하고 서늘해지는 위를 넉넉하게 채워주는 뜨듯한 찻물이 묘한 안도감을 불러일으켰다. 문득 다기를 내려다보니 연한 갈색 빛의 찻물 속에 자신이 비춰지고 있었다. 그 속에 비춰지던 자신이 부르르 떨리는 물결의 파동 속에 흔들렸다. 그리고 그것과 동시에…

"여긴 어쩐 일이에요?"

바로 곁에서 들리는 음성에 헌원가진은 숙이고 있던 고개를 쳐들었다. 자신이 앉아 있는 탁자 부근에는 밝은 표정의 놀랄 만큼 아름다운 소녀가 서 있었다. 소녀가 누구인지를 알아챈 헌원가진은 이채롭다는 표정을 지었으나 이내 조용하게 웃는 낯빛으로 되돌아갔다.

"아… 은평 소저가 아니시오?"

헌원가진은 그녀가 바로 곁에 다가올 때까지 인기척을 왜 눈치 채지 못했던가라는 생각이 들었지만 이내 은평의 뒤에 나타난 두 그림자를 보고 그 생각을 접어야 했다.

"천무존이 아니십니까. 단 교주까지… 여긴 모두 어쩐 일들이시오?"

인을 발견한 헌원가진은 황급히 자리에서 일어났다. 연장자(?)에 대한 예우로서 말이다.

"이렇게 돌아다녀도 몸은 괜찮으신 게요?"

"…그때는 단 교주께 추태를 보인 것 같소."

왠지 모를 께름칙한 기분 때문에 문병은 가지 않았으나 눈앞에서 본인을 마주 대하니 일단은 자신의 눈앞에서 피를 토하고 쓰러졌던 헌원가진의 몸 상태가 걱정되었다. 내상이 도진 듯하던데 이렇게 돌아다닐 수 있는 것인가. 그런 그의 생각을 읽어 내린 헌원가진이 살짝 고개를 숙였다.

"걱정 감사하오. 완벽히 회복된 것은 아니나 무림대전을 다시 열 수 있을 정도는 되오이다."

화우는 기분 좋게 웃는 그를 보고 안심했다. 눈앞에서 쓰러지는 모습까지 보였는데 걱정하지 않을 사람이 어디 있으랴. 그것도 자신이 어떤지 안위를 보러 왔다가 쓰러진 것이 아니던가. 어쨌든 괜찮다니 안심이었다.

"단 교주야말로 괜찮으신 게요?"

"걱정해 주신 덕분에."

전혀 상반된 모습이었다. 한쪽은 희디흰 백의에 다른 한쪽은 새까만 흑의. 얼굴 역시 한쪽은 송옥이나 반안에 버금가는 고아한 미남자, 또 다른 한쪽은 사내답고 단정하다. 둘을 바라보고 있자니 서로 대립되는 마도와 정도의 우두머리들이라는 게 확 들어왔다. 하지만 지금 그들의 모습은 대립되는 입장이라기보단 친근한 친구같이 보였다. 선량하게 웃고 있는 얼굴이 비슷하다고 해야 할까… 아니면 묘하게 어우러지는 분위기가 비슷하다고 해야 할까.

"그러고 있으니까 사이좋아 보여요."

불쑥, 은평이 입을 열었다.

"하하하하, 그렇습니까?"

헌원가진은 조그맣게 웃음을 터뜨렸다. 화우는 머리를 긁적이며 어떤 반응을 보여야 할지 고민하는 눈치였다.

"모두들 여긴 어쩐 일들이십니까?"

"어쩐 일이긴요. 대로에 잠깐 나왔다가 교주씨랑 만났죠."

헌원가진과 은평이 말을 나누고 있을 무렵, 다점의 주인은 다기와 찻물이 담긴 주전자를 들고 나타났다.

"용정차입니다."

"…아직 시키지 않았을 텐데?"

다점 주인의 말에 인이 되물었다. 자신들은 주문을 한 기억이 없었던 것이다.

"제 자그마한 성의입니다. 헌원 공자와 가까운 사이이신 듯하여……."

각자의 앞에 다기를 놓고 뜨거운 찻물을 붓자 좋은 향기가 공중으로 퍼져 나왔다. 맑으면서도 붉은 갈색 빛을 띠고 있어 아름답게 보였다.

"그럼……."

자신의 볼일을 마친 다점 주인은 찻물이 든 주전자를 들고 물러가 버렸다.

"맹주씨 덕에 공짜로 얻어먹게 됐네요."

"…궝짜…? 그게 뭡니까?"

"아무 대가도 치르지 않고 무상으로 얻게 됐다는 의미예요."

'차를 좋아하진 않지만…' 이라는 속내는 쏙 빼고 말하는 은평이었다. 아직 은평에게 있어서는 그 차라는 건 씁쓸하기만 한 액체일 뿐, 그 이상도 이하도 아니었다.

"좋은 차로군……."

인은 그윽한 차 맛을 음미하며 중얼거렸다. 오래 산 자의 연륜(?)인 것일까? 차를 들고 흐음— 하며 한숨을 짓는 인의 모습은 등이 구부정해진 노인네를 연상케 하기 충분했다.

"이곳의 차 맛은 특별하지요. 듣기로는 아미파 장문인이신 정형 사태께서도 이 집의 차를 즐기신다고 하더군요."

헌원가진의 말이 끝나기가 무섭게 어디선가 탁탁탁— 경쾌하게 발소리가 울려 퍼졌다. 충계를 부지런히 오르고 있는 발자국 소리임이 분명했다. 그리고 바로 조용하던 다점에 고운 소녀의 웃음소리가 울려 퍼졌다.

"주인 아저씨, 안 계세요?"

생글생글 소리 내어 웃고 있는 그 모습이… 어쩐지 낯이 익었다. 생기발랄한 얼굴과 화사한 옷, 그리고 주변으로 마치 꽃이 둥둥 떠다니는 모습이 연상되는… 그랬다. 그녀는 바로 정련 선자였던 것이다.

"어쩐 일로……."

"정형사태께서 보내셔서 왔어요. 찻잎을 받아 오라 하셔서요."

"아아… 잠시만 기다려 주십시오."

정련 선자는 한적한 가게 안을 구경하다가 은평을 발견한 듯 은평 쪽으로 쪼르르 달려와 호들갑스럽게 입을 열었다. 눈은 초롱초롱 빛나고 있었고, 주변에 떠다니던 꽃이 좀 더 늘어난 듯한 환상을 주었다.

"와아아아, 정련 선자는 너무도 기뻐요! 맹주와 은평님이 이런 곳에 계실 줄은 꿈에도 몰랐어요. 세상에나~ 저 너무 기뻐요. 천무존께서도 납시어 계셨군요. 게다가 마교의 교주께서도!! 와아아아……!! 사매들에게 꼭 자랑하겠어요. 한자리에서 이런 분들을 뵙는다는 게 쉬운 일인가요?!"

숨도 안 쉬고 말을 잇는 그 기세에 네 사람은 모두 질린 듯한 표정을 지었다. 정련 선자는 마치 꿈꾸는 듯한 표정으로 두 손을 모았다.

"정련 선자는요, 꿈을 꾸고 있는 것만 같아요."

"…근데, 날 어떻게 알고 있는 거예요?"

은평은 정련 선자가 누구인지 전혀 기억이 나지 않았기 때문에 전혀 악의없이 그렇게 물어보았다. 순간, 헌원가진의 표정에 낭패감이 스쳐 지나갔다.

"…저, 절 모르시는 거예요? 저번에 만났잖아요……! 이런… 너무 슬퍼요. 절 기억하지 못하시다니."

"소, 소저, 진정하시오."

갑자기 닭똥 같은 눈물을 뚝뚝 흘려대는 정련 선자에게 화우는 놀랐는지 그녀를 달래려고 애썼다. 인은 고개를 절레절레 흔들며 정련 선자라는 인물에 대해서 가늠해 보고 있었다. 강대한 적보다는 저런 소녀가 훨씬 상대하기 버겁다. 큰 눈망울을 굴리며 순진한 미소를 보내오거나 상대방의 말은 전혀 들으려 하지 않고 자신만의 공상(?) 속에 빠져 버리면 도무지 어찌해 볼 방도가 없달까.

"…하지만 정말 기억나지 않는걸."

그녀를 이미 기억 속에서 쓱쓱 지워놓고 있던 은평은 고개를 갸웃할 뿐이었다.

"와아아아아아앙……!!"

뚝뚝 흘리던 눈물이 마침내는 울음으로 변했다. 은평의 목에 매달려서 품에 얼굴을 묻고 펑펑 울어댔다.

"…뭐, 뭐야!"

"정련 선자는 정말 슬퍼요… 절 기억하지 못하시는 거예요……?"

옆에 있던 헌원가진은 이미 이런 사태를 짐작했다는 듯 관자놀이를 짚으며 한숨만 내쉴 뿐이었다. 그녀의 별호는 미성, 그냥 별호로만 본다면 성결스럽고 성숙한 미녀를 떠올리기 쉽지만 실상은 전혀 '아니올시다' 였다. 그녀는 아미파 장문인의 애제자이면서 비구니도 아니었고 그저 나이 어린 순.진.한. 소녀로 보일 뿐이다. 게다가 순진도가 좀 지나친 나머지 눈을 초롱초롱 빛내는 것은 물론이고 상대방의 말을 아주 들으려 하지 않고 자신만의 생각과 말을 늘어놓는다던가, 상상의 세계에 빠진다던가, 저렇게 펑펑 울어버리는 일까지… 어떻게 해서 미성이라는 칭호를 얻었는지 궁금할 정도랄까.

"…울음을 그치고 진정하십시오."

보다 못한 헌원가진의 한마디에 정련 선자는 은평의 품에 파묻고 있던 고개를 들었다. 그리고 그렁그렁 눈물이 맺힌 얼굴로 중얼거렸다.

"헌원 사제… 으흑……."

모두는 자신의 귀를 의심했다. 지금 잘못 들은 게 아닌가 하고 말이다. 사제라니?! 지금 헌원가진을 향해 그녀가 사제라 부른 것이 확실하단 말인가?

"…사저(師姐), 그만 울음을 그치십시오. 천무존께서도 계신 자리이고 마교의 교주께서도 계시온데 어찌들 생각하시겠습니까."

아무렇지도 않은 얼굴로 헌원가진에게 사제 소리를 늘어놓는 정련 선자와 애써 웃음을 띠며 사저라고 부르고 깍듯한 존대를 하는 헌원가진. 누가 봐도 어색하기 짝이 없다. 화우는 둘의 얼굴을 마주 보며 머리를 긁적였다.

"그런가? 에잇, 천무존… 그리고 마교의 교주, 제가 실례를 범했습니다. 용서하세요."

자신의 눈가에 흘러내리고 있던 눈물을 소맷자락으로 문질러 닦은 정련 선자가 공손히 허리를 숙였다.

"그건 그렇다 치고, 사제와 사저라니……?"

인은 자신의 궁금증을 해결하고 싶었다. 어째서 헌원가진이 그녀에게 사저라 부르고 그녀는 헌원가진을 사제라 부르는 것인가?

"제가 어린 시절, 구파일방의 모든 장문인들께 무공을 사사받은 적이 있습니다. 공식적으로 사제지연을 맺은 것은 아닙니다만… 사적인 자리에서는 예를 갖춥니다."

"그럼……."

"헌원 사제보다는 내가 사부님의 제자가 된 시기가 더 빨랐거든요."

언제 울었냐는 듯 해맑은 미소를 띠는 모습은 영락없는 감정 표현이 많은 소녀였다.

"…나이가 어린 사람한테 존칭하려면 기분 나쁠 것 같은데."

은평의 표현이었다. 은평은 나이가 아무리 어리더라도 사문과 얽혀서 존칭을 해야 할 경우가 있다는 게 머리로는 이해가 되어도 마음으로는 이해할 수 없는 일이었다.

"나이가 어리다니요… 정련 선자께서는 무림삼미 가운데 가장 나이가 많으십니다."

헌원가진은 한숨을 내쉬었다. 그녀와 처음 만났을 무렵의 악몽이 스멀스멀 떠오르고 있었다. 누가 저 모습을 스물두 살로 보겠는가 말이다. 아무리 잘 봐줘도 열다섯 살이나 열여섯 살, 소녀의 모습이 아니던가.

"…소저, 대체 올해 몇 세가 되시오?"

화우의 질문에 정련 선자는 고개를 갸웃거리며 손가락을 들고 몇 번 세어보더니 빙그레 웃으며 대답했다.

"정련 선자는요, 올해로 이십이 년을 살았어요."

"…스물둘?!!" X3

인과 은평, 그리고 화우는 모두 질렸다는 표정으로 입을 떡 벌렸다.

저 동안으로, 저 가련한 몸체로, 저런 목소리로 스물둘?!!

"네, 이십이 년 동안 살았는걸요."

어딜 봐서 스물두 살이란 말인가. 자신과 나이 차이가 세 살밖에 안 난다는 데 있어서 화우는 경악했다. 헌원가진은 그럴 줄 알았다는 눈으로 괜히 찻물을 들이키며 먼 산을 바라봤다. 그에게 있어서도 정련 선자는 상대하기 버거운 사람이었다.

"말도 안… 아니지. 이보다 더한 누구누구도 있는데, 뭘."

말도 안 돼라는 말을 내뱉으려던 은평은 인 쪽을 바라보며 심술맞게 웃었다. 그 의미를 깨달은 인과 화우는 흠흠— 거리며 괜스레 헛기침을 내뱉었다. 도대체 누가 있어서 이 무림에서 천무존을 상대로 장난을 친단 말인가. 아마 은평이 아니면 불가능한 일일 것이다.

"스물두 살에도 이런 몸이라면 무공을 익히기에는 오히려 곤란한 거 아닌가? 동안은 그렇다 치더라도……."

인은 은평의 눈빛을 애써 외면하며 화제를 전환시키기 위해 자신이 생각한 바를 입에 담았다. 인의 말대로 정련 선자의 가녀린 몸은 무공을 펼치기 적합치 않았다. 키도 은평에 비해서 훨씬 작았고… 거기다가 스물두 살이면 이미 더 이상 몸이 자라지 않을 것인데 저런 체구로 어찌 험한 무림을 헤쳐 나갈지 걱정스러웠다.

"…소녀는 정말 기뻐요. 천무존께서 제 걱정을 해주시다니."

정련 선자가 배시시 웃었다. 그녀가 환하게 웃자 주변에 왠지 꽃이 휘날리는 듯한 착각이 들었다.

"하지만 작은 몸이라도 전 별로 상관없는걸요. 게다가 이런 체구는 일부러 이렇게 만든 것이니까요."

정련 선자의 작은 체구가 은평의 가슴을 파고들려 했다. 은평의 품에 안겨 있던 백호도 자신을 밀어내려고 팔을 버둥거리는 것에도 개의치 않고 은평의 목을 두 팔로 꼭 감싸 안았다.

"일부러… 만들었다니?"

정련 선자는 인의 질문에 답하지 않았다. 그저 방싯방싯 웃을 뿐이었다. 아마도 말하기 싫다는 표현인 듯했다.

"은평님~ 소녀는 정말 슬퍼요. 은평님이 절 기억하지 못하시다니. 그래도 은평님을 바로 옆에서 다시 뵙게 되어 행복해요."

"행복이고 뭐고 간에 좀 떨어져! 답답하단 말야!"

정련 선자의 나이가 스물두 살이란 건 알았지만 워낙 어려 보이다 보니 자신보다 연상이라는 게 실감나지 않는지라 은평의 말투는 여전히 하대였다. 하지만 정련 선자 역시 만만치 않았다. 은평의 말은 싹 무시하고 은평의 팔에 매달려 있는 저 정신력(?)이라니.

"어쨌거나 스물두 살이란 소리에 놀랐습니다. 저하고 나이 차가 세 살이라니……."

화우의 감탄(?)에 은평의 귀가 쫑긋했다. 화우는 기껏해야 스무 살 전후로 보였는데 세 살 차이라면 아직 스무 살이 안 됐다는 의미인가 해서였다.

"교주씨 나이는 몇인데요?"

"올해로 이십오 세가 됩니다만."

화우의 나이를 들은 은평의 얼굴이 뻣뻣하게 굳었다. 이쪽도 절대 정련 선자 못지않은 기염(?)을 토하질 않는가!

"교주씨도 절대 만만치 않아요! 이십오 세?"

이번 일은 은평의 가슴속에 절대적인 진리(?) 하나를 새겨놓고 있었다. 이곳에서는 절대 얼굴로만 사람의 나이를 판명하면 안 된다는 것이었다. 어째 다들 동안들만 모였는지 어리게 보여도 예상하던 나이를 훌쩍 뛰어넘고 있지 않는가. 성숙하다 못해 자신의 나이보다 훨씬 노숙한 사람들만 있던 한국에서 지냈던 은평에겐 적응하기 힘든 일이다.

"이번 기회에 자기 나이 밝히기나 해요! 보이는 대로 나이를 믿었다가 뒤통수 맞는 거 정말 싫어요."

"…뒤통수를 왜 맞지? 여기서 아무도 너 뒤통수 때린 적은 없는데."

"충격받았다라는 말이야. 괜히 내가 하는 말에 일일이 토달지 말라구."

인의 질문에 속이 터진 은평이 입을 삐죽였다. 자신이 하는 말의 뜻을 제대로 알아듣지 못한다니, 왠지 서글프다.

"우선 교주씨는 스물다섯 살, 이쪽은 스물두 살. 자, 그럼 맹주씨는 몇 살?"

"…올해로 스물한 살이 됩니다."

그나마 보이는 모습대로 가장 나이가 비슷해 보이는 건 헌원가진이었다. 약관의 청년으로 보이던 그는 나이 역시 스물한 살이었다.

"제일 정상적(?)이네요. 그럼 마지막으로 인은?"

"……."

인은 괜히 대답을 회피하며 먼 산을 응시하고 있었다. 은평 앞에서는 입이 찢어져도 밝힐 생각이 없었다. 괜히 말했다가 두고두고 놀림거리가 되고 싶진 않았던 것이다. 어찌 보면 자신의 신세도 참 처량맞았다. 아직 스무 살도 안된 계집아이에게 이리저리 휘둘리는 꼬락서니라니.

"뭐야? 왜 대답을 안 해?"

"…잊어버렸어."

"흐응, 말하기 싫으면 맘대로 해. 나하고 이백 년 이상 차이가 난다는 건 확. 실. 하니까."

은평의 얼굴에 짓궂음이 잔뜩 서려 있었다.

"내 나이는 열일곱 살이에요. 이 중에선 가장 어리네요."

가장 파릇파릇(?)하다는 만족감 덕분인지 은평은 생글거렸다.

"부탁하신 찻잎입니다."

소리 소문 없이 탁자까지 걸어와 정련 선자를 향해 찻잎이 든 종이 봉투를 내민 사람은 다점의 주인이었다.

"감사합니다."

언제 들러붙어 있었냐는 듯 종이 봉투를 냉큼 받아 든 정련 선자는 그제야 은평의 품에서 떨어져 나왔다.

"그럼 전 이만 가보겠어요. 얼마 지나지 않아서 소란스럽고 바빠질 테니까 지금처럼 한가로울 때 다향을 즐기지 않으면 기회가 없거든요."

정련 선자는 모두에게 생긋 웃어 보이고는 발랄한 걸음걸이로 다점의 층계를 내려가 버렸다.

"정말 정신없는 소저로군요."

화우는 그녀가 가버리고 나자 갑자기 조용해지는 분위기를 실감했다.

"동안인 것들은 모두 괴물들이야……."

은평의 의미심장한 중얼거림에 인과 화우가 막 입에 머금었던 차를 푹― 하고 뱉어냈다.

"윽, 더러워."

은평과 화우와 인이 투닥거리는 사이 헌원가진은 이층 난간 아래로 보이는 대로변을 주시했다. 주변의 시선을 한 몸에 받으며 뛰어가는 정련 선자의 뒷모습이 눈에 뜨였다.

"후우……."

이것은 단순히 찻물을 식히기 위한 입김일까, 아니면 어느 누군가를 향한 한숨일까……?

"아, 돌아가야겠다. 청룡이 화낼 거야."

은평은 해가 떠 있는 방향을 힐끔 보더니 얼굴을 찌푸렸다. 헌원가진은 은평의 모습을 잠시 바라보더니 찻물을 들이키면서 살짝 입술을 달싹였다.

―소저, 약속… 잊지는 않으셨겠지요?

은평은 자신의 귓속으로 흘러 들어오는 헌원가진의 음성에 고개를 갸웃거렸다. 약속 따위, 까~ 맣게 잊고 있었던 것이다.

'아? 아… 아! 그거 말이구나.'

겨우 기억해 낸 은평은 살짝 고개를 끄덕였다. 귀찮았지만 얼결에 약속을 했으니 지키긴 해야 할 터였다.

"뭘 혼자 끄덕끄덕거리는 거냐?"

"아무것도 아냐."

은평은 자리에서 일어났다. 그리고 헌원가진과 화우를 향해 살짝 고개를 숙여 가볍게 인사를 했다.

"전 이만 가야겠어요. 늦으면 지렁이가 화내거든요."

"…지렁이?" X2

헌원가진과 화우 모두 의아하다는 표정을 했다. 땅속에서 꿈틀꿈틀 기어다니는 불긋한 미물이 어째서 화를 내는 것인가에 대한 의문이었다.

"나 역시 이만."

인도 일어서자 헌원가진과 화우 역시 따라 일어섰다. 연장자(?)에 대한 예우랄까. 인은 귀찮은 마음에 손을 휘휘 저어주고는 은평의 뒤를 바짝 좇았다.

화우는 어쩐지 아쉬운 마음에 들어 난간 밖으로 내려다보이는 대로변에 시선을 주었다. 사람들 사이를 헤치고 지나가는 인과 은평의 뒷모습이 보였다.

"뭘 그렇게 보고 계시오?"

"아무것도 아니라오."

화우는 쓴웃음으로 동요를 애써 감춰냈다. 헌원가진은 화우에게 한 가지 제안을 해왔다.

"폐가 되지 않는다면 저와 술자리를 같이 하지 않겠습니까?"

그 제안에 화우는 고개를 살짝 돌려 하늘을 바라보았다. 아직 해가 중천에 걸려 있었다. 오수(午睡)를 즐기기 딱 좋은, 나른한 오후였다.

"…아직 해도 지지 않았소만."

"주도를 즐기는데도 낮, 밤을 가리오리까?"

헌원가진이 쿡쿡대는 웃음을 터뜨렸다. 마치 어린아이 같은 순수한 웃음이라 화우 역시 자신도 모르게 실소를 터뜨렸다. 그의 웃음을 보고 있자니 자신의 동생인 운향이 머리 속에 떠올랐다.

"그리하십시다."

화우는 흔쾌히 고개를 끄덕였다.

그리고 잠시 뒤, 둘은 다점에서 벗어나 대로변으로 들어섰다. 둘이 나란히 걷고 있는 모습은 흑과 백의 강한 대비이자 조화였다. 주변의 시선을 확 잡아끄는 것과 동시에 묘한 인상을 남기고 있다랄까.

"이런 시간에 여는 주점이 있으려나……."

화우의 혼잣말을 들은 듯 헌원가진이 약간 걸음을 빨리해 앞서 나갔다. 자신이 알고 있으니 좇아오라는 듯이. 그리고 마침내 당도한 곳은 허름해 보이는 작은 주점이었다.

높이 내걸린 낡은 현판(懸板)은 금방이라도 떨어질 듯 위태위태했고 겉모습 역시 허름했지만 헌원가진은 아무런 거리낌 없이 안으로 들어섰다. 화우도 그를 따라서 주점 안으로 들어섰다.

주점 안에는 아직 이른 시각인데도 불구하고 드문드문 사람들이 앉아 있었다. 떠들썩하진 않지만 두런두런 떠드는 소리가 여기저기서 울렸다.

"아이고, 오셨습니까?"

웃는 모습이 인상 좋게 생긴 사내가 자리에 앉아 있다가 잽싸게 둘 앞으로 달려왔다.

"자, 자, 이리로. 주문은 무엇으로 하시겠습니까?"

사내는 손바닥을 마주 비비며 두 사람이 주문하길 기다렸다. 화우는 이곳의 분위기에 적응을 못했는지 떨떠름한 표정으로 주변을 둘러보고 있었다.

"우선 가볍게 미주로 가져다 주게. 안주는 대충 챙겨오고."

"예예, 알겠습니다."

헌원가진은 자신이 알아서 주문을 시켰다. 아직 늦은 오후일 뿐이니 가볍게 미주로 시켰다. 독한 술은 밤이 깊어졌을 때 시켜도 늦지 않으니 말이다.

"도대체 이곳은 아직 해가 중천인데도 장사를 한단 말이오?"

"하하하, 낮이든 밤이든 술을 좋아하는 사람들이 있고, 낮이든 밤이든 조금이라도 더 팔아 이윤을 남기려는 장사치들도 있기 마련 아니겠소?"

헌원가진은 주변을 둘러보면서 빙그레 웃었다. 취기가 도는지 벌게진 얼굴을 한 사람, 짐을 가득 옆에 쌓아놓고 게걸스럽게 식사를 하는 사람, 여러 명이 모여 앉아 떠들어대는 무리… 이런 이들을 보고 있자니 왠지 부러움이 샘솟는다.

"우연히 돌아다니다가 알게 된 곳이라오. 활기 찬 분위기가 좋아서 가끔 오고 있소."

"활기 찬 분위기라… 과연 그렇구려. 본인 역시 이런 분위기를 좋아한다오. 나 같은 이로서는 평생을 가도 누려보지 못할 삶이 아니오?"

화우는 헌원가진과 제법 통하는 구석이 있다고 생각했다. 자신 역시 장터의 소란스러움이라던가 사람 냄새가 그득한 활기 참을 좋아하지 않았던가.

"하하하, 단 교주 같은 사람도 그런 생각을 하시오?"

"맹주께서는 그런 생각을 품어보신 적이 단 한 번도 없단 말이오?"

화우는 헌원가진 역시 자신과 비슷한 심정을 느껴봤을 것이라고 생각했다. 수장이라는 이름의 막대한 중압감, 어깨 위에 걸쳐진 짐이 너무도 무거워 내려놓고 싶지만 차마 그리할 수 없는 입장이다 보니 내색조차 할 수 없는 답답함.

"…잘 모르겠구려."

씁쓸한 미소를 짓는 그의 얼굴에서 화우는 그 역시 그런 적이 있음을 읽어 내렸다. 헌원가진의 말을 끝으로 두 사람 사이에 침묵이 내려앉는다.

"오래 기다리셨습니다."

그런 침묵을 깬 것은 서글서글한 중년 여인이었다. 접시 가득 담긴 음식들과 술 몇 병을 내오는 것을 보니 이곳에서 일을 하는 듯싶었다.

"사이들이 좋아 보이셔요. 무슨 이야기들을 그리 재밌게 하셨어요?"

"그리 재미있는 이야기는 아니었다오. 게다가 그렇게까지 사이가 좋지도 않소."

서글서글한 여인의 인상에 화우는 웃으며 입을 열었다.

"아니긴요. 멀리서 두런두런 이야기를 나누고 있는 모습을 보니 형제같이 보일 정도던데요. 게다가 두 분 묘하게 닮으셔서……."

여인의 말에 화우는 웃음을 터뜨렸다. 헌원가진과 자신은 닮은 구석이 전혀 없었던 것이다. 생김새도 그러하고 옷차림도 그러하고. 거기다가 출신 배경까지 말이다. 닮았다기보다는 극과 극을 달린다는 표현이 딱 들어맞는.

"닮기는… 본인은 이분만큼 잘생기지도 않았소."

"가까이서 보니 확실히 극과 극을 달리네요. 하지만 멀리서 볼 땐 묘하게 닮아서……."

"원래 가장 상반되는 것이 가장 가까운 것이라 하지 않소?"

잠자코 있던 헌원가진이 끼어들었다. 그 역시 여인의 말이 재미있었는지 안면에 웃음을 띤 채였다.

"그것도 그렇네요. 그럼 맛있게들 드셔요."

여인은 총총걸음으로 어디론가 가버렸다.

"자, 그럼 드십시다."

헌원가진은 여인이 놓고 간 술병을 들어 화우의 술잔에 가득 따라주었다.

"맹주께서도 한잔 받으시오."

화우는 자신의 술잔이 모두 채워지자 헌원가진의 술잔을 채워주었다. 고소한 미주의 향취가 코끝을 찌른다.

"그나저나 내일부터는 다시 지루한 비무를 보고 있어야 하겠구려."

"맹주께서는 비무가 지루하시오?"

"일정 수준에 다다른 자들의 비무라면 관전할 만하지만 무림초출들의 비무는 조금 지루하게 느껴진다오."

헌원가진과 마찬가지로 화우 역시 무림에 갓 나온 티가 확 나는 자들의 비무는 지루하다고 느꼈다. 그런데 헌원가진 역시 자신과 같은 생각을 품고 있었다니 마냥 신기했다.

"그건 본인도 마찬가지라오."

둘은 그렇게 이런저런 잡담을 나누며 주거니 받거니 술병을 비워 나갔다.

*　　　　*　　　　*

"바보냐? 몇 번을 가르쳐 줘도 흉내조차 못 내게!"

청룡은 버럭버럭 소리를 지르며 분통이 터진다는 듯 자기 가슴을 탕탕 두드려 댔다.

"시끄러워! 목청만 크면 다야? 왜 소리를 지르고 그래? 내가 바보인 게 아니고 네가 잘 못 가르쳐 주는 거잖아!"

물론… 은평이 청룡에게 질 리가 절대 없었다.

"어서 다시 해봐."

"이런 거 말고 싸우는 거나 가르쳐 달라니까."

"멍청이. 넌 선인이 패싸움할 일 있냐, 싸움을 가르쳐 달라게? 선인이나 신수는 싸우는 게 아냐. 극도로 발달된 신체 능력을 자신 스스로가 응용하는 거지. 내가 가르쳐 주는 거나 꾸준히 익히면 알아서 하게되어 있다구."

"이런 거 백날 해봤자 실력도 안 느는데 뭘!"

둘의 말싸움을 구경하고 있던 백호는 후— 하고 땅이 꺼져라 한숨을 내쉬었다. 서로 한 치도 양보하지 않고 소리를 질러가며 싸우는 모습은 어린애가 따로 없었다. 이 말다툼을 계속 구경하자니 자신의 골치만 더 아파질 것 같다는 예감에 백호는 휴면이나 취할 생각으로 살금살금 방으로 기어들어 가버렸다.

"그러니까 말하잖아. 기를 다루는 것만 능숙해지면 나머지는 일사천리(一瀉千里)라고!"

"못하겠단 말야!! 겨우 기를 느끼게 된 사람한테 다루라고 하면 어쩌자는 거야!! 넌 날 때부터 걸었니?"

"날 때부터 걸었다. 어쩔래? 그뿐이냐? 구름을 조종할 수 있었고 구름을 이용해서 날아다니기까지 했다."

구름을 조종하고 하늘을 나는 것은 용의 특성이자 선천적으로 타고 나는 능력이 아니던가. 청룡의 말에 뭐라 쏘아붙여 줄 말을 찾지 못한 은평은 고개를 휙 돌려 버렸다.

둘이 싸우는 소리가 잠잠하다 보니 주변은 이내 고요해져 멀리서 벌레 우는 소리와 스산한 밤바람 소리만이 들린다.

"…청룡."

"왜……?"

갑자기 자신을 진지한 음성으로 부르는 은평의 태도가 불안하다.

"현무는… 어째서 모습을 보이지 않지?"

"…말했잖아. 현무는 널 다치게 할지도 모른다고. 본격적으로 마각을 드러내기 시작했는데 네 앞에 나타날 리가 없잖아?"

"그런가……."

어쩐지 쓸쓸해 보이는 은평의 표정에 청룡은 가슴 한구석이 아릿해져 왔다. 아마도 그녀는 믿기 힘들 것이다. 현무의 부재로부터 오는 떨쳐 낼 수 없는 배신감과 상실감, 그 때문에 다른 누군가를 죽일 뻔했다는 죄책감, 그리고 지금의 사태를 믿기 힘든 불신감… 아마도 지금의 은평은 이 모든 것이 복합되어 있는 복잡한 심경임을 자신이 어찌 모르겠는가. 하지만 지금의 자신이 은평에게 해줄 수 있는 것은 어떤 사태가 닥쳐오더라도, 설사 백호도 자신도 모두 곁에서 떨어져 나가 버리더라도 혼자서 헤쳐 나갈 수 있는 능력을 길러주는 것뿐이었다.

"…달이 참 밝다……."

중추절이 가까워져 올수록 찬란한 빛을 발하며 점점 만월(滿月)에 가까워지는 달은 하늘 높이 솟아오른 채 지면으로 은은한 월광을 흩뿌린다.

"오늘은 여기까지 하자. 하루 종일 너 가르치느라 목이 다 쉴 지경이다."

가슴속에서 뭔가 울컥하고 치밀어 오르는 것을 애써 참으며 청룡은 애써 말을 내뱉었다.

"누가 그렇게 소리 지르래?"

"속 터지게 하니까 그렇잖아, 이 뺀질아."

"시끄럽다고 했지?"

"네네, 어련하시겠습니까."

둘은 그렇게 투닥거리며 안으로 들어가 버린다. 이내 주변은 적막만이 감돌고 교교로운 월광만이 지면을 비추고 있을 뿐이었다.

*　　　*　　　*

오후부터 술을 주거니 받거니 한 것 같은데 어느새 짙은 어둠이 주변에 내려앉아 있었다. 주점에 내걸린 등에서 은은한 노란 빛이 새어

나와 주변을 밝혔다. 제법 들어찼던 손님들도 새벽이 되자 술에 만취된 모습으로 주점을 빠져나가고 내부는 몇 명 남지 않은 사람들과 독한 술 냄새에 찌들어 있었다.

"벌써 시간이 이리되었나?"

평소라면 내력으로 주기를 태워 술기운을 억눌렀을 테지만 오늘은 왠지 취하고 싶은 마음에 그리하지 않았다. 그 탓인지 얼굴이 벌게져 열을 뿜고 있다.

약한 미주로 시작했던 것이 어느새 독한 죽엽청으로 바뀌어 빈 술병이 탁자 위를 구른다. 주거니 받거니 한 잔에는 다시 술이 그득 따라지고 두 사람은 서로를 마주 보고 씩 웃었다.

"이렇게 술에 취해보기도 오랜만이오… 쿡쿡……."

헌원가진은 오랜만에 즐겁게 웃었다. 화우는 안주로 나온 청초육사를 한 젓가락 집어 입에 넣었다. 이미 식어 빠진지라 청초육사에서는 기름기가 뚝뚝 흘러내렸지만 화우는 별로 개의치 않았다.

"그러게나 말이오. 마음껏 취해보려 해도 주변에선 '주기를 억누르십시오, 취하시면 곤란합니다' 란 소리만 늘어놓으니……."

독한 죽엽청을 입 안으로 털어 넣으니 톡 쏘는 듯한 알싸함이 목구멍을 타고 식도로, 위장으로 넘어갔다.

"…이런… 술병이 비었군."

비워진 잔 속에 술을 부으려고 보니 병은 텅 비어 있었다.

"이보시게, 여기 죽엽청 좀 더 가져다 주시게나."

화우의 말에 손님이 나가고 어지러진 탁자를 치우고 있던 주인은 곤란하다는 듯 머리를 긁적였다.

"이를 어쩝니까. 죽엽청은 전부 떨어졌는데… 거기다가 곧… 문을 닫을 시간이라……."

주인의 말대로 문 닫을 시간이긴 한지 주변에 앉아 있는 사람은 얼마 되지 않는다.

"슬슬 돌아가 봐야 할 시간이로군……."

자신의 잔에 담긴 술을 마저 비운 헌원가진은 비틀비틀 자리에서 일어났다. 화우 역시 느릿느릿 자리에서 일어났다. 화우는 품을 뒤적거려 은자가 담긴 주머니를 찾아냈다.

"…교주께서 술값을 내시려오?"

품에서 은자를 찾아낸 건 화우만이 아니었다. 헌원가진의 손에도 은자가 들려 있었던 것이다. 둘은 서로의 은자를 바라보다가 피식 웃음을 터뜨렸다.

"반반씩 내십시다."

혀 꼬부라진 소리로 화우가 제안해 온다.

"그럽시다."

주인에게 각각 은자를 건넨 두 사람은 비틀비틀 주점을 빠져나왔다. 서늘한 공기와 고요한 거리의 적막이 둘을 맞이했다.

"맹에 숙소가 계셨던가?"

"…그렇소. 동행이 되겠구려."

둘은 나란히 어둑어둑한 거리를 걸었다. 낮의 활기 참이 마치 거짓말같이 느껴질 정도로 주변은 고요했고 들리는 소리라고는 오직 두 사람의 발소리뿐이었다.

어느새, 둘은 맹 앞에 당도해 있었다. 헌원가진은 살짝 고개를 숙이며 작별을 고했다.

"술 상대를 해줘서 고마웠소이다. 그럼 내일 뵙겠소."

"별말씀을. 본인 역시 오랜만에 술을 입에 대어 좋았소이다. 그럼 이만……"

화우가 먼저 앞서 자신의 숙소로 돌아가기 위해 발길을 돌렸다. 헌원가진은 점점 멀어지는 화우의 등을 잠시 바라보다가 이내 위로 고개를 쳐들어 환한 달을 멍하니 바라보았다. 잠시 심호흡을 한 그는 내력을 끌어올려 몸 안의 주기를 내보내고자 했다.

"귀가가 꽤 늦잖아, 헌원 사제."

거리 저편에서 뚜벅뚜벅 걸어오는 작은 그림자가 헌원가진을 뒤돌아보게 만들었다.

"우우… 술 냄새. 술독에 빠졌다가 나온 사람 같아."

코를 틀어막는 애교 섞인 동작으로 귀여운 목소리를 내며 방싯방싯 웃고 있는 작은 그림자의 정체는 바로 정련 선자였다. 천진한 얼굴은 낮과 다름없지만 목소리는 낮과는 판이하게도 순진함이 아니라 성숙한 여인의 교태가 배어 있었다.

"사저께서는 이런 야심한 시각에 어쩐 일이십니까?"

내력으로 주기를 전부 태워 버렸는지 혀 꼬부라진 소리는 간데없고 평소와 다름없는 목소리가 헌원가진에게서 흘러나왔다.

"에이, 재미없게. 술에 취해서 흐트러진 모습이 멋있는데 말야……"

순진무구한 미소로 일관하며 정련 선자가 어깨 위로 흘러내린 머리카락을 손끝으로 배배 꼬아댄다. 귀여운 동작에도 헌원가진의 굳은 표정은 풀어질 줄 모른다.

"오늘 낮에 다점에는 왜 불쑥 나타나신 겁니까?"

"말했잖아. 사부님의 차를 받으러 갔던 거야… 에이, 정말이지… 알았어. 실토할 테니까 그렇게 눈 부라리지 말라구."

정련 선자는 헌원가진에게 가까이 오라는 듯 손짓했다. 헌원가진은 내키지 않는다는 태도로 정련 선자에게 가까이 다가갔다. 그녀는 헌원가진의 목을 끌어안고 그의 귀에 대고 뭐라 소곤거렸다.

"알았으니 좀 놓아주시지요, 사저. 맹 바로 앞에서 이게 무슨 짓입니까?"

"훗, 소심쟁이 같으니라고. 백의맹의 맹주와 무림삼미의 일인인 나 정련 선자가 그렇고 그런 사이라는 게 타인에게 들키면 그렇게도 곤란한 거야?"

"사저, 그런 문제가 아니질 않습니까? 시킨 일이나 똑바로 처리해주십시오. 젊은 고수들을 끌어 모으는 일은 어찌 되어가고 있습니까?"

"그거야 잘 되어가고 있다구. 그들은 네 충실한 추종자야. 언제라도 일전을 벌일 준비가 되어 있다."

"뭐, 좋습니다. 그럼 다음에 또 뵙지요."

헌원가진은 정련 선자에게 말을 이을 틈조차 주지 않고 뒤돌아 빠른 걸음으로 맹 안으로 들어가 버렸다. 그 모습을 지켜보고 있던 정련 선자는 어깨를 으쓱하며 입을 삐죽였다.

"매정하기는."

정련 선자는 아까 낮에 다점에서 보았던 마교의 교주와 은평을 떠올렸다.

"오늘 낮에 다점에 가보길 잘했지 뭐야. 그가 무슨 생각을 품고 있는 건지 겨우 깨달을 수 있었으니 말야."

정련 선자는 이내 어둠 속으로 신형을 날렸다.

32
그 의 속 셈

그의 속셈

'소교주께 오랜만에 인사드리옵니다. 군사부에 소속된 냉 모라 하옵
니다.'

불쑥 자신의 앞을 가로막은 문사를 가만히 내려다보았다. 흡사 얼음
빛 같은 투명한 하늘빛이 섞인 문사의를 두른 중년 사내였다. 체구는
항상 보아오던 무사들에 비해 왜소한 편으로 얼굴은 냉랭한 빛이 감돌
았지만 분명 젊은 시절에는 상당한 미남이란 소리를 들었을 법했다.

'누구냐? 본인은 너 같은 인물을 지금껏 마주 대한 적이 없건만, 어
째서 오랜만이라 칭하는 것이냐?'

'소교주께서는 기억 못하실지 모르겠사옵니다만, 아주 갓난아이이
실 적에 만나뵌 적이 있습지요.'

기억에는 없지만 자신 역시 이자가 어쩐지 낯이 익게 느껴졌다.

'날 가로막은 까닭이 무엇이냐?'

'전 어머님의 명을 받고 소교주를 찾아뵙게 되었습니다. 어머님이 잠시 뵙자고 하십니다만.'

오랫동안 뵙지 못했던 어머님의 일이 거론되자 아무런 의심 없이 그 중년 문사를 따라나섰다. 평소라면 앞에서 지키고 서 있는 무사들에게 가로막혀서 들어갈 수 없었던 어머니의 거처에 그와 함께 아무런 제재도 받지 않고 통과할 수 있었다.

'드시지요. 어머님께서 기다리고 계십니다.'

안으로 들어서자 침상을 가리고 있던 휘장이 제일 먼저 눈에 들어왔다. 휘장 사이에서 몰라보게 초췌해진 어머니의 그림자가 눈에 들어왔다.

'어머니……?'

'오랜만이로구나.'

휘장을 메마른 손이 걷어내고 그 사이로 침상 위에 앉아 있는 어머니가 나타났다. 벌써 일 년 이상 뵙지 못했던 어머니였다. 그사이에 왜 이리 변했는지, 창백하고 초췌한 모습에 깜짝 놀랄 정도였다.

'무공 수련은 열심히 하느냐?'

'예, 저도 모르게 오른손이 아니라 왼손을 쓰는 바람에 사범들에게 혼나긴 하지만…….'

'왼손이라… 네 아비도 왼손잡이지.'

'그렇습니까?'

아버지의 독문절기는 장법이었다. 왼손을 쓰든 오른손을 쓰든 별 상관이 없다. 하지만 검을 다루게 되면 왼손으로 쓰는 검은 조금 치명적이었다.

'냉 군사, 그 아이를 데려오세요.'

어머니는 뒤에 서 있던 문사에게 명령했다. 조금 의문스럽다. 그 아이라니 누구를 지칭하는 말일까. 하지만 의문도 잠시, 문사의 손에 안겨 나타난 아이는 혼을 쏙 빼놓을 만큼 귀엽고 사랑스런 아이였다. 이제 겨우 한 살이나 넘겼을까.

'…네 동생이란다. 운향이라고 하지. 조금 있으면 두 살이 된단다.'

'동생이요?'

문사의 품에 안겨 있는 아이에게로 다시 눈을 돌렸다. 아이답게 통통한 볼, 부드러워 보이는 검은 머리, 어머니를 닮았는지 오밀조밀한 생김새, 남아의 옷을 입혀놓지 않았더라면 여아라고 착각할 만큼 귀여웠다.

'운향을 잘 부탁한다.'

'아버지께서도 동생이 태어난 걸 알고 계십니까? 이미 오래전에 오백 일 폐관 수련에 드셨는데.'

'아마… 알고 계실 게다.'

아주 기뻤다. 동생이 생긴 것이… 혼자 자라왔기 때문에 돌봐줄 수 있는 동생이 생기면 좋겠다고 가끔 생각했던 것이 현실로 이루어질 줄은 꿈에도 몰랐다.

'무슨 일이 있어도 그 아이를 지켜줄 수 있겠느냐?'

'당연하지 않습니까? 제 동생이거늘.'

'…모쪼록 잘 부탁드리겠습니다, 소교주님.'

가만히 시립해 있던 문사가 허리를 꾸벅 숙여온다. 냉랭했던 지금까지의 표정과는 어쩐지 달라 보였다. 뭔가에 꽉 묶인 채 하고 싶은 말을 표현하지 못하고 있는 것 같다는 느낌이었달까.

쾅―! 거친 문소리와 함께 인상을 딱딱히 굳힌 아버지가 안으로 뛰어들어 왔다. 폐관 수련의 탓인지 약간 마른 듯했지만 눈빛만은 날카로웠다.

'…네, 네가 어찌 이곳에 있는 것이냐?!'

'어머니가 부르셔서 왔습니다.'

불같이 노하는 아버지의 모습이 약간 의아히 여겨졌다.

'그 아이는 누구냐?'

'누구냐니요? 제 동생이 아닙니까?'

잠시 아연한 표정을 지었던 아버지는 고개를 돌려 어머니 쪽으로 시선을 주었다. 이글이글 타오르는 듯한 눈빛이었다. 어머니는 그런 아버지의 시선을 아무렇지도 않게 받아내며 미묘한 웃음만을 띨 뿐이었다.

'…당장 나가거라!!'

'예?'

'그 아이를 데리고 얼른 나가란 말이다!!'

인왕상 같은 모습과 어울리지 않게 평소에는 자상했던 아버지였다. 그렇게 불같이 노하는 모습은 드문 것이었기에 운향을 품에 꼭 안고 얼른 방을 빠져나왔다.

'교활한 연놈들… 내가 고양이에게 생선을 맡긴 꼴이었구먼.'

막 방문을 닫았을 때 아버지의 작은 중얼거림을 들었다. 고양이에게 생선을 맡긴다니? 무슨 소리일까를 곱씹어 생각하며 발걸음을 재촉했다. 하지만 그 생각은 그리 오래가지 못했다. 지금 최대의 관심사는 품에 안겨 잠들어 있는 작고 귀여운 동생이었던 것이다. 품으로 느껴지는 아이들 특유의 높은 체온에 따스했다. 운향의 얼굴을 내려다보며 동생이 생긴 것을 진심으로 기뻐했다.

"일어나십시오."

누군가 화우를 흔들어 깨우고 있었다. 비몽사몽간이지만 목이 타고 속이 매우 쓰리다는 사실을 깨달은 화우는 비칠비칠 몸을 일으켰다.

"드시지 않던 술을 갑자기 드시고 들어오셔서 얼마나 놀랐는지 아십니까?"

"…걱정을 끼쳤구만. 미안하네."

목소리가 쩍쩍 갈라지는 것을 들은 백발문사는 재빨리 물이 담긴 잔을 내밀었다.

"고맙네."

일단 목이 타는 듯한 갈증은 해결했지만 쓰린 속과 쾅쾅 울려대는 머리는 도통 가라앉을 줄을 몰랐다.

"나갈 채비를 하셔야 합니다."

어느새 챙겨놓았는지 원탁 위에는 입고 나갈 정갈한 의복이 놓여 있었다. 지끈대는 머리를 부여잡고 겨우 일어난 화우는 희미하게 느껴지는 청명초의 향에 고개를 저었다. 머리를 맑게 해준다는 청명초도 숙취에는 별 효험이 없는 것 같다.

*   *   *

"나가지 말라고 누누이 말하잖아!"

"왜? 어째서?"

아침부터 옥신각신하고 있는 두 사람이 백호와 인에게는 일상처럼 느껴졌다.

"내 말 들어! 얌전히 처박혀 있어. 나돌아다닐수록 너한테 나쁘니까 그렇잖아!"

"싫어! 나갈 거야!"

청룡이 황급히 은평의 손목을 잡아 붙들었으나 거칠게 뿌리치고 밖으로 나가 버렸다. 인은 잠자코 보고 있다가 은평의 뒤를 따라나섰고 이윽고 방에는 청룡과 백호만이 남게 되었다.

[어째서 은평님을 만류하신 겁니까? 뭔가 은평님께 해가 되는 일이라도 있는 겁니까?]

"있으니 이렇게 만류를 하지……."

청룡은 기운이 빠진 듯 머리를 거칠게 쓸어 올리며 바닥에 털썩 주저앉아 버렸다. 백호는 청룡의 앞에 쭈그리고 앉아 다음에 이어질 말을 기다렸다.

"사람들의 뇌리에서 은평이 기억되면 안 돼. 간단하게 말해서 사람들의 뇌리에 기억되어 유명해지면 질수록 은평에겐 독이 될 뿐이야."

[어째서입니까?]

"은평이 사람들의 뇌리에서 기억되면 기억될수록 변수가 더 더욱 많아지니까. 젠장, 할 수만 있었다면 사람들의 머리 속에서 은평이란 인물 자체를 완전히 소거시켜 버리겠지만……."

[저번에도 인간들의 머리 속에서 특정한 기억만을 지우셨잖습니까. 그러니까 그걸 다시 한 번 쓰신다면…….]

백호의 말에 청룡은 힘없이 고개를 저었다. 소규모의 기억만을 소거시킬 수는 있어도 대규모의 광범위한 기억을 소거시키기엔 무리였다. 설사 할 수 있다 해도 자신의 힘이 미치는 범위가 아닌 것이다.

"그렇게 광범위한 것은 불가능해. 은평이 지금까지 만나온 사람들 모두의 기억을 지워야 하는걸? 그건 내가 아무리 신수라 해도 무리야. 이제 와서 인간들의 기억을 소거시켜 버리기엔 무리가 있으니 지금부터라도 최대한 은평을 자중시켜야 하는데 말을 들어먹질 않는군……."

백호는 청룡이 하는 말을 완전히는 이해할 수 없었다. 어째서 은평이 사람들에게 기억되면 안 되는지조차 알 수가 없었으니까. 기억되면 기억될수록 변수가 많아진다는 것은 또 무슨 의미인가. 백호에게는 그저 아리송할 뿐이었다.

"…이해하려고 굳이 애쓸 필요 없어. 그리고 은평에게는 이런 이야기를 발설하지 마. 걔 성격에 '예, 얌전해지겠어요~'라며 가만히 앉아 있을 성미도 아니고."

머리를 긁적이며 청룡이 자리에서 일어났다. 뒤늦게라도 은평을 따라나서기 위해서였다. 옆에 있으면서 최대한 변수를 막아야 했다. 백호는 재빨리 청룡의 뒤를 따랐다.

"너도 은평이 최대한 사람들 앞에 나서는 일이 없게 해라. 그 애를 지키고 싶다면 말이지."

[알겠습니다.]

이유야 몰라도 은평에게 해가 된다니 주의해야겠다고 마음을 다졌다. 훗날, 청룡이 이런 이야기를 백호에게 한 것과 백호가 한 다짐이 은평에게는 가장 잔혹한 짐을 지우는 결과가 됨을 청룡과 백호는 상상치도 못했다. 또한, 그 잔혹한 짐이 은평에게 있어서 평생 지우지 못할 상처가 되는 일임 역시…….

"난영 언니!"

난영은 자신을 부르는 귀에 익은 목소리에 뒤를 돌아보았다. 짙은 자색의 경장을 날렵하게 차려입은 다향이 뒤에서 손을 흔들고 서 있었다. 요즘 자주 있는 곳이 엇갈렸던 관계로 볼 일이 없었던지라 다향이 매우 반가웠다.

"아, 연 소저가 아니시오? 오랜만에 뵙게 되는구려."

난영의 옆에 있던 제갈묘진 역시 연다향을 알아보고 가볍게 목례를 했다.

"제갈 공자께서 같이 계셨군요."

"하하하, 그럼 두 분 말씀 나누시길. 전 잠시 아버님을 뵙고 오겠소이다."

마치 두 사람을 배려해 자리를 비켜주는 것마냥 그는 자리를 떴다. 단아한 걸음새로 걸어가는 그의 뒷모습을 보며 다향은 기분이 묘해졌다.

'오랜만에 본 탓인가? 분위기가 달라진 것 같기도 하고……'

뭔가 석연치 않았다. 제갈묘진의 웃는 얼굴이라던가 풍기는 분위기가 예전과는 다르게 느껴졌다. 뭔가 숨기고 있는 것 같은 느낌이 물씬 묻어난다고나 할까. 뭔가 오싹한 한기가 드는 듯했다.

"뭘 그렇게 넋을 빼고 있어?"

"아, 아무것도 아니에요. 그 계집애는 여전히 언니 댁에 머물고 있는 거예요?"

난영의 질문에 제갈묘진에게 느꼈던 석연치 않은 기분을 접어버린 다향은 이내 화제를 돌렸다.

"그 계집애라니. 천무존과 관계가 있는걸."

다향은 얼굴만 아는 인의 얼굴을 떠올렸다. 누가 보기에도 떠돌이무사 그 이상으로는 생각할 수 없었던 그가 모든 무림인들이 최고의 위에 올려놓고 있는 천무존이었다니. 지금 다시 생각해 봐도 역시 실감은 가지 않았다.

"그런 떠돌이무사가 천무존이라고는 그 누구도 상상치 못했을걸요? 아직도 실감이 안 간다구요."

"실감이 가지 않는 것은 나도 마찬가지야. 어쨌든 천무존과 같이 지낸다면 은평 역시 범상한 인물은 아닐 거라고 모두들 말하고 있어. 하지만……."

난영은 '무공을 잘하는 건지 못하는 건지는 영 헷갈려'란 말은 주워삼킨 채 말꼬리를 흐렸다.

"이제 천무존 이야기는 관둘래요. 주변 사람들한테 하도 들었더니 귀에 딱지가 앉을 지경이에요. 아버지부터 시작해서 오라버니들만으로도 충분해요. 저희 집안 남자들은 모두 넋이 빠져 있는걸요."

다향의 집안 남자들이 알아주는 무골들이란 것을 생각해 낸 난영은 피식 실소를 머금었다. 어찌 그렇지 않겠는가. 주변 이목을 생각해서 참고 있을 뿐일 텐데. 특히 난영의 아버지인 자화검린 연겸천은 일찍부터 인이 천무존임을 알아보고 대련을 청하지 않았던가. 아마 지금쯤 그에게 다시 한 번 정식으로 대련을 청해보고 싶어서 안달이 났을 터였다.

"근데 이런 아침부터 어째서 제갈 공자와 같이 있었던 거죠?"

"우연히 만났어. 게다가 그와 같이 있으면 다른 두 날파리들이 꼬이지 않거든."

"두 날파리라면… 설마 그……."

다향은 끔찍이도 싫어하는 남궁뭐시기와 모용뭐시기―이름조차 떠올리기 싫었다―를 떠올려 버렸다.

"아아, 왠지 이해가 마구 가고 있어요."

"그렇지?"

둘은 서로를 마주 보고 빙그레 미소를 머금었다.

'그렇지만… 왠지 제갈 공자가 석연치 않은걸……'

다향은 자꾸만 드는 석연치 않은 느낌을 애써 지우려 했다. 오래전에야 모용세가나 제갈세가도 정사 중간을 표방하고 있었다고는 하지만 지금은 모두 정도를 표방하고 있었고 특히 제갈세가는 정도무림의 두뇌를 담당하며 정도의 태두로 손꼽히는 세가 중 하나였다. 하지만 왜일까, 석연찮은 느낌을 생각하면 할수록 기분이 나빠져 오는 것은.

그리고 등줄기를 스멀스멀 타고 올라오는 이 석연치 않은 그녀의 육감이 맞아떨어진 것은 그리 오래 지나지 않아서였다.

"네가 여긴 어쩐 일이냐?"

희디흰 학창의와 전포를 걸친 장년인이 제갈묘진에게 아는 척을 해왔다. 제갈묘진과 상당히 닮은 것이 젊은 시절에는 제법 미남이라 불렸을 법했다. 거기다가 온유한 분위기와 더불어 학자의 풍모까지 더해져 이런 곳에 있을 무사로는 보이지 않았다. 그저 깊은 산속에 은거하는 선비랄까.

"금황성주의 여식과 함께 있던 것이 아니더냐?"

"검린궁의 계집이 찾아오는 바람에 잠시 자리를 떠주었습니다, 아버님."

제갈묘진은 분명 그를 분명 아버님이라 불렀다. 그렇다면 이자가 바로 제갈세가의 현 가주인 경렴군자(景廉君子) 제갈진(諸葛橷)이란 말인가?

"그 천방지축으로 날뛰는 계집애 말이냐?"

"검련궁주 연검천에게 그년 말고 또 다른 여식이 있더이까?"

제갈진은 멋들어지게 기른 자신의 수염을 쓰다듬으며 자신의 아들을 만족스런 표정으로 바라보았다. 자신의 기대대로 자라주었고 또한 지금도 그의 기대를 만족시키고 있는 자랑스러운 아들이었다. 그를 일찍이 연학림에 들어가게 했던 것을 매우 만족스럽게 여기고 있었다. 그렇지 않았더라면 아마 지금도 그저 무림세가의 하나로만 지내는 것이 당연한 양 여기고 있었을 것이다. 지금처럼 강호의 패권을 노려볼 기회마저 없었을 테니.

"연학림주가 왔었다 들었다. 만나보았느냐?"

"예, 만나뵈었습니다."

"그가 나타났으니… 슬슬 일이 진행되겠구나."

그때 인기척을 느낀 제갈묘진은 얼른 입가로 손을 가져갔다. 제갈진 역시 인기척을 느낀 듯 하던 말을 멈췄다.

"아버님."

제갈가의 표식이 새겨진 경장을 차려입은 청년이 둘에게로 달려왔다. 바로 제갈묘진의 동생이자 제갈진의 차남인 제갈호연이었다.

"호연이 아니냐."

"묘진 형님께서도 계셨군요."

잠시 긴장했던 둘은 한숨을 내쉬었다. 호연처럼 둔한 놈이 알아차릴 리 없었기 때문에.

"여긴 어쩐 일이냐?"

"아버님, 맹주께서 찾으시옵니다."

"그래, 알았다."

제갈진은 묘진에게 눈짓으로 인사를 건넨 후 발걸음을 옮겼다. 제갈진이 가고 나자 제갈호연은 제갈묘진을 빤히 바라봤다. 호연은 묘진에게 동경하면서도 또 한편으로는 참을 수 없는 열등감에 시달리는 묘한 감정을 갖고 있었다. 자신과는 달리 출중한 외모에 무공도 뛰어났고 학문에도 밝았다. 어느 방면에서나 두각을 나타내는 그와는 달리 학문에서도 무공에서도 큰 성과를 보이지 못하는 자신을 비교하며 자괴감에 빠지곤 했다.

'…쯧, 모자란 놈 같으니라구.'

묘진은 호연을 탐탁지 않게 여기고 있었지만 그것은 속생각일 뿐이었다. 겉으로의 그는 자상한 미소를 머금고 호연을 바라보는 모습으로 어디까지나 동생을 생각하는 우애 깊은 형일 뿐이었다. 그리고 호연 역시 그 겉에 속아 지금까지 한 번도 묘진이 자신을 탐탁지 않게 여기고 있다는 사실을 알아채지 못했다.

"오랜만이로구나. 정검수호단원으로 활동할 만은 하더냐?"

"예, 형님께서 걱정해 주신 덕분에."

사실 단원으로 활동하는 것이 호연에게는 그리 편치 않았다. 말이야 예, 예 하며 대답하고 있었지만 매화검수 오형창을 주축으로 한 무리들에게 시달림을 받았고 그 무리들이 아니더라도 무공이 제일 약한 자신을 깔보는 자들이 주변에 널려 있었다. 첫눈에 반한 잔혹미영이 같은 단원으로 속해 있지 않았더라면 진작에 관뒀을지도 모를 일이었다.

'만약 묘진 형님이라면 나처럼 깔봐지지도 않았을 거고 시달림당하거나 괴롭혀지지도 않았겠지……?'

이런 생각을 하자 잊혀졌을 줄 알았던 질투의 불꽃이 맹렬히 타올랐다. 추악하고 추잡한, 친형을 향한 질투. 가장 동경하는 상대면서 형제… 한데도 어째서 형처럼 되지 못할까, 그의 반에 반도 따라가지 못할까 하는 자신을 향한 질책은 이내 질투가 되어 그를 괴롭혔다. 같은 부모님 밑에서 태어난 친형제인데도 이리 판이하게 다른 형에 대한 시샘… 아무리 노력해도 이미 자신을 뛰어넘어 저 멀리 가버리고 있는 형에 대한 원망. 또 한편으로는 동경할 수밖에 없는, 너무나도 멋진 형제.

'쓸모없는 놈. 네놈을 상대해 줄 여유 따위 나에겐 없다…….'

그런 생각을 절대 드러내진 않은 묘진은 빙그레 웃으며 호연을 대했다.

"잘하고 있다면 다행이로구나. 이런, 계속 지체하고 있을 시간이 없구나. 난 이만 가봐야겠다."

"예, 그럼 세가에서 뵙겠습니다, 형님……."

자신으로부터 신형을 돌려 사라지는 제갈묘진의 뒷모습을 멍하니 바라봤다. 부러웠다. 저 뒷모습이.

"정말 안 닮은 형제네."

"……!"

갑자기 뒤에서 들려온 한줄기 옥음에 호연은 화들짝 놀랐다. 어느 틈에 다가온 것일까. 전혀 인기척을 느끼지 못했건만.

"뭘 그리 놀라는 건가요?"

자신의 뒤에서 잔혹미영이 빙그레 웃고 있었다. 갑자기 그녀(?)를 보니 가뜩이나 심란한 마음이 더 더욱 심란해졌다.

"여, 여긴 어쩐 일이십니까? 항상 단주와 같이 다니시던 분이……."

애써 심란함을 감추며 호연이 말을 걸었다.

"문득 눈에 뜨이기에 잠시 와보았답니다. 제가 보면 안 될 장면이라도 본 건가요?"

호연은 입을 꾹 다문 채 고개를 저었다. 심중에 일고 있는 심란함의 원인은 형을 본 그녀(?)가 자신과 형을 비교할까 그것이 저어되어 이는 걱정이었다. 자신이 형의 반만큼이라도 됐다면 이런 바보스런 걱정도 하지 않을 것이었다.

"…형을 질투하고 있군요. 한편으로는 동경하면서도…….."

그녀(?)가 어찌 알았을까. 한 번도 드러내지 않았고 드러내지 않으려 무던한 애를 썼던 자신의 생각을 말이다. 한 번에 간파당했다는 생각에 그는 얼굴을 붉혔다.

"지, 질투라니 말도 안 됩니다. 난 그저……."

"변명하려 하지 않아도 괜찮아요. 저 역시 오라버니께 항상 느끼고 있는 감정인걸요."

호연은 순간 자신의 귀를 의심했다. 무림삼미에 견주어도 손색이 없을 만큼… 또한 자신이 한눈에 반할 만큼 미녀(?), 무공도 절대 뒤지지 않는 그녀가 자신처럼 자신의 혈육을 동경하는 동시에 질투하고 있다고? 어쩐지 믿어지지 않았다.

"믿지 않는 눈치네요."

"소, 소저는 아, 아름답고 거, 거기다가 무공도 이, 일류인데 어째서……."

침착해라를 속으로 몇 번이나 되뇌었을 만큼 호연은 말을 더듬었다. 그런 그를 재미있다는 듯 쳐다보고 있던 그녀(?)는 다시 입을 열어 호연의 의문을 풀어주었다.

"오라버니는 백의맹의 맹주와 팽팽한 접전을 벌일 만한 고수지요. 오만한 구석이 있긴 하지만 성격도 나무랄 곳이 없습니다. 전 어렸을

적부터 무공도 학문도 빼어난 오라버니를 동경했답니다. 하지만 한편
으로는 질투도 났어요. 한 배를 빌어서 태어난 틀림없는 혈육인데 어
째서 나는 오라버니만큼 하지 못할까. 나름대로 노력도 해보았지만 따
라잡기는커녕 점점 거리가 멀어질 때도 많았지요."

지금 그녀(?)가 말하고 있는 모든 사실들이 믿어지지 않았다. 동병상
련이란 것이 이런 것인가 싶었다. 또 한편으로는 자신에게 관심을 갖
고 그녀 자신의 이야기를 털어놓아 주고 있다는 것이 눈물이 날 만큼
기뻤다.

'미안합니다, 제갈 공자.'

약간은 씁쓸한 듯한 미소를 지으며 말을 잇던 잔혹미영은 마음속으
로 호연에게 용서를 빌었다.

그를 이용하려 하고 있긴 하지만 지금 털어놓고 있는 자신의 마음은
틀림없는 진실이었다. 호연에게서 자신의 모습을 보았기에 술술 자신
의 이야기를 털어놓고 있는 것이었다.

"귀찮은 일만 떠맡기는군요, 오라버니."

"오라버니라고 한 번만 더 지껄여 보련?"

눈에 한가득 살기를 띤 잔월비선에게 질린 잔혹미영은 황급히 손을
내저었다.

"장난도 못하나요."

"시끄러워. 잔말 말고 시킨 일이나 잘해. 어차피 황궁에서부터 남자
후리기가 네 특기였잖아. 특기를 살리는 일을 기껏 맡겼더니 웬 불평
이 그리 많은 게냐."

잔월비선은 혀를 차며 섭선을 펼쳐 들었다. 잔혹미영은 눈을 동그랗

게 뜨고 잔월비선의 말에 이의를 제기했다.

"이것과 그것은 엄연히 다르다구요. 황궁에서야 그냥 순.수.하게 내 미모에 해롱해롱대는 금의위들을 보면서 즐거워하는 것뿐이었고……."

"도대체 그거나 이거나 뭐가 다른데? 호연인지 뭔지 하는 놈, 너한 테 반해서 해롱대잖아."

어이가 없다는 눈총을 보내오는 잔월비선에게 잔혹미영은 당당히 말했다.

"순수하게 그것만을 즐기기 위한 것이 아니라 그를 이용하기 위한 사사로운 목적이 결부되어 있잖아요. 양심에 가책을 느낀다구요."

"…그래, 너 잘났다."

관자놀이를 손으로 짚은 잔월비선은 고개를 휙 돌려 버렸다.

"됐다, 너랑 더 이야기해 봐야 내 골치만 아파. 목적이나 잊지 마. 우리 목적은 어디까지나… 제갈묘진 그놈이니 말야."

잔혹미영은 잠시 무언가를 생각하는 눈치더니 이내 조심스레 자신의 의문을 풀어놓았다. 왜 하필이면 그가 표적이란 말인가.

"왜 하필이면… 그인가요? 그는 별 의심 가는 구석도 없는걸요."

"배교 놈들의 목적은 마교일 거야. 배교를 중원에서 몰아낼 때 가장 앞장섰던 것이 마교였으니 말야. 한때는 같은 줄기를 흐르고 있던 동 류였음에도 불구하고."

"그래서요?"

"뭐, 마교를 공격하는 김에 더 나아가 중원일통이나 해보자라는 심 산일지도 모르겠지만… 어쨌거나 잔영문에 은평의 암살을 의뢰해 올 정도면 중원 깊숙이 들어와 뿌리를 박고 있다는 거겠지."

"그렇다면……?"

뭔가 짐작이 간 듯한 그의 얼굴을 보며 잔월비선은 고개를 끄덕이며 자신이 추론해 낸 가설을 계속해서 이어 나갔다.

"남만 지방에서 자라던 식물을 난데없이 북해에 가져다 심으면 어찌 될까……?"

"뿌리를 채 내리기도 전에 죽겠지요."

잔혹미영의 대답에 잔월비선이 무릎을 탁 쳤다.

"그래, 바로 그거야. 풍토가 전혀 다른 환경에서는 식물이 잘 자라지 못하는 법. 아마 뿌리를 내릴 때까지 중원 내부에서 도와준 자들이 있었겠지. 아마도… 그자들은 연학림."

잔혹미영은 연학림에 대해 어렴풋이 들어본 기억이 났다. 하나 연학림에 소속된 자들도, 그리고 그들을 이끄는 지도자가 누구인지도 알려지지 않은 신비한 단체라는 게 그가 아는 연학림의 전부였다.

"…그렇다는 것은 제갈묘진이란 자가 연학림과… 관련이 있다는 것? 아니, 그것보다도 배교를 도와준 것이 어째서 연학림이라고 단정 지어버리는 거죠? 닭 목 하나 비틀 힘도 없는 문사들이 도대체 어떤 수를 써서 이 무림에 배교가 뿌리내리도록 도와주었다는 건지 이해가 가지 않아요."

쏟아지는 잔혹미영의 의문에 잔월비선은 어깨를 들썩이며 키득거렸다.

"배교를 도와준 자들이 연학림이라고 단정 짓는 이유는… 연학림주가… 황보영이니까."

"…황보영이라면……."

"그래, 한때 우리의 사부이기도 했던."

어렸을 무렵, 한림학사 직을 맡고 있었던 황보영을 특별히 자신들의 아버지가 초빙해 자신들의 사부로 삼았던 기억이 어렴풋이 났다.

"그가… 연학림주라구요?"

"귀 떨어지겠다. 뭘 그래 놀라?"

안색을 딱딱히 굳힌 잔혹미영과 달리 잔월비선은 태평하기만 했다. 이미 오래전부터 알고 있었던 사실이니까.

"그건… 어찌 알았죠? 어째서 나에게는 진작 말해 주지 않았던 건가요?"

"그놈이 나에게 제의를 해왔으니까. 연학림에 들어오지 않겠느냐고."

"도대체 언제?"

하지만 잔월비선은 그다지 이야기하고 싶은 마음이 없는 듯 그 부분에 관해서는 더 이상 입을 열지 않았다. 그것은 자신이 아직 어렸을 무렵의 일이었다. 자신의 어머니가 아니었더라면 피하지 못했을 연학림의 마수……. 지금도 잊지 못한다. 자신을 노려보던 황보영의 살기 어린 눈빛.

"말하자면 복잡하니 기회가 되면 천천히 설명해 주지. 어쨌거나 그놈은 천하를 품을 야망을 갖고 있었어. 천하를 품을 야망은 갖고 있되 자신의 힘만이나 연학림의 힘만으로는 부족했을 거야. 연학림의 구성원은 대부분 문사니까. 손과 발이 되어 움직여 줄 곳이 필요했을 테고 말야. 그때 마침 걸렸던 것이 중원으로 스며들고 싶어하는 배교였고, 배교가 연학림의 손과 발이 되어주는 대신 연학림은 배교의 머리 역을 맡아주었겠지."

"…마지막 의문에 답해줘요. 대체 연학림이 무슨 수로 배교를 뿌리

내리도록 도와주었다는 것인지."

"너도 알다시피 연학림의 대부분은 문사지. 문사 중에서도 초야(草野)에 묻혀 공자 왈 맹자 왈을 읊는 것만으로도 만족할 놈들이 있는가 하면 대과(大科)가 인생 최대의 목표인 놈들도 있을 터."

"그, 그렇다는 것은… 연학림에 소속된 자들 중에서 조정에 속한 관원들이 있을지도 모른다는 것?"

"그래, 바로 그거야. 이 정도의 결론도 낼 수 없었다면 내가 왜 너한테 호연이란 놈을 꼬드기라고 할까."

"연학림과 제갈묘진… 그가 관계가 있다는 것은 어찌 알았죠?"

"연학림은 기본적으로 문사들의 단체지. 하지만 그 대부분이 문사는 아닐 터. 그 증거로 림주인 황보영은 문사이면서도 무공을 할 줄 알아. 황보영같이 치밀한 자가 관에만 세력을 두고 이 강호에 하나의 세력도 만들지 않았다는 것은 말도 안 되는 일이지. 그렇다면 강호에 둔 세력이 어디인가에 대한 문제만이 남는데… 그 근본은 문가(文家)이면서도 무림세가의 하나라 칭해지는 제갈세가가 가장 의심스러운 것은 당연지사 아니겠느냐?"

"과연, 그렇군요."

잔혹미영은 잔월비선의 추론에 고개를 끄덕이면서도 제갈묘진과 연학림과의 관계를 캐내기 위해 제갈호연을 이용해야 한다는 사실에 못내 마음이 좋지 않았다.

*　　　　*　　　　*

"주군……!! 어찌하여 그러십니까."

자신을 부르는 목소리에 화들짝 놀라 사내는 악몽 속에서 깨어났다. 눈을 뜨자 제일 먼저 보이는 것은 주변을 감싸고 있는 푸른 죽림과 온몸을 검은 천으로 감싼 자신의 충성스런 수하였다.

"요즘 들어 악몽이 잦으십니다."

"악몽이라……."

사내는 구겨진 옷매무새를 바로 하고 자리에서 일어났다. 죽림에 잠시 나와본다는 것이 깜빡 잠이 들었던 듯싶다.

"무슨 악몽을 꾸시기에 몇 번이나 불러도 모르셨던 것입니까?"

"알고 싶으냐?"

사내는 입술 사이로 훗— 하는 웃음소리를 냈다. 악몽이라 할 것도 없는 꿈이었다.

"얼마 전부터 괴이한 꿈을 꾸느니라."

거기까지 말한 사내는 반복되어 꾸는 꿈의 내용을 기억해 냈다. 꿈 속에서 자신은 어린아이로 변해 한 소녀를 만나고 있었다. 소녀의 얼굴은 기억나지 않는다. 어느 때는 그 소녀를 죽이려 달려들기도 하고, 그 소녀에게 도와달라 외치기도 하고, 고래고래 고함을 지르며 분노를 터뜨리기도 한다.

"주군……?"

자신을 부르는 소리에 생각에서 깨어난 사내는 조용히 고개를 저었다.

"아니다, 되었다. 그나저나 연학림주는 오지 않을 모양이군."

이곳에서 그는 누군가 만날 사람이 있었던 것일까.

"이런이런, 기다리게 한 모양이구려."

죽림 사이에서 들려온 조용한 목소리와 부스럭대는 발자국 소리에 사내는 천천히 신형을 돌렸다. 죽림 사이에서 단정한 학창의를 입은 황보영이 모습을 드러내었다. 곧은 절개를 상징하는 대나무와 초야에 묻힌 학자를 떠올리게 하는 그의 모습은 묘하게 동조해 어울리고 있었다.

"늦으셨소."

"이거, 본인이 실례를 범한 것 같소이다. 교주를 기다리게 해버리다니."

황보영은 주변의 대나무들을 어루만지며 웃음을 터뜨렸다.

"그래… 보자고 한 이유가 무엇이오?"

바로 본론으로 넘어가 버리는 단호한 태도에 황보영은 자신의 수염을 쓰다듬으며 혀를 찼다. 변함없이 자신에게 빈틈을 보이지 않으려는 애송이였던 것이다. 지나치게 머리도 좋았고 자신을 적당히 경계하는 노련함도 있었다. 얕보면 큰코다칠 놈인 것이다.

"일정을 조금… 앞당겼으면 하오."

"어째서……?"

그가 품는 의문은 당연한 것이었다. 계획대로 진행되고 있는 일을 어째서 이리도 갑작스럽게 변경한단 말인가.

"어차피 준비는 다 되어 있소. 그대가 노리는 것은 마교의 교주… 그가 자신의 본거지인 마교와 멀리 떨어져 있는 지금이 적기라고 생각하오만."

황보영의 자세한 속내는 알 수 없었지만 사내는 본능적으로 느끼고 있었다. 눈앞의 이자가 자신을 속이고 무언가 일을 꾸미고 있음을.

"특별한 변동이 없는 한 일정을 앞당기는 것은 반대요."

그리고는 더 이상 할 말이 없다는 듯 사내는 몸을 돌렸다. 황보영 역시 그런 사내를 잡을 맘은 없는지 그가 가는 것을 가만히 두고 보고 있었다.

'역시… 넘어오지 않는군. 빈틈없는 놈이야… 기분 나쁠 정도로.'

그가 무슨 이유로 마교의 교주에게 집착을 하든지 간에… 자신의 목적은 중원일통이었다. 언젠가 저놈을 자신의 발 아래 무릎 꿇리고 벌벌 떠는 낯짝을 꼭 보아야만 하겠다고… 그렇게 마음먹었다.

—통하지 않을 거라 말씀드렸지 않습니까.

귓가로 들려온 막리가의 전음에 황보영은 비죽대며 웃었다. 조금 건드려 본 것만으로도 감추어뒀던 탐욕을 주체하지 못해 자신에게 넘어온 포달랍궁의 소궁주, 배교의 교주 모두 자신의 목적을 이루기 위한 장기 말에 불과했다.

한편, 곧바로 신형을 돌려 죽림에서 빠져나온 사내는 불쾌하기 그지없었다.

"감히, 날 떠보다니……."

"어차피 그는 우리를 이용할 마음밖에는 없었습니다."

사내의 뒤를 그림자처럼 따르던 자는 어느새 사라졌는지 그의 주변에는 아무것도 없었다. 다만, 들려오는 목소리만으로 그가 사내의 주변에서 은잠하고 몸을 사리고 있다 추측할 뿐이었다.

"아직… 멀었어. …완전히 내 편으로 만들어놓아야 해."

"어차피, 목표로 했던 놈들은 거의 손아귀에 들어와 있습니다."

"이번에 갑자기 그 모습을 드러낸… 천무존이 필요하다."

"그것이 가능할까?"

사내는 천무존을 자신의 편으로 끌어들이고 싶었다. 그의 무공이 탐

나는 것이 아니었다. 그의 명성이 탐이 났다. 그 이름 하나에 열광하는 자들은 헤아릴 수 없을 만큼 많았다. 그를 얻음으로써 얻어지는 것은 많은 무림인들을 별 힘을 들이지 않고 끌어들일 수 있다는 점, 바로 그 것이었다.

"가능하지 않다면 되게 해야지. 천무존 역시 계집에게 빠져 있는 것 같으니⋯⋯."

"하나, 그 계집은⋯⋯."

"멍청한 계집 따위에 목매고 있는 마교의 교주든 천무존이든⋯ 어차피 다 똑같은 놈들에 불과해. 어쨌거나 그 계집을 노릴 이유가 하나 더 늘었군."

사내가 빠져나온 죽림 사이로 기분 나쁜 바람이 불고 있었다.

＊　　　＊　　　＊

"에취⋯⋯!"

갑자기 은평이 재채기를 터뜨렸다. 그것도 한 번이 아니라 연달아서 말이다.

"갑자기 왜 이러지?"

은평은 시큰대는 코를 문질렀다. 뒤따라오던 청룡이 투덜거렸다.

"누가 네 욕을 하고 있어서 그럴걸?"

"⋯청룡, 그 말은 지금 네가 날 욕하고 있다는 것?"

"어째서 이야기가 그런 방향으로 흐르는 거냐?"

청룡은 발끈했다. 놀러 나가지 못하게 했다고 아주 단단히 앙심을 품었는지 뭐든지 꼬투리를 잡아 자신을 들들 볶아대는 것이다. 자신이 무슨 깨도 아니고! 어째서 들들 볶여야 하냔 말이다.

"둘 다 똑같군……."

지켜보던 인이 참지 못하고 한마디 내뱉었다.

[은평님이나 청룡님이나 정말 체통을 지키시라고요!!]

안달하는 은평과 도망가는 청룡 사이에 끼인 백호는 그날도 구슬프게 울부짖어야만 했다.

"아… 들어가기 싫다."

이대로 맹 안으로 들어가면 어떤 시선을 받을지 아주 잘 알고 있던 인은 발이 천 근같이 무거워졌다.

"들어가기 싫으면 나랑 뒤로 빠지던가."

인의 그 말이 반가웠는지 얼른 반응하는 청룡을 보며 은평은 눈을 도끼눈으로 만들었다.

"어딜 가려고?"

"그럼 너는 저 사람 많은 복작복작한 곳에 있고 싶냐?"

"뭐 어때. 인이 천무존인지 천무좀인지 유명하다며. 그 잘난 이름 좀 써서 한적한 자리 하나 만들면 안 돼?"

청룡과 은평의 대화를 들으며 인은 땅이 꺼져라 한숨을 쉬어댔다. 도대체 자신의 별호를 뭘로 아는 것인가.

"사람이 많든 적든, 관람석이라는 건 변함없잖아. 그럼 인간들의 사기도 똑같을 거라구. 그냥 예전처럼 나무 그늘 찾아서 들어가 있는 게 최고라구."

"싫어. 배운 거 실습해 보고 싶단 말야!"

청룡과 백호는 안색이 창백하게 질렸다.

"단상 위에… 올라가서 비무라도 하겠다는 거야?"

"응, 당연하잖아."

뭘 그러느냐는 듯 고개를 끄덕여 보이는 은평 덕에 이번에는 인마저 안색이 새파랗게 질려 버렸다.

"다치면 어쩌려고?"

"괜찮아. 안 다치면 되지."

'그걸 어떻게 장담해!' 라는 얼굴로 인이 다시 뭐라 말을 하려 했으나 청룡이 제지했다.

"겨우 그 실력 갖고? 잘도 논다. 가서 깨지지나 말고 냉수 먹고 속 차려. 이제 겨우 걸음마 시작한 게 날기부터 하겠다고?"

청룡은 은평의 자존심을 좀 건드려 보겠다는 심사였을 뿐이다. 발끈하는 성미가 있으니 이런 소리를 들으면 분명 '실력을 더 길러서 네 코를 납작하게 해주겠어!' 라고 나올 터였다. 아니, 나와야만 했다.

"아니, 나는 게 아니라 넘어져 보려는 거야. 가끔은 이렇게 자신의 실력을 가늠해 보는 것도 좋잖겠어?"

'네가 이렇게 나올 줄은 이미 알고 있었어' 라는 얼굴의 은평이었다. 뛰는 청룡 위에 나는 은평이랄까.

[안 됩니다아!! 은평님, 나가시면 안 돼요!!]

"백호, 넌 얌전히 있어!"

품 안에서 쫑알대는 백호의 입을 막아버린 은평은 어버버— 하고 있는 청룡을 향해 생긋 웃어 보였다.

"자, 그럼 가자. 인, 너는 자리 맡아봐."

"내가 무슨 재주로……?"

"천무존이라며. 설마 천무존이 부.탁.하는데 자리 하나 안 만들어주겠어? 아, 그렇지. 네가 그 맹주 머시기한테 부탁하면 그 맹주 머시기가 아마 자리 만들어줄지도!"

　이미 자기 뜻대로 일사천리로 일을 진행시키는 은평 때문에 질질 끌려갈 수밖에 없는 청룡과 인, 그리고 백호는 하늘을 보며 그저 한숨만 내쉴 뿐이었다.

　'…저것 때문에 내가 주름살이 날로 늘어요, 날로…….'

　청룡은 백호의 부름 따위, 무시해 버릴 걸 그랬다며 후회를 해보았지만 원래 후회란 아무리 빨라도 늦은 법이었다.

33

아무것도 아닌 것

아무것도 아닌 것

"형님, 준비는 마치셨습니까?"

어느새 단정하게 문사의를 걸친 운향이 그의 곁에 와 있었다. 인기척은 이미 느끼고 있었기에 화우는 자연스레 고개를 돌렸다.

"그래, 대충 된 듯싶구나."

자신의 검을 허리춤에 단단히 매어놓는 걸로 모든 준비는 끝났다.

"언제쯤 마교로 돌아갈 수 있을까요?"

운향은 벌써 이곳이 질린 듯 보였다. 그도 그럴 것이 마교에서라면 자유롭게 할 수 있었던 해부 등을 이곳에서는 도통 할 수가 없으니 말이다. 피부를 찢고 생살을 갈라 그 안에서 생생하게 살아 숨 쉬는 장기들을 꺼내는 기쁨을 맛볼 수 없다는 게 무엇보다도 괴로웠다.

"아마도 이번 중추절은 이곳, 금릉에서 보낼 듯싶다만."

날짜를 가늠해 보던 화우는 그리 대답했다. 마교에서는 중추절이든 뭐든 별다르게 보낸 적이 없지만 금릉에서라면 아마도 성대하게 중추절을 맞이할 터였다.

"빨리 돌아가고 싶습니다. 이곳은 너무 지루합니다……."

투덜대는 운향을 다독이며 화우는 쓰게 웃었다. 운향을 보고 있자니 간밤에 꾸었던 꿈들이 다시 한 번 떠올랐다. 마교로 귀환할 때까지 차마 입 밖으로 낼 수 없는 사실이었다. 자신이 근래 들어 꾸는 꿈들이 오래되어, 혹은 어렸을 적의 일이라 기억 저편에 묻혀 있던 것들이 생각나는 거라면… 그것이 사실이라면… 자신과 운향과의 관계는 어찌 되는 것인가. 입에 담기조차 꺼려지는 그 꿈에 대한 것을 대체 누구에게, 무어라 물어야 한단 말인가.

'그러고 보면… 운향은 확실히 아버님과는 닮지 않았다…….'

골격이 크고 장대한 편인 부친과 달리 운향은 뼈마디가 가늘었다. 무공을 익히기엔 그다지 적합하지 않을 정도였다. 더구나 생김새도 우락부락한 부친과는 달리 운향은 계집애마냥 화사했다. 자신이나 부친과는 달리 무공에는 애초에 뜻이 없고 의술만 파고드는 것까지도… 생각해 보면 판이하게 달랐다.

'만약… 그것이 사실이라면 앞으로 난 이 아이를 어찌 대해야 하는가.'

묵직한 돌을 얹어놓은 것마냥 가슴이 무겁다. 자신의 눈앞에서 그저 싱글싱글 웃고 있을 뿐인데……

그때, 약간 긁어대는 듯한 듣기 거북한 목소리가 들렸다.

"준비는 다 하셨습니까……?"

뒤를 돌아보았더니 밀랍아가 어느새 와서 서 있었다.

"다 되었다."

"밖에서 모두들 기다리고 있습니다."

약간 어색한 걸음걸이로 밀랍아가 앞장섰다. 그녀가 사지가 모두 절단된 불구라는 것을 아는 사람은 드물었다. 그리고 그 사지를 벌들로 대체하고 있다는 것 역시 아는 사람은 드물다. 온몸을 붕대로 친친 감고 있는 모습이기에 일반 사람들은 괴기스럽게 생각하며 슬금슬금 피하는 것이 그녀였다. 그런 그녀를 곁에서 감싸 안아주는 사람이 있다면 그것은 바로 백발문사.

'백발문사는… 밀랍아가 사지가 절단당하기 전부터 그녀의 정인이었다고 하였다. 그녀가 저런 모습으로 변한 뒤에도 그녀를 향한 마음은 변함이 없다.'

평소라면 당연하게 생각했을 일이나 오늘은 조금 느낌이 달랐다.

'설사 운향이 아버님의 친자가 아니라 해도 내 동생인 것은 틀림없는 사실이다.'

자신은 그 당시의 일은 알지 못한다. 그리고 어른들이 무슨 사정으로 얽혀 있든 운향과는 아무런 상관도 없었다. 운향은 그저 운향일 뿐이다. 이렇게 결론을 짓고 나니 조금은 마음이 편했다.

*　　　　*　　　　*

"와, 편하네. 사람들이 꼭 바닷물 빠지듯 옆으로 쫙쫙 빠져."

속 편한 은평이 감탄사를 늘어놓았다. 그도 그럴 것이 인이 앞장서서 나서자 그가 천무존임을 알아본 사람들이 일제히 고개 숙여 경의를 표하고 옆으로 슬금슬금 비켜 길을 터주고 있었던 것이다. 그 모습이 꼭 바다에서 썰물이 빠져나가는 모습 같다고 여긴 은평은 '바닷물 같다' 라는 말을 하고 있는 것이다.

"꼭 맹주씨한테 부탁할 필요 없겠다. 인이 눈에 한번 힘 좀 주면 자리도 알아서 다 비킬 것 같은 분위긴데?"

은평이 인의 뒤에서 중얼거렸다. 만약 은평의 이런 중얼거림을 다른 누군가가 들었다면 정말 기가 막혀 했을 일이었다. 거의 대부분의 강호인들이 경의를 품고 있는 천무존이라는 인물을 겨우 자리 비켜주기로 평가를 내리다니.

"하여간 엉뚱하다 못해서 어디로 튈지 알 수가 없다니까."

뒤에서 청룡이 이죽거렸다. 물론 은평이 고개를 돌려 째려보자 이내 입을 꾹— 다물었지만 말이다.

"너 같은 괴짜는 내 평생 처음이라니까."

당사자인 인 역시 한마디 했다. 과연 강호의 누가 천무존이라는 이름 아래 그를 이리 대했겠는가. 아마 은평이 전무후무할 듯싶다.

"괴짜든 뭐든 자리나 맡아! 사람 없고 잘 보이는 그런 곳으로."

"…그런 자리가 어딨어, 대체?"

인이 볼멘소리로 하소연했다. 원래 이런 곳은 잘 보이면 사람이 많은 법이고 잘 보이지 않으면 사람이 적은 법이다.

"없으면 만들면 되지."

히죽— 웃어 보이는 은평의 얼굴에 인은 등줄기로 소름이 돋아남을 느꼈다.

"…무슨 수로?"

불안감을 억누르고 조심스레 물어보자, 아나나 다를까, 예상했던 대답이 나왔다.

"눈에 힘 한번 꽉 주고, 이 근방으로 접근하면 죽는다, 라고 엄포를 놓으면 되지 않아?"

"못 들은 걸로 하지."

인의 말에 은평의 눈초리가 점점 가늘어졌다. 아무 말도 하지 않고 지그시 노려보는 그 눈에 인은 항복하고 말았다.

"알았어, 알았다고!! 젠장."

그리하여 인의 숭고한 희생(?)에 힘입어 은평이 소망하던 자리가 마련되었다. 인은 똥 씹은 것 같은 표정으로, 그리고 청룡은 애써 평정을 가장하고 있지만 불안감을 감추지 못하는 표정으로 주변을 훑어 내렸다.

'희미하게 수기가 느껴지긴 하는데… 어디서 느껴지는 건지 방향을 종잡을 수가 없군.'

말초 신경을 아주 희미하게 자극해 오는 수기를 느낀 청룡은 점점 더 이 자리가 불안해졌다. 나름대로 기를 숨기기 위해 애쓴 듯 방향조차 감을 잡을 수 없다.

"…청룡!"

"어어?"

깊이 생각에 잠겨 있던 청룡은 겨우 은평이 자신을 부르는 소리를 알아차렸다.

"내가 한 말 안 듣고 있었지?"

"뭐라고 했는데?"

약간 떨떠름한 표정으로 청룡이 되물었다. 보나마나 말도 안 되는 소리일 것이란 생각이 머리를 스치지만 그렇다고 안 들어줄 수도 없는 노릇이었다.

"날 도와줘."

"뭘?"

"내가 저기 나가서 싸울 때 일일이 내 머리 속으로 조언을 해주는 거야. 어떻게 대처하면 된다고 말이지."

청룡은 그제야 실력이라곤 쥐뿔도 없는 게 대뜸 싸우고 싶다라고 고집을 피운 이유를 알아챘다. 다시 말하자면 자신을 믿고 일을 벌였다는 소리다.

"능력이라곤 쥐뿔도 없는 게 잔머리만 굴리고 있냐? 만약 내가 못하겠다고 하면 어쩌려고?"

"괜찮아. 난 널 믿어."

"제발 믿지 마. 네가 날 믿는다 그러면 무서워. 여기 소름 돋은 거 안 보여?"

그는 소맷자락을 걷고 팔뚝에 오돌오돌 돋아난 닭살을 보여주었다. 청룡의 비꼼에도 은평은 굴하지 않았다.

"그럼 넌 내가 나가서 졌으면 좋겠어?"

"어. 그걸 말이라고 하냐?"

한 치의 망설임도 없이 대답한 청룡을 향해 은평이 눈을 부라렸다. 요즘 들어 청룡의 개김(?)이 부쩍 늘었다.

"해줄 거야, 말 거야?"

"알았어. 해줄 테니 보채지 좀 마. 네가 한두 살 먹은 애냐?"

청룡은 은평의 성화에 못 이겨 억지로 승낙을 하고야 말았다. 마음 같아서는 당장이라도 끌고 되돌아가고 싶지만 말이다.

*   *   *

"지금이 적기란 말씀이야⋯ 내부에서 들고일어나고 포달랍궁을 위시한 세력들이 옥문관을 통해 한 번에 치고 들어온다면 중원은 오래 버티지 못할 터."

황보영이 멋들어지게 기른 자신의 수염을 쓰다듬며 양미간을 살짝 찌푸렸다. 이번이 호기라 생각했던 그로서는 배교 교주의 반대가 영 마음에 들지 않는 눈치였다. 뒤에 있던 막리가 그 모습에 피식 웃었다.

"내 입으로 할 소린 아니오만, 중원의 저력을 우습게 보지 마시구려."

황보영의 입가에 비웃음이 스쳤다. 과거 중원을 침공해 들었던 그들이었으나 모두 실패로 돌아가지 않았던가. 실패자의 말 따위는 듣고 싶지 않았다.

"중원의 저력이라⋯⋯."

그저 알 듯 모를 듯한 미소만을 띠며 막리가를 응시했다. 막리가 역시 황보영의 그런 내심을 알고는 있었지만 내색하진 않았다.

"그나저나 말일세."

황보영은 오래전부터 알아내고자 했던, 하나 알아낼 수 없었던 사실을 막리가라면 알 수 있을지도 모른다는 생각을 해보았다. 그리고 슬슬 운을 띄웠다.

"묻고 싶은 것이 있네만⋯⋯."

"물어보시구려. 뭘 묻고 싶길래 천하의 연학림주께서 어쩐 일로 점잔을 떠시는 게요?"

막리가는 입에 물고 있던 풀줄기의 끝을 질겅질겅 씹었다. 쓴맛이 우러나 혀끝을 아리게 했다.

"배교가 마교에게 혈채(血債)가 있다는 것은 잘 알겠네만 어째서 마교 전체보다 마교의 교주에게 집착하는지를 모르겠단 말씀이야… 이해가 가질 않네."

"천하의 연학림주께서도 모르는 것이 있었소? 별일이구려."

막리가 약간 비꼬는 말을 해도 황보영은 꾹 참았다. 그 사실을 꼭 듣고 싶었기 때문이다. 하나, 막리가 역시 자세히 아는 것은 아니었기에 황보영이 만족할 만한 대답을 해주기는 무리였다.

"혹, 만교려라는 여인을 아시오? 우리 서장에서는 성천요후라 불리고 있다오."

"…만교려? 만씨인 것으로 보아서는 육합천천뇌 만경소의 후손인가?"

"맞소. 그의 손녀요. 만경소의 아들은 독자였고 그 아들은 교려라는 슬하에 단 하나의 여식이 있었소. 하나 그녀는 갓난아기 때 실종되었다고 하오. 사숙께 듣기로는 대외적으로는 실종으로 발표되었지만 사실은 마교에 인질로 빼앗긴 거라는 이야기가 쉬쉬하며 돌기도 했다던데, 자세히는 모르겠소. 어쨌거나 그녀는 실종된 지 거의 이십 년이 돼서야 배교로 돌아왔고, 그때가 아마 이십 년 전 배교와 서장이 손을 잡고 중원으로 들어왔을 때일 거요."

황보영은 조금 윤곽이 잡히는 듯도 했다. 그리고 의아하게 여겨지던 점을 막리가에게 캐물었다.

"배교의 교주가 만교려의 자식인가? 하나 아비의 성도 아니고 어미의 성을 따랐다……?"

"혈요사령 만천학이 만교려의 자식인 것은 맞소. 하나 그의 아비가 누군지는 아무도 모르오. 아니, 모른다기보다는 아무도 물으려 하지 않소."

"그건 어째서인가?"

"이것 역시 떠돌았던 소문이오만, 내 사숙께 들은 말이니 거의 맞을 게요. 만교려가 배교로 다시 돌아왔을 때… 꼴이 말이 아니었다고 하오. 흡사 윤간(輪姦)을 당한 듯했다던데, 그것도 수십 명에게 말이오."

이미 오래전 일이라 기억하는 이는 많지 않겠지만 사숙에게서 그 당시의 일을 이것저것 주워들었던 터라 그는 똑똑히 기억하고 있었다.

"윤간이라……? 그렇다면 만천학의 아비를 알 수 없다는 의미인가……?"

"얄궂게도 그는 그런 출생 배경을 지닌 탓에 만교려에게도 가혹한 처사를 당했던 것 같소. 어렸을 적 희미한 기억이 나는데… 가끔 나의 사부가 배교로 만교려를 만나러 가는 때가 있었소. 어렸던 때라 사부의 손에 이끌려 같이 가곤 했었는데 그때 만천학을 처음으로 보았었소. 온몸에 상처가 난 데다 곪아가고 있는데도 치료조차 받지 못하는 것 같았다오."

막리가가 해준 이야기를 종합해 보던 황보영은 한 가지 이야기를 엮어낼 수 있었다. 만경소의 손녀인 만교려는 어떠한 경로—그것이 설혹 납치이든, 인질이든—를 통해 마교로 흘러 들어갔고 마교에서 자라났으며 이십 년 전, 배교가 서장의 세력과 손을 잡고 중원을 침략해 들었을 때 그 보복 조치로 윤간을 당했다. 그리고 만교려는 절치부심(切齒腐心) 복수의 칼날을 갈았고 그 아들인 만천학을 통해 자신의 복수를 하려 한다는…….

꾸며놓고 보니 제법 그럴싸했다. 한데, 이해할 수 없는 부분은 여전히 존재했다. 배교의 교주가 마교의 교주에게 유독 집착하는 까닭은 대체 무엇일까. 지금의 교주는 그 당시 아직 어린애였을 터, 만교려가 윤간을 당한 것과는 아무런 연관성도 없을 텐데 말이다.

"그 까닭이 무엇일까?"

"까닭이 무엇인지 알아서 뭐에 쓰려고 그러시오?"

귀를 후벼 파며 막리가가 옆에서 이죽댔지만 황보영은 여러 가지 짐작을 해보며 머리를 굴리기 바빴다.

탁—!

골몰히 생각에 잠겨 있던 황보영은 자신의 무릎을 탁— 하고 내려쳤다. 지금 떠오른 생각대로라면…….

"뭐라도 생각나셨소?"

"생각나다마다. 이십 년 전의 마교 교주는 녹혈환마 단절강이 아닌가?"

"…단절강?"

"만교려와 직접적인 연관이 있는 것 역시 단절강이겠지. 현 교주는 단절강의 아들이고…….."

"뻔히 아는 사실을 뭘 그리 되풀이 말하시오?"

"자식을 아끼지 않는 부모란 드물지. 자식이 다치면 그 자식보다 더 아파하고 차라리 자신이 다치길 바라는 것이 바로 부모란 말일세. 물론 이것은 평범한 부모에 국한되는 말이네만…….."

"그렇다면… 배교의 교주가 최종적으로 노리는 것은 마교의 전대 교주……?"

"자식이 다치면 그 부모가 배로 고통스러워하지 않겠는가? 아마도 만천학은 그것을 노리고 있을 터."

막리가는 황보영의 짐작이 맞다고 여겨지면서도 정말 그것뿐일까라는 생각이 들었다. 단지 그것만으로 노린다고 보기에는 그 집착이 유독 강했다. 간간이지만, 어렸을 적부터 그를 보아온 막리가는 알 수 있었다. 분명 또 다른 이유가 숨겨져 있을 것이다.

*　　　　*　　　　*

"저번에 나온 소저가 아니시오?"

교언명은 조금 곤란하다는 표정을 지었다. 이무괴녀 현무와 비무했던 전적이 있는 소녀인데다 부상으로 인해 자연적으로 기권되었었다. 한데 또 비무에 나오겠다고 하니 그가 당황하는 것은 당연했다.

"한 번 나왔던 사람은 나오면 안 되나요?"

은평은 고개를 갸웃하면서 교언명을 빤히 바라보았다.

"그게……."

교언명은 약간 곤란하다는 표정을 지었다. 보통 기권이라면 다시는 나올 수 없는 것이 관례였다. 하지만 이 소녀의 경우는 부상으로 인한 기권패였던 관계로 사정을 봐주어야 하는 건지 관례대로 따라야 하는 것인지 교언명은 난감해하고 있었다.

"관례대로 하자면… 한 번 나왔다가 기권을 하면 다시는 나올 수 없는 것이오."

"그런 게 어딨어요? 제가 제 의지로 기권을 했어요? 아니면 내 입으로 안 한다 그러고 뛰쳐나갔어요? 다쳤었잖아요!"

부당하다는 태도로 은평이 따져 물었다. 지금까지 교언명은 자신에게 이런 식으로 따져 묻는 사람을 처음 겪는지라 적잖이 당황했다. 보통은 그렇습니까? 하고 물러나는 것이 일반적인 경우였던 것이다.

"다쳤을 때 내 발로 걸어나간 것도 아니고, 여기 있는 이놈이 절 맘대로 데려간 것뿐이라니까요! 그것도 기권이에요?"

은평은 자신의 뒤를 따라온 청룡을 삿대질하며 흥분하고 있었다.

"저, 소저… 조금 진정하시구려. 이렇게 따진다고 될 일이……."

"가위바위보도 삼세판을 하는데!! 어째서 한 번 기권했다고 끝! 이냐구요!"

은평의 말을 잠자코 듣고 있던 청룡이 한숨을 쉬며 나섰다.

"…어이… 그건 좀 비유가 아닌 것 같……."

"시끄러!!"

단 한 마디로 청룡의 말을 잘라낸 은평은 다시 교언명을 향해 따져 물었다.

"그런 관례가 어딨어요? 관례야 새로 만들면 되는 거잖아요! 이건 필시 주최 측의 음모야! 농간이라구!"

'주최 측이 그렇게 할 짓이 없겠냐… 널 상대로 음모를 꾸미게?'

청룡은 자신이 왜 여기에 따라왔을까 한탄을 하며 한숨만 폭폭 쉬어 댔다.

"아, 알았소. 소저가 정히 그렇게 말한다면 어쩔 수 없구려. 원래대로라면 한 번이라도 기권을 하거나 졌던 자는 다시 재도전하는 것이 불가능하지만 소저의 경우는 부상으로 인한 것이었으니 예외적인 일로 하겠소."

속사포처럼 쏟아 붓는 은평의 말에 시달리다 못한 교언명의 결정에 은평은 만족스러워했다. 교언명에게 짤막한 인사말을 남긴 은평은 다시 자리로 되돌아갔다.

'…쯧쯧, 댁도 안되셨수.'

청룡은 진땀만 뻘뻘 흘리고 있는 교언명에게 왠지 모를 동지애를 느꼈다.

한편, 자신이 목적한 바를 이뤄낸 은평은 의기양양 앞으로 걸어나갔다.

"안 오고 뭐 해?"

"가, 간다고."

인과 백호가 기다리고 있을 곳으로 걸음을 옮긴 청룡은 어찌 됐냐고 눈짓하는 인을 향해 어깨를 으쓱해 보였다.

"쟤를 누가 당해내. 들들 볶아대는 저 성화는 아마 어떤 인간이라도 무릎 꿇릴걸?"

청룡의 작은 중얼거림을 들었는지 은평이 금세 고개를 휙 돌리고 빙그레 웃는다. 어쩐지 이마에는 힘줄이 하나 툭 튀어나와 있는 듯했다.

"그 쟤가 누군데?"

"누구긴 누구야, 어딘가에 있을 은모 양이지."

점점 청룡과 은평 사이의 분위기가 험악해지는 것을 감지한 백호가 중재에 나섰다. 그리고 은평에게 말을 걸어 은근슬쩍 화두를 돌려놓았다.

[은평님, 누구와 비무를 하시게요?]

"응? 누구? 생각해 본 적 없어. 그냥 적당한 상대다 싶으면 나가야지."

[…무대포시군요.]

어이없어하는 백호의 말에 청룡이 한마디 덧붙였다.

"그걸 이제야 알았냐, 백호?"

"…시끄러, 지렁이!"

"누가 지렁이냐, 이 막무가내 떼쟁이야!"

"와아아아—!!"

우레와도 같은 관전객들의 함성 소리가 비무장 내를 가득 메웠다. 잠시 중단되었다가 다시 열렸다 할지라도 사람들의 열기는 전혀 사그라지지 않은 듯했다. 오히려 전보다 관전객들이 더 늘어난 것 같은 느낌이랄까.

개전이 선언되고 난 뒤, 비무대 위로 올라오는 자들은 모두 한결같이 인이 앉아 있는 좌석 쪽으로 몸을 돌려 깊숙이 인사를 해 예를 표했다. 모두 짜기라도 한 것 같은 태도였다. 백도와 마도를 가리지 않았고 그 어떤 이라도 무도의 길을 가는 자라면 말이다. 그것은 이미 전설로 남아버린 그에 대한 경의의 표현이었다. 물론 그 인사를 받는 본인이 편할 리 없겠지만……

'대체 이게 무슨 꼴이냐고! 그냥 조용히 관전하다 가고 싶었는데.'

입맛이 썼다. 이제 와서 옆에 앉아 있는 은평을 탓한들 어찌하랴. 온통 주변으로 쏟아지는 시선에 자신은 바늘방석 위에 올라앉은 기분인데도 은평은 태연스러웠다. 너무도 둔해 시선들을 제대로 느끼지도 못하는 것인지, 아니면 모르는 체하는 것인지는 알 수 없었지만. 어쨌거나 인은 이런 분위기가 너무도 싫었다. 주변에서는 숨소리 하나 크게 내지 않고 그의 분위기를 살피고 있었다.

'이래서 내가 정체를 밝히기 싫었던 거라고. 달리 이유가 있는 줄 알아?'

그 스스로 생각하기에 자신은 그다지 대단한 사람이 아니었다. 맨 처음 무공을 익히게 되었던 계기도 원한으로 인한 것이었고 후에 복수를 다 한 뒤에도 평생 동안 해왔던 것 중 할 줄 아는 것이 무공밖에는 없어서 무공만을 파고들었다. 이런 식의 대접을 받을 만한 것은 아니라 스스로도 생각하고 있었다. 자신은 번뇌가 많은 사람이었다. 진정한 무공의 길에 접어들려면 오직 머리 속에 무공 외에는 생각하고 있지 않아야 하는데도 번뇌가 많아 그러지 못했다. 그래서 도중에 포기하고 도망친 나약한 겁쟁이일 뿐이지 않은가.

"…인!"

"어?"

"왜 몇 번이나 불러도 몰라?"

청룡이 자신을 부르는 소리에 인은 겨우 생각을 접었다.

"아무것도 아니다."

단상 위로 시선을 돌리니 아까 보았던 자들은 어디로 갔는지 없고 어느새 새로운 자들이 단상 위에서 비무를 벌이고 있었다. 한 사람은 건장한 체격의 중년 무사였고, 상대는 남루한 남의를 걸친 청년이었다. 중년 무사의 손에서 잘 벼린 검날이 햇빛에 반사되어 눈을 찌를 듯한 빛을 내뿜으며 예기를 반사했다. 척 보기에도 제법 뛰어난 명검임이 분명해 보이는 검이었으되, 눈빛만은 청년 쪽이 더 우세했다.

"…어느 한쪽이 압도적으로 우세한 비무는 별로 볼 재미가 없지."

인의 말에 주변인들의 귀가 쫑긋 곤두세워졌다. 인의 말에 귀를 기울이고 있는 것이다.

"그렇지. 검만 좋으면 무얼 하나. 기개가 없는걸."

청룡이 맞장구를 쳤다.

"청년은 지금 저 중년인을 시험해 보고 있는 거야. 저 청년이 누군지는 모르겠지만 상당히 흥미로운데……."

"행색은 남루하지만 쓰는 무공은 유명 정파의 것을 고루 섞어서 살짝 응용한 거야."

청룡과 인이 말을 주거니 받거니 하는 사이 주변인들은 살짝살짝 들리는 둘의 대화를 듣기 바빴다. 그들에게 가장 놀라운 것은 인의 옆에 있는 청룡이었다. 저자의 정체가 무엇이길래 인과 아무렇지도 않게 하대를 하고 인 역시 그 하대를 아무렇지도 않게 받아들인단 말인가.

"저보라구. 청년의 검이 중년인의 급소를 파고들려다가 살짝 비켜나갔어. 움찔움찔 중년인의 검을 피하기 바쁜 것 같아도 할 건 다 하는군."

"저놈, 꽤 속이 음흉한 녀석이네. 자신보다 나이도 훨씬 많은 이를 갖고 놀다니. 중년인 쪽도 청년이 자신을 갖고 놀았다는 걸 슬슬 알아챈 듯한데. 얼굴이 빨갛게 변한 걸 보니."

청룡의 말이 끝나기가 무섭게 중년인의 손속이 더욱 거세졌다. 청년이 자신을 봐준 것을 알고 자존심이 상했는지 얼굴은 벌겋게 변한 뒤였다.

"곧… 중년인의 다리에 청년의 검이 걸릴 게야."

인의 말대로 중년인의 부실한 다리 틈을 청년의 검이 가차없이 파고들었다. 허벅지가 베일 뻔한 것을 간발의 차로 간신히 피한 중년인이 그제야 청년과 자신의 실력 차를 알아본 모양이었다. 안색이 점점 사색이 되어갔다.

"슬슬 끝이 나겠는데."

검과 검이 맞부딪쳐 검명이 울리고 마침내 중년인의 검이 중년인의 손에서 떨어져 나가는 것과 동시에 청년의 검이 중년인의 목덜미 바로 앞에서 멈추었다.

"그만!! 거기까지!!"

교언명의 중지가 외쳐지고, 인과 청룡의 예상대로 비무는 청년의 승리로 돌아갔다.

"삼엽검(芰葉劍) 경운기(擎云騏) 승!"

저 청년의 별호는 삼엽검이고 이름은 경운기인 모양이었다. 그 이름을 듣는 순간, 은평은 참지 못하고 웃음을 터뜨렸다.

"겨, 경운기… 아하하하하! 부, 부모가 누군지 너무하잖아. 그런 이름을 붙이다니……."

은평이야 눈가에 눈물마저 맺혀가며 웃음을 터뜨릴 정도로 웃어댔지만 인이나 백호는 무슨 일인지 몰라 고개를 갸웃할 뿐이었다.

"농사는 참 잘 지을 듯한 이름이군."

청룡은 쓴웃음과 함께 이름에 대한 감상을 한마디 남겼다.

"좋아, 나 결정했어! 첫 시험 상대는 저 녀석으로 할래. 이름이 마음에 들어버렸어. 경운기… 푸하하하하!"

다시 한 번 불러보다가 역시 웃음을 터뜨린 은평은 저 경운기를 첫 상대로 결정했다.

"지렁아, 잘 부탁해~"

"아야!!"

은평은 청룡이 미처 붙잡기도 전에 얼른 좌석에서 튀어 나가 단상 위로 올라가 버렸다. 청룡은 관자놀이를 꾹꾹 누르며 이를 부득부득 갈았다. 끝까지 말려보려고 했더니 저 꼴이다. 인은 걱정스런 표정으로 청룡을 힐끔 바라보았다.

"괜찮겠냐?"

"저어어어언혀."

청룡은 투덜거리면서도 단상 위를 주시했다. 시야를 조금 확대시키니 바로 눈앞에서 보고 있는 것처럼 변했다.

"……."

단상 위로 올라온 은평을 본 경운기의 눈살이 살짝 찌푸려졌다. 보는 것만으로도 눈이 절로 화려해지는 미소녀임에는 틀림없었지만 그다지 상대하고 싶은 마음이 없었다. 게다가 자세도 엉성하기 짝이 없고, 곳곳이 허점투성이랄까.

"경 소협의 이번 도전자는 여기 있는 소저요. 소저께서는 별호와 이름을 밝혀주시오."

의례적인 인사치레를 치르기 위해 교언명이 은평 쪽을 바라보며 부탁해 왔다.

"한은평이라고 합니다."

자신에게 별호가 붙었는지 어쨌는지에 대한 관심조차 없는 은평이다 보니 별호를 외우고 있을 리가 만무했다.

'…별호조차 밝히지 않다니… 내가… 그 정도로 우습게 보였단 말인가?'

경운기는 손아귀에 절로 힘이 들어가는 것을 느꼈다. 얼마 전에 강호에 나와 이제 겨우 햇병아리 티를 벗은 자신이었지만 한참이나 어려 보이는 이런 소녀에게 무시당할 만한 애송이는 아니라 생각하고 있었다.

"삼. 엽. 검… 경운기라 하오, 소저."

경운기는 자신의 별호에 힘을 실어 뚝뚝 끊듯이 강조했다. 은평은 그런 경운기의 의도를 아는지 모르는지 생긋 웃으며 인이 항상 하던 대로 포권지례를 흉내 냈다.

"경운기라니… 농사를 잘 지을 것 같은 이름이세요."

너무 재미있는 이름이란 생각에 은평은 빙긋이 웃었다.

'뭐, 뭐라? 지, 지금 그 말은… 검이고 뭐고 때려치우고… 낙향(落鄉)해 농사나 지으란 소리인가!'

은평은 그저 자신의 순수한 감상을 말한 것뿐이었다. 하나 경운기의 눈에는 은평의 웃음이 자신을 비웃어대는 실소로 보였고 은평이 말한 것은 다 때려치우고 낙향해 농사나 지어라라는 의미로 들렸다.

'이 애송이 계집년이… 얼굴이 반반하다고 주변에서 이것저것 다 떠받들어 줘 콧대가 높아진 겐가… 사람을 면전에 대놓고 비웃는 모양인데 어디 뜨거운 맛을 보여주마.'

'에? 얼굴이 빨개졌네. 부끄러워하는 건가?'

은평은 자신이라도 그런 이름으로 살게 되면 사람들이 자신의 이름을 거론할 때마다 쪽이 팔릴 거라고 생각하며 고개를 주억거렸다.

한편, 인은 은평과 경운기의 표정을 바라보며 고개를 갸웃거렸다. 뭔가 경운기 쪽이 대단한 착각을 하고 있는 듯 얼굴을 붉히고 있지 않은가. 물론 그 상황에서도 화가 난 것을 얼굴에 직접적으로 드러내지 않은 것은 상당히 깊은 심지라 칭찬(?)할 만했지만 말이다.

"뭔가 상대방의 의중에 대해서 서로 착각을 하고 있는 것 같지 않아?"

"…사서 매를 벌어요, 아주……."

청룡은 어이없어하며 사서 미움받을 말만 골라 하고 있는 은평의 행동에 어쩌면 이 사태를 수습할지 고민, 또 고민했다. 최대한… 시선을 안 끌고 사람들의 기억 속에서 은평이 기억되지 않는 방향으로 일을 마무리 짓고 싶었다. 아니, 마무리 지어야만 했다.

"기수식을 취하시오."

단상 아래로 내려간 교언명이 외쳤고 그 신호에 따라 경운기는 은평을 매섭게 노려보며 검을 가슴께로 쳐들었다.

"소저의 무기는……?"

"에? 아, 무기 같은 건 필요없어요."

'…무기가 없어도 날 이길 수 있다는 소리인가? 겨우 저런 몸으로 장법의 대가라고 보기도 힘이 들건만… 어디 조금 뒤에도 그런 건방진 소리가 나오나 두고 보자.'

경운기는 이를 벅벅 갈아댔다. 하는 말마다 마음에 들지 않는 건방진 계집이었다.

"…하앗!! 엽문검결(葉紋劍結)!"

선공을 하겠다는 생각으로 움직인 경운기의 검 움직임이 은평의 허점을 향해 덮쳐들었다. 그가 보기로 은평의 허점은 한두 곳이 아니었다. 허리를 비롯한 단전, 그리고 하체 부분이 무방비 상태로 널려 있던 것이다.

―왼쪽으로 이 보 간 뒤, 오른발로 도약해라. 공기의 흐름에 몸을 내맡겨!

머리 속에 울려 퍼지는 청룡의 지시에 따라 은평은 왼쪽으로 이 보 옮긴 뒤, 오른발로 도약했다. 한데 몸을 공기 중에 띄운다는 게 너무 높이 띄워 버렸다.

'에에…….'

은평은 서둘러 착지를 시도했으나 은평이 착지하게 된 곳은 지면이 아닌 경운기의 검날 위였다.

"……!!"

자신의 검날 끝에 몸을 지탱하고 서 있는 은평의 모습에 놀란 경운기가 다음 동작을 이을 생각도 못하고 굳어버렸다. 그것은 일반 관중들도 마찬가지인 듯 모두 굳어서 주변이 온통 고요해졌다.

'가, 가벼워… 무게가… 전혀 느껴지지 않다니……'

경운기는 검에 느껴지는 무게가 평소와 전혀 다름없음을 느꼈다.

"와아, 됐다. 항상 안 돼서 청룡한테 쿠사리먹던 거였는데. 이런 거였구나. 의외로 쉽네? 앞으로는 아무리 가는 나뭇가지 위에서라도 잘 수 있을 거 같아!"

"…소저께선 지금 본인을 놀리고 있는 것이오?"

경운기의 검이 옆으로 휘둘러지자 검날 끝에 의지해 있던 은평은 서둘러 지면으로 착지했다.

―야! 넌 알려줘도 못하냐!

머리 속에서는 청룡의 고함이 울려 퍼지고 있었다.

'좀 조용조용히 말해. 머리가 쿵쿵 울리잖아.'

은평은 속으로 투덜댔다. 쭉 못했던 것을 이번 일을 계기로 해내게 되었는데 칭찬은 못해줄망정 타박부터 놓다니, 청룡도 의외로 매정한 구석이 많은 것 같다고 생각했다.

"놀리다뇨. 누가 그쪽을 놀렸다는 거예요?"

"지금… 이게 놀리는 것이 아니라면 뭐란 말이오!"

경운기의 검이 횡날자로 길게 베어져 들어왔다. 은평은 이번에는 실수하지 않겠다고 여기며 머리 속으로 쏟아지는 청룡의 말을 입 안에서 되새겼다.

―실수하지 마! 오른쪽 뒤로 한 보 피한 뒤 생긴 틈을 타서 손끝으로 검을 쳐내!

은평은 부지런히 청룡이 일러주는 대로 행동했다. 경운기의 검을 피해 뒤로 물러나는 것과 동시에 손끝으로 검을 쳐냈다. 검과 은평의 손이 맞부딪치는 순간, 아주 작은 소리였지만 금속끼리 서로 맞부딪쳤을 때 나는 소리가 울렸다. 관중들까지라면 몰라도 바로 앞에 있던 경운기는 똑똑히 들을 수 있었다.

'…거, 검을 손으로 쳐냈는데 어째서 이런 소리가…….'

─상대가 딴생각을 하고 있다. 그 틈을 노려! 넌 무기가 없으니 최대한 장법을 사용하는 것처럼 해서 이겨야 한다고. 그래야 다른 인간들이 의심을 하지 않아.

'그래그래, 알았어. 되게 시끄럽네 거.'

은평은 합장하듯이 손을 들어 경운기의 검날을 붙잡았다.

"비무 중에 딴생각하면 안 돼요~ 그죠?"

"무, 무슨……."

자신이 허점을 보였고 그 틈을 은평이 파고들었음을 깨달은 경운기는 잡힌 검날을 빼보려고 애를 썼지만 은평의 손아귀에서 검이 빠져나오지 않았다.

─야야!! 그건 쓰면 안 돼!! 장법처럼 하라고 했지… 누가 그런 것까지 하…….

은평은 머리 속에서 들리는 청룡의 외침을 깨끗이 무시하고 손바닥에 힘을 줘 검을 부러뜨렸다.

챙강─!

검이 부러져 두 동강 나는 순간, 관중석은 술렁임으로 휩싸여 갔다. 경운기 역시 믿을 수 없다는 듯 소녀를 바라보았다.

"잇……!!"

경운기는 자신의 애검이 두 동강 났음에도 불구하고 이내 다시 정신을 차리고 동강난 검끝만으로 덤벼왔다. 은평은 자신이 부러뜨린 검날을 쥐고 그 뭉툭해진 검끝을 막아내었다.

"멈추시오!! 그만 멈추라 하지 않았소?"

관례에 따르면 어느 한쪽의 무기가 상했을 때 비무를 종료하는 것이지만 교언명의 외침을 두 사람은 듣지 않았다. 아니, 정확히는 경운기가 이성을 잃어버렸다고 하는 편이 좋을 것이다.

"…저기, 멈추라는데 이거 계속 해야 하는 거예요?"

은평은 교언명의 말대로 멈추고 싶었지만 경운기가 이리 덤벼오니 속절없이 상대를 해주고 있었다.

"감히… 내 애검을… 부러뜨리다니……!!"

"검 하나 갖고 되게 쪼잔하게 노네. 에씨. 다시 붙여주면 되잖아요."

은평은 경운기를 무척이나 쪼잔한 쫌팽이라 여기며 발을 차올렸다. 그리고 은평의 발끝은 이성을 잃은 경운기의 복부에 가서 정통으로 꽂혔다.

"컥……."

복부를 얻어맞은 경운기는 온몸이 찌릿찌릿해져 오는 통증과 함께 자신도 모르게 쥐고 있던 검을 손에서 놓아버려야 했다. 손을 멈추고 배를 움켜쥔 채 그 자리에 멈춰 서고 보니 다리가 후들대고 힘이 점점 빠져나갈 만큼 아프다.

"멈추시오!!"

"멈췄잖아요."

교언명이 그제야 단상 위로 달려왔다. 완전히 동강난 검은 바닥에 흩어져 있고 경운기는 간신히 몸을 지탱하고 있을 따름이었다.

"…소, 소저가 이기셨소……."

매우 떨떠름한 표정으로 경운기의 검을 수습해 주며 단상 아래에 대기하고 있던 의생들을 시켜 경운기를 살피도록 명했다.

이 황당한 비무를 어찌 불러야 할까, 교언명은 그것이 걱정되었다. 그리고 생긴 것에 걸맞지 않게 무척 거친 소저의 행동에 대해서 괜히 이 소저를 비무에 참가하도록 허락한 것은 아닌가 하는 근심을 불러일으켰다.

"아현류영 한은평 승!"

은평은 자신의 이름 앞에 붙은 아현류영이란 것이 자신의 별호인 것 같고, 어디서 한두 번쯤 들어본 듯도 하다고 생각했다.

'나도 모르는 별호를 어째서 저 아저씨가 알고 있는 거지? 신기하네.'

설마 자신이 비정상이라고는 죽어도 생각지 못하는 은평이었다.

"안 기뻐? 내가 삼연승을 달성하고 있는데. 넌 왜 그렇게 똥 씹은 표정이야?"

경운기 이후로, 두 명의 도전자를 더 물리쳐 낸 은평은 의기양양해져 있었다. 마침 점심 시간을 알리는 북이 울렸고 은평은 식사를 하기 위해서 인과 청룡, 백호와 함께 백향루를 찾은 참이었다.

"…당연히 기분이 좋을 리가 없잖아!! 내가 그렇게 눈에 띄는 행동을 하지 말아달라고 사정까지 하는데 넌……! 됐다, 관두자. 말하는 내 입만 아프지."

청룡은 탁자 위에 놓인 음식을 젓가락으로 꾹꾹 누르거나 휘젓는 손장난을 하며 이를 부득부득 갈아댔다.

"인, 너는 어떻게 생각해? 너도 청룡과 같은 생각이야?"

"글쎄……."

인은 주변의 인기척들을 살피며 최대한 말을 아꼈다. 그도 그럴 것이 천무존을 보겠다고 인의 뒤를 졸졸 쫓아다니고 있는 자들이 한두 명이 아니었기 때문이다. 원래라면 한적했을 이 백향루가 갑작스레 밀려든 사람들로 북적이고 있는 것이 단지 우연의 일치만은 아닐 것이다.

"백호야, 넌?"

[청룡님과 같은 심정입니다.]

"가재는 게 편이군."

[예?]

"아냐, 아무것도. 청룡!! 너 괜히 애꿎은 음식만 뒤적대지 말고 얼굴 좀 펴. 왜 그렇게 죽을상이야?"

"…너 같으면 얼굴을 펼 수 있겠냐? 네가 한 짓을 생각해 보라고!!"

청룡은 이렇게라도 하지 않으면 복장이 터져 버릴 것만 같은 심정으로 버럭 소리를 내질렀다.

"내가 뭘?"

눈을 말똥말똥 뜨고 고개를 갸웃하는 은평이 청룡에게는 증오스럽기까지 했다.

"몰라서 물어? 첫 번째는 그렇다 쳐! 실수했다 치자고! 두 번째 상대를 단상 위에 메다꽂은 건 뭐냐고!"

"그건 그놈이… 애송이 계집년, 어쩌고저쩌고하면서 자꾸 깐죽거리잖아."

"…그럼 세 번째 상대는 뭔데? 건들일 게 없어서 인간들 틈에서 어느 정도 유명하다고 하는 명문정파의 후계자를… 그 지경으로 만들어놓냐?"

"음흉한 눈길로 쓱― 훑어 내리면서 고년, 참 맛있게 생겼다라고 중 얼거릴 때 얼마나 느꼈는지 알아? 버터 한 통을 통째로 녹여서 원샷 한 것 같은 기분이었어!"

"그래도, 잘라 버릴 것까진 없었잖아!"

청룡과 은평이 한참 말다툼을 하고 있을 때 인이 문득 끼어들었다. 히죽 웃으며 등 뒤의 장검을 만지작대며 기껏 한다는 소리가…

"그놈은… 만약 은평이 안 잘랐으면 내가 나서서라도 잘라 버릴 생 각이었는데?"

"…인, 너까지 날뛰면 감당할 자신이 없다. 제발 참아줘."

청룡은 탁자에 머리를 푹 수그리고 엉엉 울 것 같은 심정을 꾹꾹 삼 켜내야만 했다.

"그래도 내가 인정을 베풀어서 다 자르진 않았잖아. 방울(?) 하나만 잘랐으니 생식 기능에 이상이 생길 리도 없고."

은평이 의기양양하게 '나 잘했지?' 라는 표정을 지었다.

"…그걸 말이라고 해!!"

"그럼 말이라고 하지, 개소리라고 하겠어?"

"……"

그 순간, 백호는 청룡에게 무한한 동지애(?)와 동정 섞인 눈초리를 보내며 청룡의 현재 심경을 절절히 공감하고 있었다.

＊　　　＊　　　＊

"급히 차린다고 차렸는데 음식들이 교주의 마음에 드셨으면 좋겠소."

맹주의 사실(私室) 한쪽에 조촐하게 마련된 음식상들을 보고도 화우는 이렇다 할 반응이 없었다. 그저 뚱한 표정으로 무언가를 골몰히 생각하는 눈치였다. 그의 반응을 대접하는 입장의 헌원가진이 어찌 받아들였는지 조금 걱정스런 표정으로 다시 물어왔다.

"…음식들이 마음에 들지 않으시는 게요?"

"아? 아니올시다. 잠시 딴생각을 하고 있었소."

화우는 얼른 고개를 젓고 젓가락을 든 손을 놀렸다. 음식이 입으로 들어가는지 코로 들어가는지도 모른 채 입에 넣고 우적우적 입을 움직였다.

헌원가진이 일부러 화우를 초청해 식사를 대접하는 것이나 화우는 넋빠진 사람마냥 굴고 있었다. 화우의 현재 상태와 그의 넋을 빼놓은 것이 무엇 때문인지를 기민한 헌원가진이 모를 리가 없었다.

"…부족한 것이 있다면 말씀해 주시오."

"…아, 미안하오. 다시 한 번만 말씀해 주시겠소? 제대로 듣지 못했구려."

뒤늦게 헌원가진이 자신에게 말을 걸어왔음을 깨달았지만 이미 그가 했던 말을 놓치고 말았다. 젓가락을 내려놓은 헌원가진이 손을 깍지 끼고 조심스레 화우를 응시했다.

"걱정거리가 많은가 보오. 그러니 누가 어떤 말을 하든 귀에 들어오지 않는 게 아니오?"

화우는 그의 말에 무언의 긍정을 했다.

"그 걱정거리가 무엇인지 본인이 맞춰봐도 되겠소?"

느닷없는 제안에 화우는 살짝 양미간을 찌푸렸다. 어리둥절해하는 화우를 아는지 모르는지 헌원가진은 계속해서 말을 이었다.

"예의 그 소저가 비무를 하고 있으니 걱정이 되시는 것이 아니오? 험한 비무 상대를 만나 다칠지도 모르고… 아니오?"

헌원가진은 약간은 짓궂은 미소를 머금은 채, 조금 곤혹스러워하는 화우의 반응을 즐겁게 지켜보았다. 그리고 약간의 충고도 잊지 않았다.

"정히 걱정이 되신다면, 그 소저에게 직접 기권을 하라고 말을 해보시오. 만약 기권을 하지 않겠다고 나온다면… 교주께서 직접 비무에 나가서서 그 소저를 비무에서 이겨 탈락시키는 것도 하나의 방법이라오."

이 제안에 화우는 머리 속이 환히 맑아지는 기분이었다. 어째서 자신이 진작에 이것을 생각지 못했단 말인가. 그리고 헌원가진의 충고는 계속해서 이어졌다.

"그리고… 또 하나. 강호에서는 그리 쉽게 자신의 속내를 드러내는 꼴은 스스로 짚을 지고 불 속으로 뛰어드는 짓임 역시 명심하시길 바라오."

"……?"

화우는 어리둥절한 표정을 지었다. 헌원가진은 턱을 잠시 괴었다.

"방금도 그러했잖소? 걱정되어서 견딜 수 없다는 듯 전전긍긍. 그런 얼굴을 하고 있으면 누가 보아도 그 소저가 교주께 큰 약점이 된다는 사실을 알 수 있을 거요. 만일의 때, 교주를 노릴지도 모르는 사람들은 그 소저가 교주의 목줄을 움켜쥘 최대의 무기가 될 것이라 여길 게 아니겠소? 비록, 교주께서 누군가에게 원한을 사진 않았다고 하더라도 이 강호란 곳이 언제 어느 곳에서 자신조차 모르는 원한 관계가 만들어질지 모르는 일이니 말이오."

충고를 끝낸 헌원가진은 멈추고 있던 젓가락질을 재개했다. 자신은 미리 경고를 해주었다. 이곳에서 자신의 감정을 속속들이 드러낸다는 것이 얼마나 위험한 짓인지를. 어느 무리를 이끄는 지도자… 라는 입장이 되면 더더군다나 그러했다. 언제나 자신의 능력을 삼 할 정도는 감춘 채 싫어도 좋은 척, 좋아도 싫은 척해야 살아남을 수 있는 곳이 이곳이다. 정도를 표방하든 마도를 표방하든 무공의 정도로, 즉 가진 바 힘으로 평가가 되는 것은 어느 곳이든 당연한 일이 아니던가. 자신에 대한 모든 것을 숨겨야 하는 판에 약점을 저리 허술히 드러내다니……. 헌원가진의 입장에서 마교의 교주는 아직 미숙해 보였다. 자신을 감추는 일에 말이다. 마교의 교주가 자신의 경고와 충고를 따르는지 안 따르는지는 좀 더 지켜보아야 할 듯싶었다.

'뭐, 눈치 빠른 늙은이들 사이에서 십여 년을 넘게 지내면 자신을 감추는 것이 너무도 당연한 일이 되긴 하지만…….'

자신을 가르쳤던 사부들을 떠올리며 헌원가진은 실소를 머금었다.

"지금… 뭐라 하셨습니까?"

백발문사의 되물음에 화우는 다시 한 번 자신의 뜻을 전했다.

"비무에 나가겠다고 했다."

절대 뜻을 굽힐 수 없다는 듯 꽉 다물린 입술이 화우의 의지를 보여주었다. 백발문사는 그가 비무에 나가게 됐을 때 발생할 여러 상황들을 머리 속에서 그려보았다. 결론은 득보다는 실이 많다였다. 백도맹주의 점심 식사에 초대됐다가 돌아왔는데 갑자기 저런 소리를 하다니… 밥 잘 먹고 와서 웬 뚱딴지란 말인가.

"…절대 아니 되십니다. 어째서 갑자기 그런 생각을 품게 되셨는지는 알 수 없으나 그것은 득보다는 실이 더 많습니다. 더군다나 지금은 무림이 언뜻 보기엔 평안해 보여도 언제 폭발할지 모르는 불안한 상태라는 것을 모르시진 않겠지요? 더군다나 주군께는 배교의 눈길이 미치고 있을 수도 있음 역시 명심해 주십시오. 이런 상황에서 자신을 여봐란 듯이 드러내시겠다는 겁니까?"

그는 화우가 비무에 나가면 안 되는 이유를 조목조목 들어 설명했다. 언변이 뛰어난 편인 백발문사를 화우가 말로써 설득하기엔 무리가 따른다.

"…그래도 난 나가야겠다."

"그 소저 때문이십니까?"

백발문사는 화우의 속을 한눈에 꿰뚫어 보았다. 아니, 꿰뚫어 보았다기보다도 지금의 화우는 긴장감이라고는 눈곱만치도 없어 누가 보아도 그의 속을 알아볼 수 있을 정도였다고나 할까.

"…가만히 계시지만 말고 주군을 좀 말려주십시오."

백발문사는 자신 혼자로는 역부족일 듯하자 옆에 서 있던 능파에게 도움을 청했다. 하나 능파는 깊은 생각에 잠긴 듯, 넋이 나간 채 백발문사의 말에도 별 반응이 없었다. 백발문사가 능파의 어깨에 살짝 손을 짚자 그제야 능파가 반응을 했다.

"…무슨 일입니까?"

면사에 가려져 있었지만 백발문사의 눈에는 능파의 안색이 어두운 게 보였다. 잠을 꼬박 설친 사람마냥 눈가가 거뭇거뭇했다.

"주군께서 비무에 나가겠다고 하십니다. 좀 말려주십시오. 제 말은 들으려 하지 않으시니……."

"비무라… 별 상관 없지 않습니까?"

백발문사는 능파가 당연히 자신의 손을 들어줄 것이라 예상했었건만, 오히려 화우의 손을 들어주자 조금 놀란 얼굴이었다.

"안색이 좋지 않아. 어디가 안 좋은 건가?"

화우가 능파의 낯빛이 어둡고 창백한 것을 보고 어디가 아픈 것인지를 물어왔다. 능파는 조용히 고개를 저었다. 아픈 곳은 아무 데도 없었다.

"단, 아니에요. 그저 어젯밤 잠을 조금 설친 것뿐이에요. 오늘은 단 옆에 있어주지 못하겠군요. 조금 쉬어야겠어요."

능파는 살짝 허리를 굽혀 보이고 좌석들 사이를 빠져나갔다. 침상에라도 누워서 조금 쉬고 싶었다.

'며칠째 청명초를 피워놓았는데도 반응이 없어… 제발 무엇이든 생각이 나주길 바랐건만……'

청명초를 피워놓았던 지난 며칠 간, 화우는 평상시와 전혀 다름없는 모습이었다. 청명초를 피워놓았다고 해서 꼭 그 기억이 되살아나란 법은 없겠지만 말이다. 그래도 아주 조금은 기대했었다.

"이런, 천안의 주인이 아니시오?"

누군가 자신을 부르는 소리에 능파는 고개를 돌렸다. 흰 문사의를 걸친 사내가 자신 쪽으로 천천히 걸어오고 있었다. 주변에는 인파로 넘쳐 나 이곳저곳이 시끌시끌한데도 사내가 자신에게 말하는 목소리는 아주 생생하면서도 귀가 찢기듯이 아팠다. 능파는 동요를 면사 깊숙이 감추고 곱게 그린 아미를 부드럽게 휘었다.

"백도의 귀공자께서 천첩에겐 무슨 볼일이신가요?"

"하하하, 백도의 귀공자라니. 저를 너무 과대평가하고 계시오이다."

그가 낭랑한 웃음을 터뜨렸다.

"제갈세가의 소가주이신데다 무공마저 출중하시니 백도의 귀공자라는 위명은 결코 과장된 표현이 아니겠지요."

능파는 소맷자락을 입가에 가져다 대며 낮은 웃음을 터뜨렸다.

'만만찮은 계집… 계집이라고 쉽게 볼 게 아니구만.'

그는 속으로 중얼거렸다. 자신을 대하는 모습에서는 한 치의 동요도 느껴지지 않는다.

"제갈 공자, 피곤해서 일찍 들어가 보려던 참인데… 용건이 있으시다면 어서 말씀해 주시지요."

"본 공자와 비무했던 일을 기억하고 계시오?"

"물론이지요."

능파는 대충 그가 무슨 말을 하려고 하는 건지 눈치를 챘다.

"제 은사(恩師)의 무공과 매우 흡사한 것을 구사하시는지라 적잖이 놀랐소. 은사께도 여쭈어보았더니 매우 흥미로워하시더이다."

"호호호, 그렇습니까? 연검을 사용하는 무공이 여인들 사이에선 제법 널리 퍼져 있습니다만 제갈 공자의 은사께서도 연검을 쓰는 무공을 구사하시다니… 설마 그 은사께서도 여인의 몸이신가요?"

그는 능파의 말에 혀를 내둘렀다. 면사에 감춰진 저 얼굴은 어떨지 모르겠지만 적어도 겉으로 드러난 반응으로는 믿기 힘들 만큼 태연하다.

"여인의 몸이라니요. 천만의 말씀이오. 전 한림학사를 지내셨던 분으로 함자는 황보영이시라오."

최후로 그는 황보영을 거론했다. 그가 자신과 저 천안의 주인과의 관계를 확실히 말해 준 것은 아니지만 저 둘이 관계가 있을 것이라 확신하고 있었다. 아니, 거의 틀림없었다.

"저도 그 함자는 여러 번 들어보았지요. 아주 유명하신 분이라지요? 과연, 제갈 공자가 무공 말고도 학식이나 인품이 뛰어나다 그 위명이 자자한 것이 이해가 갑니다. 그런 분을 은사로 두셨으니……. 한데 그런 분께서 무공도 알고 계시다니 놀랍군요. 과연 뛰어난 사람은 문무 양쪽에 모두 빼어난 능력을 갖고 있나 봅니다."

'쳇, 넘어오지도 않는군.'

그는 혀를 차며 오늘은 일단 물러나기로 마음먹었다.

"아, 그러고 보니 피곤해서 쉬러 들어가던 참이라 하셨는데 본 공자가 너무 오래 잡고 있었나 보오."

"아닙니다. 제갈 공자 같은 분과 대화를 나누게 되었으니 오히려 영광이지요."

능파는 가벼운 동작으로 그를 향해 살짝 고개를 굽혀 보인 뒤 등을 돌렸다. 몸이 미세하지만 경련하는 것을 들키지 않으려고 얼마나 애를 썼는지 모른다. 지금도 손끝이 부르르 떨리고 있었다.

'사부는 아마 알아채고 있을 것이다… 내가 꾸민 모든 일을…….'

연학림에서 퇴출당해 죽을 고비에 있던 백발문사를 화우의 손에 구해지게 손을 쓴 것도, 그를 위해 천안의 힘을 이용한 것도, 그리고 자신이 이미 그를 배신했다는 것 역시…….

'이제 와서 물러날 수야 없지 않은가… 단을 위해서도, 나 자신을 위해서도 말이야…….'

34
혼란

혼란

'얼레?'

은평은 적잖이 당황했다. 식사 시간이 끝나고 단상 위로 올라와 다음 비무 상대를 기다린 것까진 좋았는데 상대랍시고 올라온 사람이 바로 화우였던 것이다. 처음에는 잘못 봤나 해서 눈을 몇 번 깜박거려 봤지만 틀림없는 화우였다. 아는 사람이 올라올 것이라고는 생각해 보지 못한 은평이었다.

'곤란한데……'

은평이 뒷머리를 몇 번 긁적긁적하고 있으려니 관중들 사이에서 수군거림이 빠르게 번져 나갔다. 마교 교주가 단상 위에 오르는 건 전혀 예측하지 못한 일이었다. 다만, 백도의 맹주 헌원가진만은 엷은 미소를 띤 채 현재의 사태를 관망하고 있었다.

'한번 떠본 것에 불과했는데 그대로 따를 줄이야… 정말 예측하기

쉬운 사내가 아닌가.'

한편, 교언명은 헛기침으로 황망함을 감추고 애써 목소리를 진정시
켰다.

"올라온 상대께서는 별호와 이름을 대어주시오."

"진무광(眞武狂) 단화우라 하오."

언젠가부터 주변 사람들로부터 불려지고 있던 별명을 별호로 댄 화
우는 은평 쪽을 힐끔 바라보았다.

―어쩔 거야? 져줄 거야?

은평은 부쩍 화색이 도는 청룡의 음성에 조금 울컥했다. 아마도 자
신이 물러나길 바라는 듯하다.

'아는 사람이라고 져주긴 싫어.'

―지금까지 싸운 것도 전부 내가 지시해 준 거잖아. 지고 자시고 할
게 있냐?

'시끄러워!'

자신의 약점을 건드리는 청룡의 입을 다물게 한 뒤, 은평은 주먹을
꽉 쥐었다.

"한은평이라고 합니다."

이제까지 해왔던 대로 화우를 향해 인사를 건넸다. 화우 역시 은평
을 향해 포권지례를 취해 보였다.

―나는… 소, 아니, 은평을 다치게 하고 싶지 않소. 이대로 물러나
주면 안 되겠소?

귓가로 흘러드는 화우의 음성에 은평은 눈살을 찌푸렸다. 화우가 말
하려는 바를 종잡을 수가 없다.

―이제까지 벌여온 비무를 보면서 혹시 저번처럼 다치진 않을까 계

속 마음 졸였다오. 이대로 기권해 줬으면 좋겠소.

　—아직까진 다친 적도 없으니 괜한 걱정 마세요. 그리고 기권은 절대 하지 않아요.

　은평은 자존심이 상했다. 대뜸 자신을 다치게 하고 싶지 않다는 말과 기권하란 말을 들으니 왠지 얕보였다는 느낌이 든 것이다. 단지 화우는 은평이 걱정되어 기권시킬 각오로 나온 것이었지만 말이다.

　—그쪽이 날 이긴다면 말하지 않아도 물러날 겁니다.

　화우는 은평의 단호한 말에 한숨을 쉬었다. 검을 맞대야 할 상황까지는 오고 싶지 않았다. 일단 자신의 애검을 손에 꼭 쥐고 자세를 바로해 기수식을 취했다. 이렇게 된 이상 반드시 기권시켜야겠다고 마음을 다졌다.

　'청룡, 반드시 이겨야겠어!'

　—뭐?

　'반드시 이겨야겠다고! 자존심을 건드렸어!! 못 이기게 하면 나중에 너부터 족칠 거야!'

　청룡은 문득 화우가 안됐다는 생각이 들었다. 그 나름대로는 은평을 생각한답시고 한 것 같은데 정작 당사자에게는 전혀 다른 뜻으로 받아들여졌으니 말이다.

　"파옥건강(琶玉牽姜)!"

　선공은 화우로부터 시작되었다. 검신이 두터운 편인 그의 검이 날카로운 파공성을 냈다. 하나 정작 급소는 노리지 않고 위협하는 듯한 조용한 검식이었다. 검기가 실리지 않은 것만 보더라도 화우가 진심으로 싸울 마음이 없음을 여실히 알 수 있었다.

　—발놀림을 주의해. 저쪽은 일부러 네 급소를 노리지 않는 걸로 보

아 널 다치게 하고 싶지 않은가 보다.

'그렇게까지 날 무시한다 이거지?!'

─어떻게 하면 그런 쪽으로 비약할 수 있는 거냐?

화우의 의도와는 전혀 다른 방향으로 비약하는 은평의 말에 청룡은 황당함을 금치 못했다. 가끔 은평의 머리는 전혀 생각하지도 못한 방향으로 튀는 경향이 있다. 아니, 가끔이 아니라 거의 대부분인 듯싶지만.

─아야, 왼쪽으로!

발놀림이 꼬여 버린 듯 은평이 살짝 비틀거렸다. 하나 곧 청룡의 말대로 왼쪽으로 몸을 움직였다.

'검기를 싣지 않았으니 막을 수 있을 거야.'

은평은 오른팔을 이용해 목 옆으로 슬쩍 비켜 들어오는 검을 받아냈다. 화우가 눈에 띄게 당황하며 검을 거두려는 때, 은평이 이번에는 왼팔을 이용해 검을 쥐고 있던 화우의 오른손을 내려쳤다.

'윽……'

생각과는 달리 은평의 힘은 의외로 센 듯 내려쳐진 손목이 저렸다. 하나 그렇다고 해서 검을 놓을 수는 없는 일, 손끝에 힘을 주고 보법을 이용해 몇 보 뒤로 물러났다. 예상외로 은평의 실력이 상당했다. 대충 이길 수 있을 거란 생각을 조금 바꿔야 할 듯싶었다.

"파마천강(破魔千姜)!"

화우의 검에 푸릇한 기운이 덧씌워지듯이 돋아났다. 푸르스름한 기류가 검날 주위에 감도는 것으로 보아 틀림없는 검기였다.

흥미롭게 비무를 관전하고 있던 헌원가진은 화우의 검에 도드라진 검기를 보며 턱을 괴었다. 그러면 저 소녀를 쉽게 이길 것이라 생각했던 것이 오산이었다. 의외로 저 소녀의 실력이 상당한 것이다.

"난전인걸?"

인의 말에 청룡은 쓴웃음을 지었다. 꽤 오랫동안 비무가 진행되고 있었다. 화우 쪽이 검기를 사용하기 시작했지만 어쨌거나 화우는 은평을 다치게 하고 싶지 않아 결정적인 급소는 노리지 않고 있었고 은평은 화우가 자신을 무시한다고 여겨 마구 공격을 하는 그런 양상이었다.

"저놈의 실력이 어떤지 완전히 알 수가 없어서 말야."

말이야 이러했지만 은평을 이기게 하고 싶지 않은 마음 역시 크게 작용했을 것이다. 그걸 모를 인이 아니었지만 모른 체 넘어가 주었다.

'…현무의… 수기다……'

어디선가 희미하게 음기를 뿜어내는 수기가 잡혔다. 아주 희미했던 아까보단 좀 더 강렬한 기운이었다. 이 정도의 수기를 풍길 수 있는 것은 현무뿐이었다. 그리고 수기와 동시에 느껴지는 강렬한 화기는 분명 주작의 것이었다. 청룡은 자리에서 벌떡 일어났다.

"왜 그래?"

인이 의아한 듯 물어온다.

"…현무와 주작이 주변에 있어."

희미하지만 추적해 내지 못할 정도는 아니다. 더군다나 둘이 함께 있다면 무언가 일이 있음이 틀림없다고 판단했다. 현무의 수기만이라면 그가 이 주변에서 상황을 살피고 있다는 것이겠지만 주작의 화기와 함께라면 황이 뭔가 현무의 일을 방해하고 있을 가능성이 높았다.

"찾아봐야겠어."

"비무는 어쩌고……? 지게 되면 은평이 나중에 노발대발할 거라구."

"현무를 찾는 게 더 급선무야. 네가 대신 해주던지."

청룡의 신형이 희미해지더니 그림자가 꺼지는 것마냥 이내 사라져 버렸다. 인과 청룡의 주변에 있던 사람들은 청룡이 갑자기 사라진 것을 보고 모두 놀라 눈이 휘둥그레졌다. 인은 사람들의 놀람보다도 은평이 더 신경 쓰였다.

'에구, 난 몰라.'

인은 머리를 긁적이며 단상 위로 시선을 돌렸다. 호각을 유지하고 있던 상태가 점점 은평에게 불리하게 돌아가고 있었다. 청룡이 어떻게 해야 할지를 지시해 주지 않으니 은평이 눈에 띄게 당황해하는 것이 역력해 보였다.

─일단, 뒤로 물러나. 검기가 실린 검을 맨몸으로 맞는 건 무리라구.

은평은 갑자기 청룡의 목소리 대신 인의 전음이 들려오자 조금 당황했다.

─청룡은 어디 가고 왜 인이 말해 주는 거야?

─현무의 기운이 느껴진다나 어쩐다나 하면서 갑자기 사라져 버렸어. 일단 검날을 피해. 저 녀석은 우측이 약해 보이니 우측을 노려.

청룡만큼은 아니었지만 인의 충고도 나름대로 쓸 만했다. 다만 청룡과 조금 다른 점이라면 은평의 능력이 어느 정도인지 가늠하지 못하는 관계로 주로 방어 위주라는 것일까나.

'두고 보자, 망할 지렁이!!'

일단은 인의 지시에 따라서 화우의 우측 면을 노려보았다. 화우의 검은 지금까지 비무해 왔던 상대들의 검에 비해서 더 강도가 높고 단단해 여러 번 부러뜨려 보려 시도했으나 소용이 없었다. 꼴(?)에 마교의 교주랍시고 좋은 검을 쓰는 것 같다.

지상에서는 인간들의 난잡한 비무가 이루어지고 있을 무렵, 높은 공중에서는 세 신수가 모여 있었다. 허공 중에 몸을 띄운 채, 서로가 서로를 노려보며 대치하고 있는 상황이었다.

"여어… 오랜만이네. 청룡……."

언제나 깔끔하게 늘어뜨리고 있던 머리를 헝클어뜨린 황이 청룡을 발견했는지 애써 입가에 미소를 띠었다. 황의 소맷자락이 물에 흠뻑 젖어 있었다.

"너… 팔이……."

"아아, 쟤가 날 다짜고짜 물에 빠뜨리지 뭐야. 간신히 비켜나긴 했지만… 보시다시피 팔 쪽이 젖어버려서 말야."

젖은 옷자락이 팔의 살갗에 달라붙어서 반투명하게나마 속살이 비춰졌다. 주작의 팔은 마치 얼어붙은 것마냥 푸르스름하게 변해 있었다. 얼굴색이 파리하게 변한 것으로 보아선 상당한 고통일 텐데도 황은 의연했다. 오히려 입가에는 미소마저 띠고 있었다.

"…현무, 이젠 어쩔 셈이지? 나 혼자라면 분명 너에게 이길 수 없을지도 모르지만 청룡이 가세한다면 이야기가 달라지지."

황은 자신의 기운을 완벽하게 죽이고 있던 현무의 수기를 끌어내기 위해 일부러 자신을 미끼로 던졌다. 덕분에 팔이 좀 아프긴 하지만 어쨌거나 자신이 목적한 바는 이뤄냈기에 만족스러웠다.

"…봉인 채 행세한 네 잔꾀에 말려들다니… 나도 많이 무뎌진 모양이군."

현무의 신형이 급격히 흐려지기 시작한다. 가만히 넋을 빼고 있던 청룡이 그제야 정신을 차리고 현무의 신형을 향해 몸을 움직였다.

"기다려!!"

아슬아슬, 간발의 차이로 희미하게 사라지려던 현무의 팔을 붙잡았다. 현무는 무심한 눈으로 청룡의 손을 매정히 뿌리쳐 냈다.

"…청룡, 네가 그.것.을. 지키려고 하면 할수록, 그건 우.리.를. 도와주는 결과밖에는 되지 않아."

"무슨 말이지……?"

현무의 신형은 급격히 흐려져 거의 연기 같은 형상으로 변해 있었다.

"글쎄… 무슨 말일까?"

그 말을 끝으로 현무의 신형은 완전히 사라져 버렸다. 청룡은 입술을 악문 채 현무를 향해 손을 뻗었으나 그가 쥔 것은 아무것도 없는 허공의 공기였다.

"…쳇, 기를 완벽하게 숨기고 있어. 어떻게 한 거지? 무(無)에 가까울 정도로 숨기긴 사신수로선 힘들 텐데……."

욱신대는 팔을 나머지 멀쩡한 팔로 움켜쥔 황이 투덜거렸다. 자신을 미끼로 삼은 보람도 없이 현무는 또다시 사라져 버리고 말았다.

"우리라면… 누구누구를 지칭하는 말일까? 짐작 가는 대상이 한둘이어야지, 어디."

귓가로 윙윙대는 바람 소리를 들으며 청룡은 머리를 쓸어 올렸다. 대류가 불안정한 탓인지 바람의 방향이 일정치 않다.

"…정히 궁금하면 천계에 한번 올라가 보는 건 어때?"

어느새 주작이 청룡의 옆으로 다가가 천계로 올라가길 권했다. 아마도 그것이 가장 확실한 방법일 것이다.

"…나는 가기 곤란해. 은평이 어디로 튈지 알 수가 있어야지. 항상 옆에서 보고 있어야 안심이 된다구."

피식─ 실소를 머금은 청룡의 태도에 황은 표정을 딱딱히 굳혔다.

"핑계가 좋군. 그 계집애가 어디로 튈지 알 수가 없다라… 내가 모를 줄 알아, 요 몇백 년간 네가 한 번도 천계에 간 적이 없다는걸? 어째서 넌 인계로 도망치고 있는 거지? 설마 그 일을 아직도 가슴에 담고 있는 거야? 전대의 백호가 네 손에 죽음을 맞은 일을? 그가 너의 친우였……."

황의 말은 끝까지 이어지지 못했다. 갑자기 황의 목을 조르는 청룡의 손 때문에 말이다. 청룡의 눈은 어둡게 내려앉아 있었다. 입가에 비틀린 미소를 내건 그 모습은 처연하면서도 어딘가 모를 공포를 느끼게 하기 충분했다.

"큭… 놓… 아… 줘……."

황이 억눌린 신음을 내뱉었다.

"황, 입에 담아도 될 말과 담으면 안 될 말이 있는 거야."

그것은 청룡 최대의 역린(逆鱗)이었다. 절대 건드려서는 안 될 것을 무심코 건드려 버린 것을 황은 그제야 깨달았다. 저런 표정을 짓는 청룡은 수천 년간 그를 알아오면서도 절대 보지 못한 것이었다.

"알아들었어……?"

청룡의 음성은 화를 내고 있는 것이 믿어지지 않을 만큼 나긋나긋했다. 황은 필사적으로 고개를 끄덕였다. 청룡은 그것을 보고 난 뒤에야 천천히 손에서 힘을 뺐다. 그의 손에서 목이 풀려나자 갑자기 공기를 들이마시게 된 황은 기도가 탈 듯이 쓰리고 아파 몸을 웅크린 채 주저앉아 버렸다.

"그 팔 빨리 치료하는 게 좋을 거다."

청룡의 신형이 그 말을 끝으로 흐릿해지더니 사라져 버렸다. 아직도 탈 듯이 쓰린 목을 달래기 위해 목 주변을 어루만지고 있던 황은 어이 없다는 듯 한숨을 내쉬었다.

상해 버린 팔을 눈앞에 들어 올려 쓱 살핀 황은 다시 팔을 아래로 늘 어뜨렸다. 가슴이 답답했다. 또 다른 자신과도 다름없는, 봉이 그리웠 다.

"언제까지 그 녀석에게 숨길 수 있을까… 만약 알게 되면 날 많이 원망할 텐데."

그 녀석은 아마도 현무를 말리지 않았다고 자신을 원망할 것이었다. 발치로 시선을 돌렸다. 희미하게 들려오는 인간들의 함성 소리에 귀가 따가웠다. 저 아래 인간들과 같이 껴 있을 은평을 한번 떠올려 보았다.

"도대체 네까짓 게 무엇이건대… 신수들의 목숨이 네 손에 걸려 있 다니 정말 웃기지도 않아. 너 하기에 따라서 우리들의 운명까지 결정 되는 사태라니… 정말 웃기지도 않는다고!!"

모든 조류들의 제왕 주작의 분노에 찬 외침에 황 주변의 모든 조류 들이 공포에 질렸다. 자신 때문에 모든 조류가 숨을 죽이고 있다는 사 실을 아는지 모르는지 황은 멍하니 더 높은 하늘을 바라볼 따름이었다.

*   *   *

─괘, 괜찮소? 혹여 다치지는 않은 건지…….

귓가로 들리는 걱정스런 기색이 역력한 전음에 은평은 더욱더 머리 에 열이 오르는 것을 느꼈다. 자기가 공격해 놓고, 뭐라고? 괜찮느냐 니. 아주 사람을 갖고 놀고 있지 않은가. 은평은 노기를 가득 실어 팔에 힘을 주었다.

'병 주고 약 주고, 아주 가지가지 하네. 그렇게 걱정이 되면 공격을 하지 말란 말야!!'

—그쪽으로 가면 안 되지! 네가 그 방향으로 피할 걸 알고 몰아내는 거라구!

화우의 전음에 뒤이어 울리는 인의 전음까지, 은평은 정신이 하나도 없었다. 하나는 공격할 때마다 괜찮으냐고 물어대고, 또 한쪽은 자신의 지시대로 하지 않았다고 쨍알대고. 머리 속이 복잡해서 금방이라도 타버릴 거 같은 기분이랄까.

'나더러 대체 어쩌라는 거냐구! 짜증나 죽겠네. 지렁이, 너 죽었어! 내려가서 보자고!'

은평은 있는 힘껏 화우의 검을 쳐내며 짜증난 기분을 비무에 퍼부었다. 그러면서도 청룡에게 원망을 날리는 것을 잊지 않았다.

은평이 검을 맞받아친 순간 화우는 검을 쥔 손이 그 여파로 부르르 떨리는 진동을 느꼈다. 손목이 시큰거리며 아리는 것을 보니 그의 검이 명검이라 그 정도지 평범한 검이었다면 그대로 반 도막 났을지도 모를 일이다. 저 가느다란 몸(?) 어디서 저런 힘이 나오는지 신기했다. 화우는 이채로운 눈으로 은평을 응시했다.

'어쭈, 째려보네?'

물론 은평은 그 시선을 전혀 다른 방향으로 해석했지만 말이다.

"청망사파(請亡死派)!!"

'흐에에에엑!'

은평이 궁시렁대고 있을 때 화우의 검날이 바로 눈앞까지 치고 들어왔다. 기겁한 은평은 입술을 깨물었다.

'안 다쳤냐고 걱정하던 건 대체 누구냐고!! 하는 말 다르고 하는 행동 다르냐?!'

몸이 지친다. 예상외로 이어지는 난전 때문에 무리하게 움직인 몸이 저렸다. 청룡의 지시대로 움직일 땐 그나마 편했지만 지금은 그저 본능대로 움직이니 근육의 피로감이 더했다.

'지령아!! 얼른 돌아와!!'

신체적인 능력은 은평이 월등할지 몰라도 경험의 차이는 무시할 수 없었다. 게다가 은평의 경우 갑자기 생긴 능력을 자신의 것으로 완전히 소화시키지도 못했다. 밀리는 게 당연하다랄까.

'캬아악!!'

은평은 속으로 비명을 내질렀다. 뒤로 이동하기 위해 발을 내디딘 순간, 발이 우드득 하는 뼈 소리와 함께 꺾이면서 뒤로 나자빠지는 것이다. 허공을 나는 듯한 부유감이 덮쳤다. 다시 일어나려던 순간, 목 근처에 무언가가 다가와 있는 것이 느껴졌다. 위를 올려다보니 담담한 시선의 화우가 자신의 목에 검을 들이대고 있었다. 검기를 거두었는지 검에 실려 있던 푸르스름한 기운은 사라졌지만 금속성의 냉기가 목가에서 느껴지는 건 그다지 기분 좋은 일이 아니었다.

"다, 단화우 승!"

멍하니 바라보고 있던 교언명이 재빨리 외친다. 은평은 아니꼽다는 표정을 역력히 드러내며 자신의 목에 걸쳐져 있던 화우의 검을 손등으로 쳐냈다. 그러더니 벌떡 자리에서 일어났다. 꺾인 발이 조금 욱신대긴 하지만 걷지 못할 정도는 아니었다.

"저… 괜찮은 게요?"

은평은 몸 상태를 물어보는 화우를 향해 진한 미소를 지어주며 주먹을 내보였다.

　"……?"

　화우가 어리둥절하게 쳐다보자 은평은 꽉 쥐었던 주먹에서 가운뎃손가락만을 펴 보였다. 그리고 곧바로 단상 아래로 발소리까지 내가며 내려가 버렸다.

　"…무슨 의미지……?"

　어리둥절한 표정의 화우는 은평이 자신에게 한 행동의 의미를 몰라 고개만 갸웃거릴 뿐이었다.

외전 – 신수열전(神獸列傳) 첫 번째

月夜 (월야)

달밤

一杜甫 (두보)

香霧雲鬟濕 (향무운환습)

밤안개 아름다운 머리칼 적시고

清輝玉臂寒 (청후옥비한)

옥처럼 흰 팔은 달빛에 싸늘하리

何時倚虛幌 (하시의허황)

언제나 고요한 방 휘장에 기대어

雙照淚痕乾 (쌍조누흔건)

나란히 달빛에 눈물 자국 지울까

月夜 (월야) 中에서

청룡의 이야기

1. 칠백 년 전의 그에겐 과연 어떤 일이 있었는가?

거친 바람이 날카로운 흉기가 되어 자신을 덮쳐 오고 있었다. 그의 붉은 눈이 비수가 되어 가슴에 깊숙이 와 닿고 자신이 처한 지금의 상황이 참을 수 없는 분노로 변해 머리 속을 혼란스럽게 만들고 있었다.

[…도대체 무엇이 너를 이리 만들어 버린 것이냐!]

청룡의 푸르스름한 비늘에서 예기(銳氣)가 뿜어져 나오고 있었다. 그의 비늘 못지않은 기운을 뿜어내고 있는 것은 자신의 앞에서 흰 이를 드러내고 있는 상대 역시 마찬가지였다. 흰 털과 반대되는 붉은 눈동자가 오늘따라 피처럼 진해 보였다.

무려 하루하고도 반나절이나 계속되었던 싸움. 이제는 더 이상 미룰 수 없었다. 슬슬 끝을 보아야 할 때가 온 것이다.

[크르릉…….]

입가에서 야수의 울부짖음이 흘러나온다. 예전의 이지는 이미 온데 간데없이 사라진 듯한 그 모습에 용안(龍眼)에서 분루(忿淚)가 흘러내렸다.

힘의 차이는 역력했다. 같은 신수라 해도 계속된 살상(殺傷)으로 가진 바 힘을 소실해 가는 중인 그와 자신이 아닌가. 하지만 싸움이 하루하고도 반나절이나 걸린 데에는 청룡의 손속이 정에 매여 있는 탓이었다.

[슬슬 끝을 봐야 하거늘… 그답지 않게 너무 정에 얽매여 있군.]

길고 아름답게 뻗어 내린 오색찬란한 꼬리 깃과 붉은 화염으로 뒤덮인 듯한 익(翼). 황금빛의 부리와 매끈한 곡선을 이루고 있는 거대한 조(鳥)의 동체가 불안한 듯 연신 몸을 떨었다. 모든 조류의 제왕(帝王), 이명(異名)으로는 봉황(鳳凰)이라고도 불려지는 주작은 자신의 옆에서 묵묵히 이 싸움을 지켜보고 있던 현무에게 말을 걸었다.

청룡의 비늘과는 확연한 차이를 보이는 검은 비늘로 무장한 현무가 그에 동조하듯 고개를 끄덕인다.

[…어서 끝내주는 편이 백호에게도 편할 터…….]

주작과 현무 말고도 이번 싸움을 지켜보기 위해 수많은 영수들이 이 자리에 나와 있었다. 천제(天帝)의 심복이라는 기린(麒麟)을 비롯해 백택(白澤)까지도 그 모습이 보인다.

청룡의 입에 물려 있던 여의보주(如意寶珠)가 평소 때의 단색에서 벗어나 서기(瑞氣)가 흘러나오는 찬란한 황금 빛을 흩뿌려 댔다. 그것과 동조해 약간 흐릿하던 하늘에서 비가 쏟아지기 시작했다. 빗줄기는 점점 더 거세어졌지만 자리를 뜨는 영수나 신수들은 없었다.

[슬슬 끝이 나겠군.]

기린의 말대로 백호의 주변에서 일던 강풍이 차차 가라앉고 있었다. 뇌전과 비를 다스리는 청룡답게 그의 주변에서는 지지직거리는 뇌전이 끓어올라 백호를 덮쳐 가고 있었다.

뇌전이 작렬하고 비는 계속 세차게 쏟아졌다. 그리고 마침내… 백호의 거체가 백혈(白血)을 토하며 천천히 지면에 쓰러져 갔다. 붉은 적안을 빛내며 숨을 헐떡이던 백호의 폐부가 오르락내리락하던 그 움직임을 멈춘 것은 땅에 몸을 뉘인 지 얼마 되지 않아서였다.

그가 숨을 거둔 것이 확인되자 청룡이 백호에게로 몸을 움직여 갔다. 뱀이 또아리를 틀 듯 백호의 몸을 자신의 몸으로 휘감았다. 입에 물린 여의주가 서기를 발하지만 이미 죽은 자를 다시 불러올 정도로 여의보주는 전능치 못했다. 하늘을 향해 애절한 음색의 장소성을 발하는 그 처연한 모습은 영수들로 하여금 눈을 돌리게 만들었다. 친우를 죽여야 한다는 것, 혹은 자신이 자신의 친우 손에 죽임을 당할지도 모른다는 것, 여기 있는 누구라도 그 입장에 처할 수 있음을 잘 알고 있는 그들이었기에 청룡의 울음이 더욱더 애처로운 것인지도 모른다.

"…명을 이행하였나이다."

천제의 어전(御殿). 그 어떤 선인(仙人)이라도, 그 어떤 영수나 신수라 할지라도 잔뜩 긴장을 할 수밖에 없는 장소다. 두터운 청자색(靑紫色) 휘장으로 가려져 있던 천제에게서 한줄기 화답이 흘러나온다.

"수고하였도다."

치하의 말에 청룡은 고개를 조아렸다. 친우를 제 손으로 죽이고서 받는 치하라니……

"역시 기린이 옳았구나. 그의 말이 그대가 어떤 무장(武將)보다도 능히 백호를 처치할 수 있을 것이리라 하였노라."

천제가 내뱉은 말에 청룡은 자신도 모르게 주먹을 부르르 떨었다. 지금 저 말의 의미가 과연 무엇이란 말인가. 천제는 기린을 신임해 그의 말이라면 거의 대부분 따른다는 것을 알고는 있었지만, 자신이 백호를 처치하는 일이 천제 직속의 명령으로 내려진 것은 기린이 상소(上訴)한 것이란 말인가? 자신의 머리 속에서 무언가가 와르르르 무너져 내리는 느낌이었다. 목구멍으로 뜨거운 것이 치밀어 올랐다. 토악질이 나오려는 것을 간신히 참아낸 청룡은 입술을 꽉 깨물었다.

"…황송하옵나이다. 소신은 이만……."

천제의 어전에서 소리를 지르는 불경을 범할 수는 없었기에 초인적인 인내로 그것을 참아 눌렀다. 지금이 본체 상태였다면 아마도 그의 주위로 뇌전이 몰아치고 해일이 일었으리라.

어전을 벗어나자마자 청룡은 내달렸다. 지나가던 선인이나 영수들이 의아한 기색으로 그를 바라보았지만 그런 것은 전혀 눈에 들어오지 않았다.

천제의 궁에서 가장 아름다운 곳이라는 어화원(御花圓)에 당도했다. 인세에서는 지초(芝草)라 여기어지는 것들이 활짝 만발해 있고 아름다운 경관이 펼쳐져 있었지만 어느 것도 청룡의 눈길을 끌지 못했다.

"…도대체 어째서……!!"

그의 내지르는 고함에 용권풍이 일어 주위의 화초가 휘날렸다. 엉뚱한 곳에다가 울분을 푸는 꼴이다.

백호는 자신의 친우였다. 언제부터인가… 그가 미쳐 버렸다. 신수로는 저지를 수 없는 짓을 저질러 도저히 씻지 못할 대죄를 범했다. 신수의 몸으로는 인간에게 살수를 펼쳐 죽이는 것이 불가능했다. 물론 인간 쪽에서 먼저 살수를 펼쳐 올 때 방어와 공격은 할 수 있지만 죽이는 것은 그 어떤 신수라도 불가능했다. 그것은 신체에 깊숙이 각인된 일종의 주박(呪縛)과도 같은 것.

한데… 백호는 인간들을 무수히 도륙했다. 어떻게 해서 백호가 인간을 죽일 수 있었는지는 지금도 수수께끼였다. 인간들의 피 맛을 본 백호는 점점 이지와 자아를 상실해 나갔다. 급기야는 미쳐서 날뛰게 되었고 천제는 백호를 잠재울 영수나 선인을 찾았다. 그렇게 해서 선정된 것은 얄궂게도 백호의 친우인 자신이었다.

백호를 죽이러 가면서도 어쩔 수 없는 일이라 자신을 타일렀다. 천제의 명, 거역할 수 없는 절대자의 분부. 한데, 그것이… 기린이 주도한 일이었던 것이다. 백호와 자신이 친우 사이인 것을 모르는 바도 아니었고, 그 역시 백호와 자신의 친우이건만… 자신이 백호를 죽이도록 사주했다.

청룡은 주먹을 꽉 쥐었다. 손톱이 살 속을 파고들었지만 아픔을 느끼진 못했다. 느끼는 것은 참을 수 없는 분노와 모멸감, 그리고 배신감……

기분을 조금 진정시키고 감정을 가라앉힌 뒤 그에게 찾아가려 했지만 자신의 발걸음은 이미 기린의 집무청(執務廳) 쪽으로 향하고 있었다. 흥분된 지금의 감정으로 그를 만나봤자 소용없을 것이란 것은 알지만 천제의 신임을 받아 인계의 모든 일을 처결하는 재상의 위에까지 올라 있는 그는 언제나처럼 그곳에 있을 터였다.

기린은 한참 정무를 보고 있던 차였다. 언제나 조용한 것을 좋아하는 편인지라 재상의 집무청임에도 불구하고 조금 외진 곳에 위치해 있었다.

언제나 고요함이 감돌던 그곳이 갑자기 부산스러워졌다. 그것은 다름 아닌 청룡의 난입으로 말미암아 발생된 파란이었다.

쾅—!

문이 거칠게 열렸다. 정무를 위해서 서책을 뒤적이고 있던 기린은 살짝 눈살을 찌푸렸다가 난입한 자가 청룡임을 깨닫고 의아한 얼굴을 했다.

"청룡이 아닌가. 어전에 들었던 것으로 알았는데… 이곳에는 어인 발걸음이신가."

청룡은 노기 어린 시선으로 기린을 노려보았다. 정말로 모르는 것인지, 아니면 못 본 체하는 것인지. 기린은 청룡이 화가 난 기색임에도 불구하고 그다지 내색하지 않았다.

"한데, 이 무슨 소동인가. 저 부산함이 자네로 인한 것이었나?"

기린은 들고 있던 서책을 제자리에 다시 꽂아놓으며 뒷짐을 졌다. 겉모습으로 보기에는 이십 대 후반 정도의 나이처럼 보이지만 영수들의 나이를 겉모습으로 판단한다면 그것은 큰 오산이었다.

단아하고 고아해 보이는 옥빛 삼에 유백색 장포. 칠보 장식이 가미된 옥대, 단정하게 뻗어 내린 푸르스름한 빛의 은청색 머리는 기린의 탈속(脫俗)한 듯한 기품을 자아냈다.

"게다가 문을 걷어차고 들어오다니 이 무슨 무례인가."

꾸짖는 말투였지만 기린의 말투는 화가 난 것 같진 않았다. 청룡은 그가 자신이 이리 달려온 연유를 이미 짐작하고 있을 거란 생각이 들었다. 연유를 이미 알아채고 있음에도 시치미를 떼는 그에게 치가 떨렸다.

"대충 보아하니 무슨 일이 있었던 게로군. 우선 좀 앉으시게."

기린의 말이 떨어지자마자 탁자와 의자가 자신의 앞에 생겨났다. 청룡은 일순 놀라 기린의 얼굴을 빤히 바라보았다. 언제부터 창조의 술을 쓰게 된 것인가. 그것은 천제만의 권능(權能)이 아니던가.

"음… 인계에서는 다도(茶道)라 하여 차를 즐긴다지? 요즘 그 재미에 푹 빠져 있다네. 한잔해 볼 터인가?"

기린이 허공에서 손을 내젓자 나무로 된 다기가 자신의 앞에 놓여졌다. 자신의 권능 아래 있는 어떠한 물질이나 원소를 불러낸다는 것은 어떤 영수라도 할 수 있는 지극히 쉬운 일이었다. 영수 가운데서도 신수라고까지 칭송받는 자신임에야. 한데 기린이 방금 보여준 것들은 엄연한 창조의 술이었다.

"그래, 소동을 피우면서까지 나를 찾아온 이유를 들어보기로 할까……?"

기린은 빙긋이 웃음 지었다. 놀라움으로 인해 잠시 분노를 잊고 있었던 청룡의 얼굴에 다시 노기가 서리기 시작했다.

"…어째서였나?"

"뭐가 말인가?"

"어째서 백호를 죽일 자가 나였냔 말이다!"

청룡의 외침에 기린이 갑자기 웃음을 터뜨렸다. 아이와도 같이 천진난만한 웃음이었다.

"그럼 자네는 친우의 마지막을 제삼자에게 떠넘길 생각이었단 말인가?"

"궤변 늘어놓지 말게! 내가 참을 수 없는 것은 내가 백호를 치기를 천제께 주청한 자가 바로 자네라는 사실 때문이야!"

웃음 짓고 있던 기린은 얼굴에서 웃음을 싹 거두었다. 온화해 보이던 평소와는 달리 얼굴에선 싸늘한 냉랭함만이 어렸다.

"게다가 난 백호가 실혼(失魂)했다는 것도 믿지 못하겠네. 영수, 아니, 영수에서 격을 넘어서 신수로까지 추앙받았으니 신체에 새겨진 천제의 주박이 더 더욱 강할 터… 크윽……!"

말을 잇던 와중 알 수 없는 기운이 몰아닥쳐 청룡은 벽까지 날아가 처박혔다. 벽에 자국이 움푹 패일 정도였으니 아무리 본체의 상태가 아니라고는 하지만 충격은 엄청났다. 하지만 몸의 충격보다도 정신적인 충격이 더 컸다. 자신이 미처 방어할 틈도 없이 자신을 벽에다가 가져다 박은 장본인은 분명 기린이었다. 하지만… 서로 거의 동등할 터인 그와 자신의 힘인데 어째서 자신이 저항할 틈조차 생기지 않았던 것인가. 결국, 결론은 하나였다. 자신은 할 수 없는 창조의 술마저 얻어버린 그는… 자신의 힘을 훨씬 상회하는 권능을 지니게 되었다는 것.

"처음 겪어보는 치욕일 테지. 감히 신수인 자네를 누가 이렇게 대했겠는가?"

뭐가 그리 즐거운지 냉랭하던 얼굴에 웃음기가 감돌았다. 하지만 결코 눈은 웃고 있지 않았다. 싸늘한 한기가 어린 그 눈에 청룡이 주춤거리고 있는 사이 기린은 앞으로 손을 내뻗었다.

"…사실 백호가 실혼한 것은, 내가 개입한 탓도 있네……."

그것은 머리를 둔기로 얻어맞은 듯한 충격이었다. 어째서? 어째서……? 분노는 극에까지 치달아 머리 속에서 빙빙 맴돌고 있지만 가슴은 더없이 싸늘해져 갔다. 충격 때문에 제대로 몸을 일으킬 경황조차 없었다.

"어째서? 백호와 너와 나는 친우가 아니었던가! 자네는 나와 백호를 친우로 여기지 않았단 말인가?"

"그렇다면… 자네는 백호를 친우로서 생각했는가?"

벽에 내동댕이쳐진 상태로 움직이지 못하고 있던 청룡의 몸이 뻣뻣이 굳었다. 자신의 속내를 기린에게 들켜 버린 것이다. 은밀하고 은밀했던 자신의 속내를.

"어차피 신수가 죽으면 그 뒤를 이을 신수가 새로이 태어나는 것이 이치."

갑자기 주제에서 벗어나 동문서답하는 그에게 청룡이 물었다.

"…어찌 알아챈 것인가?"

기린의 눈매가 사나워지더니 손을 뻗어 청룡의 목을 움켜쥐었다. 그의 손이 뻗어와 자신의 목을 조를 때까지 무슨 조화인지 기린에게 조금의 저항도 할 수 없었다. 그리고 그렇게 목이 졸린 채로 기린과 눈높이가 맞추어질 때까지 위로 들어 올려졌다.

"…큭."

"백호는 네놈이 죽인 것과 마찬가지다. 네놈이 그에게 마음을 내어 주지 않았더라면 나도 이런 극약 처방은 내리지 않았을 텐데."

청룡은 힘이 들어가지 않는 손을 간신히 들어 올려 자신의 목을 조르고 있는 기린의 손아귀를 잡았다. 어느새부터인가 평대에서 하대로 기린의 말투가 변했지만 그런 것을 신경 쓸 겨를이 청룡에겐 없었다.

"천제로부터 신임을 얻은 것도, 창조의 술을 손에 넣기 위해 천제를 구워삶은 것도, 그리고 백호를 실혼하게 만들어 네 손에 죽게 한 것도 모두 너 때문이거늘… 어찌 몰라주느냐……?"

청룡은 점점 숨이 막혀 머리가 어질어질한 상태에서도 기린의 말에 눈을 부릅떴다. 기린은 손에서 힘을 풀어 그의 목을 놓아주었다. 놓아주자마자 갑자기 흡수되기 시작한 기의 순환으로 현기증이 이는지 청룡은 바로 뒤에 있던 벽에 기댔다. 다리에 힘이 풀려 벽을 타고 주르륵 미끄러져 내린다.

"무슨… 헛… 소리……."

"너는… 내 것이다. 그 누구의 것도 될 수 없다. 오직 나만의 것."

멱살을 잡히는가 싶었는데 갑자기 기린의 두 손이 자신의 뺨을 감싸 왔다. 또다시 목을 졸리는가 싶어 있는 힘껏 뇌전의 기운을 일으켜 봤지만 무리였다. 언제나 부름에 답해 자신의 손에서 발현되곤 했던 뇌전 등을 비롯해 청룡의 모든 권능이 발현되지 않았다.

"…네가 괜히 백호 따위에게 내가 가져야 할 네 마음을 주곤 하니까 이런 일이 생기는 거다."

기린의 입술이 청룡의 입술을 내리눌렀다. 한동안 놀라서 눈을 치켜뜨고 있던 청룡은 이내 정신을 차리고 기린의 몸을 밀어내려 했으나 그는 꿈쩍도 하지 않는다.

"귀찮군… 쇄(鎖)!"

잠시 입술을 떼어낸 기린의 입에서 몸의 움직임을 제압하는 주술이 흘러나왔다. 그 상태 그대로 완전히 굳어버린 청룡은 눈을 깜빡이는 것 이외에는 아무런 움직임도 할 수 없다는 걸 알고 기린을 원망스런 시선으로 노려보았다.

기린은 청룡의 눈빛이 만족스러운지 다시 그의 입술을 탐했다. 입천장을 자신의 혀로 살며시 쓸어주자 청룡의 몸이 부르르 떨리는 것이 전해져 왔다.

"나의 아청, 나만의 것… 아무에게도 빼앗길 수 없다…….."

소유욕으로 얼룩진 그의 눈매가 청룡은 무서웠다. 자신의 앞에 서 있는 이자는 도대체 누구란 말인가. 언제나 온화한 모습의 기린은 도대체 어디로 사라졌단 말인가! 그 현실을 인정하기가 어려워 청룡은 천천히 눈을 감았다. 이자는 더 이상 기린이 아니다. 자신의 친우였던 기린은… 이미 이 세상에 없었다…….

2. 서풍(西風)

본체에서 인간체의 모습으로 제일 먼저 화할 수 있었던 것은 사신수 중 청룡이 처음이었다. 사방위의 스물여덟 개의 성좌(星座)들 중 동방의 각(角), 항(亢), 저(氐), 방(方), 심(心), 미(尾), 기(箕)를 차지했고 영수들 중에서는 드물게도 일가(一家)를 이루고 있는 창룡가(蒼龍家)의 일족. 물론 사신수의 자리에 오르고 나서는 창룡가의 이름을 버려 청룡이라 불리곤 있지만 그가 창룡가의 일족이라는 사실은 변함이 없었다.

중앙의 수호자 황룡과는 다소간의 혈연이 존재하는 데다가, 태어난 지 약 삼백 년도 되지 않아 아직 이름조차 없던 자룡(子龍)이었던 시절 영수부(靈獸簿)에 이름을 올리고 신수가 되고 난 뒤에야 천제로부터 하사받을 수 있던 여의보주를 혼자만의 심득(心得)으로 스스로 만들어냈던 사건… 그리고 신수가 되고 난 후에도 어느 정도 수련해야 가능했던 인간체로의 변신을 신수가 되자마자 해낸 일 등은 아주 유명한 그의 일화였다. 그렇다 보니 모든 선인과 영수의 관심이 쏠린 것은 지극히 당연한 일. 그럼에도 교만함없이 침착하고 진중하며 온화한 성품으로, 즉 나무랄 구석 없는 완벽에 가까운 신수로서 그 명성이 자자했다. 거기다가 아름다운 결로 박혀 있는 비늘의 무늬와 늘씬하게 빠진 동체는 어린 이룡(螭龍:암컷 용을 말함)들의 방심(芳心)을 흔들어놓기엔 충분한 요소였다.

"오호, 통재라! 어찌하여 그리 변했는고……?"

백택은 전날 화려했던 청룡의 모습을 생각하며 통탄의 한숨을 내쉬었다. 만물(萬物)의 의미를 짚어내는 상서로운 신수라 칭해지는 백택이었지만 청룡의 기행(奇行)의 원인을 그로서도 장담하기 어려웠다.

"무얼 그리 중얼거리시는가."

자신의 앞에서 의아한 얼굴을 하고 있는 수려한 얼굴에 백택은 재빨리 입을 다물었다. 모두들 쉬쉬하고 있는 일인지라 창룡가 쪽에는 미처 알려지지 않은 사실이었다. 청룡의 기행은… 더군다나 자신의 눈앞에 있는 이자가 알게 된다면 보통 큰일이 아닐 수 없었다.

"근래 들어서 인계가 잠잠하군. 하긴… 앞으로 구 년간의 난(亂)이 있을 터인데. 조용해야겠지."

백택의 마음을 아는지 모르는지 그는 돌연 화제를 바꾸는 말을 꺼냈다. 백택은 그 화제에 맞추어 쭉 마음속에서 걸리고 있던 것을 이야기했다.

"기어이… 일을 벌일 참인가?"

"백택, 말을 바로 하시게. 이 일을 처음 꾸민 이는 내가 아니라 '그' 일세."

약간은 날카로운 듯한 눈매가 부드럽게 휘어지며 미소를 지어냈다.

창룡가의 일족다운 특성을 고스란히 이어받은 생김새인데 미소를 지으면 더없이 부드러운 얼굴로 화하니 참 신기한 노릇이었다.

"익영(謚詠), 아무리 그래도……."

백택은 아무래도 마음에 걸렸다. 천계에서 추방당한 두 명으로 하여금 그런 짓을 꾸민다는 것은 영 내키지 않는 짓이다. 게다가 그 둘은 천계에 있을 무렵에도 서로 앙숙이었던 바, 그것은 인계로 추방당한 뒤에도 이어지고 있었고 얼마 지나지 않아 인계에 구 년간 안사의 난[安史之亂]이란 큰 환란(患亂)을 불러올 터였다. 그런 그의 마음을 읽은 듯 익영이라 불린 자가 무언가를 적고 있던 죽간(竹簡)을 덮으며 턱을 괴었다.

"자네는 그 마음이 문제일세. 일을 처리하려면 단 한 번에 결단을 내려야 하지 않겠나. 여인에게 빠져서 정사를 망치고 망국의 길을 걷게 한 왕은 인계의 역사를 뒤져 보아도 아주 흔한 경우이고 하(夏), 은(殷), 주(周)가 모두 그런 예로 망국의 길을 걸었지 않은가."

말희(妺姬), 달기, 포사(褒姒)의 예를 들며 그는 기분 좋은 웃음소리를 냈다. 이 세 경우도 천계가 개입되어 있었다. 오래전에 사용되었던 방법을 또다시 사용한다고 해서 무슨 문제가 되겠는가. 물론 이번 경우에는 망국으로 끝나는 것이 아니라 구 년간의 환란이 찾아온다는 것이 백택이 마음에 걸려하는 부분이었지만 자를 때는 확실히 잘라내는 것이 좋다.

"…누가 자네를 두고 인자하기로 소문난 황룡이니 뭐니 해서 칭한다면 내 그자의 입을 꿰매놓고야 말겠네."

"선(善)만을 외치는 것은 선인들로 족하네. 인계를 다스릴 때 필요한 것은 그들이 떠들어대는 인(仁)과 예(禮), 도(道)로 다스리는 것이 아니

라 적절한 수완일세. 도를 깨치느니 어쩌니 하면서 더러운 세속에는
관여치도 않으려는 그 작자들을 닮아가느니 난 차라리 악룡이라 칭해
지는 쪽을 택하겠네."

정색을 하는 그의 태도에 머쓱해진 백택은 입을 다물었다. 그가 하
는 말에 틀린 것은 없었으므로.

그리고 백택이 그를 황룡이 아닌 익영이라 칭한 것은 잘못된 칭호였
다. 그것은 아직 창룡가의 일족일 때 받았던 이름이고 중앙의 수호자
황룡이 되고 난 뒤엔 그 이름을 버렸다. 그러니 익영이란 이름을 쓰는
것은 옳지 않지만 어렸을 적부터 친하게 지냈던 두 사람이기에 스스럼
없이 이름을 부르고 있는 것이다.

"그나저나 백택 자네의 귀에까지 기행 소식이 들릴 정도라면 꽤 심
각한 모양이군."

언뜻 지나가는 듯한 익영의 말에 백택이 흠칫했다. 모르는 분위기였
기에 아직 창룡가에도 들어가지 않았으리라 여기고 있었건만 이미 알
고 있었던 듯하다.

"…알고 있었는가?"

"모를 리가 없지 않은가. 그렇게나 떠들썩하게 일을 벌이는데."

"설마, 창룡가의 가주께서도 알고 계시는가?"

"모를 리가 없겠지."

익영은 가벼운 한숨을 내쉬었다. 청룡과는 사촌지간인데다가 둘 다
똑같이 신수가 되어 창룡가의 이름을 버린 입장이었다. 어쩌면 청룡과
자신은 가장 비슷한 존재이며 서로에 대해서 잘 알고 있다 여겼건만
지금 그의 기행은 도무지 이해할 수 없는 부분이 많았다. 혹자는 친우
이자 같은 신수의 입장에 있던 백호를 자신의 손으로 죽인 것에 대한

죄책감이라는 말들이 태반이었지만 자신은 그렇다고 생각지 않았다. 분명 자신이 모르는 무언가가 있었다.

"잠시 만나보곤 싶지만 영 짬이 나질 않는군."

익영은 자신의 앞에 널려 있는 죽간들을 이리저리 치워내며 고개를 절레절레 흔들었다.

"…일은 내가 대신 보아줄 터이니 말이 나온 김에 잠시 다녀오시게나."

백택의 제안에 익영은 잠시 주저하다가 고개를 끄덕였다. 마침, 그도 계속되는 업무로 지쳐 있던 탓이었다. 일을 백택에게 미루는 것 같아 미안한 감도 들었지만 청룡을 만나보러 간다는 구실로 위안 삼으며 자리에서 일어섰다.

위에서 아래로 떨어져 내리는 거대한 폭포수가 장관을 이뤄내고 있는 절벽의 위, 그 위에 마치 방위를 나타내는 모양으로 사람 하나 앉을 수 있음 직한 돌들이 여덟 개나 놓여 있었다. 그 돌들 중 하나에 자리를 잡고 약간 삐딱한 자세로 앉아 있는 자가 있었다. 연한 창포(菖蒲)빛이 감도는 헐렁한 청의를 아무렇게나 두르고 짙은 푸른빛이 감도는 검은 머리를 아무렇게나 풀어헤친 점잖치 못한 모습이었다.

그의 앞에는 불자를 든 청수한 인상의 중년인이 앉아 앞에 놓여 있는 죽간 더미를 뒤적거리고 있었다.

"되었네, 치우시게."

청룡은 입술을 꼭 깨물었다. 그의 앞에 있는 선인이 걱정스런 신색으로 죽간을 이리저리 끌어 모아 품에 안는다.

"이것들이 전부인가?"

"내가 가진 것은 이것들이 전부일세."

예전과는 달리 요즘 들어서 인계의 술(酒)에 취해 있는 때가 많았고 주변의 선인들을 닦달해 주박에 관한 죽간들을 모아대고 있었다. 전과는 달리 신경질적으로 변해 있는 그의 모습에서 주변은 그저 친우를 자신의 손으로 죽인 죄책감 때문이라 단정 짓고 비난보다는 동정을 하고 있었지만, 기행은 점점 그 도를 더해가고 있었다. 선인은 내심 혀를 차면서 그의 처지를 동정했다.

청룡은 천계보다는 인계에 더 머물러야 하는 신수였다. 그 본인 역시 천계에 있는 것을 달가워하지 않았기에 그가 천계에 있는 시간은 거의 없다시피 했으나 요즘 들어 그는 계속 천계에만 머물러 있었다. 선인들도 과거 세속의 인간이었던지라 가끔 인계의 술을 즐기지만 취할 정도로 마시지는 않는다. 한데 얼마 전에는 잔뜩 술에 취한 채로 지나가던 선녀들을 희롱한 사건도 발생했다.

혀를 차던 선인은 바로 뒤에서 느껴지는 인기척에 조용히 고개를 돌렸다. 청룡과 비슷한 골격에 호리호리한 체구, 찬란히 빛나는 금빛의 머리를 보고서야 그가 누구인지를 깨달은 선인은 황급히 자리에서 일어나 예를 차리려 했다. 하나 그런 선인을 만류하며 얼른 돌아가 보라는 손짓을 하는 통에 선인은 잠시 목례를 하고는 황급히 자리를 피했다.

"…좋은 꼬락서니로구나."

고개를 푹 숙인 채 한숨을 내쉬고 있던 청룡이 번쩍 고개를 들었다. 선인이 있던 자리에는 선인은 온데간데없고 황금빛 머리칼을 휘날리며 그의 사촌이자 어렸을 적부터 존경해 오던 상대인 익영, 즉 황룡이 서 있었다.

청룡은 그를 보자마자 대뜸 눈살을 찌푸렸다. 약간은 엄한 구석이 있는 익영이었기에 분명 책망의 소리가 흘러나올 것이라 예상하고 있었기 때문이다.

"형님이 아니십니까."

달가운 방문자는 아니었지만 청룡은 예의상 아직 읽고 있던 죽간을 손에서 내려놓았다. 조만간 창룡가에서 자신을 찾아올 것이라 예상은 했었지만 익영이 찾아올 것은 그로서도 예상하지 못한 바였다.

"위명이 아주 자자하더구나."

"…비꼬지 마십시오."

청룡은 무력감에 휩싸여 평소라면 감히 엄두도 내지 못했을, 되받아치는 말을 익영의 앞에서 꺼냈다. 약간은 의외라는 표정을 짓던 익영은 그와 마주 보는 자리에 몸을 앉혔다.

"내 귀에까지 들어올 정도니 분명 가주의 귀에도 들어갔을 게다."

어렸을 적부터 동경의 대상이었고 존경하는 상대였으며 우상과도 같은 자가 바로 익영이었다. 그가 중앙의 수호자 황룡이란 신수가 된 뒤부터 그 뒤를 따라서 자신 역시 신수가 되고자 노력했다. 그의 앞에서 이런 꼴을 보인다는 것은 청룡에게 있어서 참기 힘든 추태라 여겨졌다.

"가주라 해봤자, 단영(丹嬰)이 아닙니까."

"아무리 너와 같이 자란 사촌 형제라곤 하지만 그래도 엄연한 가주가 아니냐."

현 가주는 청룡과 황룡의 사촌이었다. 청룡이 사신수의 하나가 되지 않고 그대로 창룡가에 남았더라면 아마 지금 현재 가주는 청룡이 되어 있을지도 모를 일이었다.

"바쁘신 것으로 알았습니다만, 어쩐 일이십니까?"

기린과 더불어 천제의 신임을 받고 있는 입장인 익영은 항시 바빴다. 게다가 청룡은 항상 인계에서 생활을 하다 보니 자연히 만날 기회도 적어진 탓에 한동안 격조(隔阻)했던 두 사람은 약간 서먹해 보이는 모습이었다.

"몰라서 묻느냐?"

책망 섞인 익영의 반문에 청룡은 고개를 수그렸다. 입이 열 개라도 할 말이 없는 처지가 아닌가.

"이유가 무어냐?"

단어가 생략되어 있었지만 어떠한 것에 대한 이유인지는 뻔했다. 청룡은 고개를 저으며 답하기를 꺼렸다.

"훼영(卉瀛)아……!"

창룡가의 일족이었을 당시의 이름을 입에 올린다는 것은 익영이 단단히 화가 났다는 표시였다. 어지간해서는 그를 이름으로는 부르지 않았으니 말이다.

하지만 도통 입이 떼어지질 않았다. 지닌 바 권능 역시 통하질 않고 그렇다고 본체로 돌아갈 수도 없고 주박의 술을 쓸 수도 없는, 한낱 인간의 몸과 다를 바 없는 것이 작금의 처지라고 어찌 말을 할 수 있단 말인가.

"언제부터 벙어리가 되었더냐. 어서 털어놓아라. 대체 무슨 일이냐?"

계속되는 익영의 재촉에 청룡은 떼어지지 않는 입을 억지로 비틀어 열었다.

"본체로… 돌아갈 수가 없습니다."

"…폭포 소리에 내 귀가 먹었는가 보구나. 별 해괴한 소리가 내 귀로 들리는 것을 보니."

믿어지지 않는다는 투로 되받아치는 익영을 향해 청룡은 쥐어짜듯이 다시 한 번 내뱉었다. 좀 전의 소리가 기어가는 듯이 아주 작았던 것에 비하면 꽤 큰 목소리다.

"본체로 돌아갈 수가 없단 말입니다!"

"…정말이냐?"

"제가 농담하고 있는 것처럼 보이십니까? 본체로 돌아갈 수 없는 것뿐이 아닙니다. 제 권능 역시 쓸 수 없습니다. 전 지금 인간과 거의 다름없이 무력한 상태입니다!"

격양된 목소리로 말을 마친 청룡은 이유를 묻고 있는 듯한 익영의 눈초리를 애써 피했다. 이유는 더 더욱 말할 수 없었다.

"동방에 있는 네 성좌들은 전혀 이상 증후를 보이지 않았는데, 어찌 된 일이냐?"

"…소제도 그것이 가장 알고 싶은 부분입니다. 제 힘은 모두 무력화되었는데 어째서 제 힘의 근본인 성좌들의 빛은 무사한 것인지……."

"그렇다면 필시 누군가가 네 힘만을 교묘히 억누르고 있다는 것인데……."

익영은 손가락으로 관자놀이를 반복적으로 두드렸다. 무언가 생각할 것이 있을 때마다 보여지는 그의 버릇들 중 하나였다.

"하지만 그것이 가능할 리가 없지 않느냐. 성좌에는 영향을 미치지 않도록 하면서 네 힘만을 봉할 정도라면 그것은 천제가 아니면 불가능한 일이거늘."

그런 것은 설사 자신이라 해도 불가능했다. 아니, 어떤 신수라 할지라도 불가능한 일이었다. 창조의 술을 지닌 천제만이 가능한 일. 창조의 술은 천제의 일족, 즉 천족이라면 누구나 타고나는 능력이었지만 그 것은 무생물의 창조만이 가능한 것이고 살아 있는 생명을 직접 창조하는 것은 천제에서 천제에게로 이어받는 고유의 권한이자 권능인 것이다.

"이 봉인을 풀 방법은 없겠습니까?"

청룡은 이 천계에서 한시라도 빨리 벗어나고 싶었다.

"너도 잘 알고 있지 않느냐? 주술자보다 약한 경우, 주박을 푸는 일은 불가능하다는 것을."

왜 청룡이 주박에 관한 죽간들을 뒤적거리고 있었는지 납득이 간다는 얼굴로 익영은 부정적인 답을 말했다.

"…천제께서 너에게 이 주박을 거셨느냐?"

청룡에게서는 이렇다 할 답이 나오질 않았다. 긍정도 부정도 없는 얼굴을 바라보며 익영은 염두를 굴렸다. 요즘 거의 칩거하다시피 하고 기린과 자신에게만 전반적인 업무를 맡기고 있던 천제가 무슨 바람이 불어 청룡을 봉인했겠는가. 하지만 능력만으로 본다면 필시 천제가 건 주박이다.

"천제께 알현(謁見)을 청하는 것이 가장 좋을 듯싶구나. 이건 오직 천제만이 풀 수 있는 주박이 아니냐?"

익영의 말에 청룡의 주먹이 꽉 쥐어졌다. 분해서 견딜 수 없는 듯한 그런 표정이었다. 누군가에 대한 증오로 가득한 그의 모습은 오랫동안 곁에서 청룡을 지켜봐 왔던 익영도 난생처음 보는 것이었다.

"천제께서 알현을 허락하지 않으십니다. 저라고 왜 천제께 알현을 청할 생각을 하지 않았겠습니까……."

"기린은 찾아가 보았느냐? 지금 천궁에서 천제를 좌지우지하는 유일무이한 자고 마침 기린은 네 친우이니 한번 찾아가 주선해 보는 것이 나을 듯싶은데……."

청룡은 입술을 꽉 깨물었다. 그자에게만은 찾아가고 싶지 않았건만, 기어코 자신의 발로 찾아가야 한단 말인가. 자신에게 이 주박을 건 자도 기린이니 그를 찾아가 풀어달라고 한다면 지극히 간단한 일이겠지만 그럴 수가 없는 상황이었다. 그렇다고 익영에게 모든 것을 다 털어놓을 수도 없는 노릇. 이러지도 저러지도 못하는 난처한 입장이 된 청룡의 머리 속으로 그날의 상황이 조심스럽게 떠오르고 있었다.

벽에 몰린 채 입 안을 헤집어오는 기린의 움직임을 고스란히 받아내며 청룡은 굴욕으로 몸을 떨었다. 오싹오싹 소름과 오한이 돌면서도 청룡은 자신의 신체를 옭아맨 주박을 푸는 데 온 신경을 기울였다.

그것을 아는지 모르는지 기린의 손이 옷자락 사이를 파고들었다. 다급해진 청룡은 순간, 몸 안쪽에서 팟 하는 기운이 도는 것을 느꼈다. 곧 이어 몸을 억누르고 있던 기운이 가신 것 같은 느낌이 찾아왔다. 어떤 이유에서건 주박이 풀린 것이라고 예상한 청룡은 있는 힘을 다해 기린의 복부를 주먹으로 내리꽂았다.

불시의 기습에 약간은 놀란 눈으로 기린이 멈칫하는 순간 벽과 기린의 사이로부터 청룡이 빠져나왔다. 아직 주박이 제대로 풀리지 못한 탓인지 조금 몸을 움직였을 따름임에도 숨이 가빠왔다. 온몸 구석구석이 저리는 듯한 느낌이다. 눈앞이 어질어질한 탓에 잠시 탁자를 붙잡고 선 청룡의 움직임을 기린은 만류치 않고 가만히 지켜보고 있었다.

"…억지로 푼 주박이니 몸이 온전할 리 없지."

어서 이곳을 벗어나고 싶은 마음에 몸을 움직였지만 휘청이는 까닭에 다시 탁자를 의지해야만 했다. 하지만 청룡은 이를 악물며 문 쪽으로 향했다. 기린은 어찌 된 연유인지 청룡이 문까지 다가가는데도 별 제재가 없다.

문까지 겨우 다가간 청룡이 흐트러진 옷매무새를 단정히 하며 겨우 내뱉었다.

"…네놈과는 이것으로 끝이다. 이젠 친우라고 불릴 일도, 마주칠 일도 없을 것이다……."

청룡이 간신히 문을 열었을 때 기린의 조용한 음성이 그의 발목을 잠시 붙잡았다.

"조만간, 네 스스로 날 찾아오게 될 게다. 그때가 기다려지는군."

귓가에 달라붙는 음성을 애써 무시하며 청룡은 방을 빠져나왔다. 끼익거리는 소리와 함께 문이 닫히자 자꾸만 주저앉으려고 하는 몸을 다잡았다. 어떻게 해서든 이곳으로부터 멀어져야 하는데 몸이 말을 듣질 않는다.

벽에 몸을 기대고 겨우 천궁의 중심부까지 빠져나왔을 때야 청룡은 안도하며 그 자리에 스르륵 주저앉아 버렸다. 가쁜 숨을 내쉬며 몽롱한 머리를 추스르고 있을 무렵, 저편에서 두 인영이 흐릿한 눈에 비춰졌다.

흰 바탕에 붉은 줄무늬가 있는 하늘거리는 우의(羽衣)를 입고 화만(華鬘)으로 머리를 틀어 올린 여인과 까무잡잡한 피부의 사내였다. 멍한 머리로 그들이 누구일까 생각하던 청룡은 이내 그 이름들을 떠올릴 수 있었다. 흑록(黑鹿)과 백한(白鷴)이었다.

"아니, 청룡, 왜 이러시는가?"

흑록이 이내 주저앉아 있는 청룡을 발견하고는 부축해서 일으켜 세

왔다. 당황한 것은 백한도 마찬가지인 듯 흑록을 도왔다.

"무슨 일인가요? 왜 이런 모습으로……?!"

흑록과 백한의 목소리를 들으며 청룡은 겨우 안심하고 정신을 놓을 수 있었다.

약간은 착잡한 기분에 사로잡혀 청룡은 입술을 질겅질겅 깨물었다. 기린이 말했던 바대로 자신 스스로가 그를 찾아온 꼴이다.

그가 저번 방문 때 난동을 피운 것을 기억한 시녀들이 잠시 주저하는 듯했지만 이내 청룡을 기린에게로 안내했다. 다시는 마주치고 싶지 않았던 자를 마주 대하게 되어 초조한 마음을 애써 다잡았다.

"아뢰옵니다. 사신수 중 하나인 청룡께오서 뵙기를 청하시나이다."

안에서는 아무런 대답이 없었지만 기린 특유의 기운이 흘러나오는 것을 보아서 안에 있음이 확실했다.

"들어가시옵소서."

시녀가 문을 열어주려 하자 손을 내저어 만류했다. 그리고 시녀를 물린 청룡은 단단히 심호흡을 하고 문을 열었다.

어지러이 널려 있는 죽간들을 앞에 놓고 서책과 씨름하고 있는 기린의 모습이 청룡의 시야로 들어왔다. 전과 다름없는 기린의 온유한 모습에 화가 치밀어 올랐다.

"어쩐 일이신가."

기린은 죽간들 사이에서 고개도 들지 않은 채 그를 맞았다. 입가에는 의미가 모호한 미소가 한 가닥 걸려 있었다.

"곧 끝나니 거기 잠시 앉아 있으시게."

안락의자를 손짓하며 기린은 일에 열중하는 모습을 보였다. 하나 청룡은 문 주위에만 머무를 뿐 기린 쪽으로는 다가가지 않았다. 이런 곳에는 한시도 있고 싶지 않았으니.

"그래, 무슨 일이신가?"

기린은 잠시 뒤에야 죽간들 사이에서 빠져나와 앞에 마련되어 있던 안락의자에 몸을 기댔다. 청룡에게도 가까이 오라는 손짓을 했지만 그는 별 반응이 없다. 한시도 이곳에는 머물기 싫다는 기색이 역력한 모습에 기린은 절로 고소가 어렸다.

청룡은 기린과 조금 거리를 둔 채 자신이 찾아온 용건을 단도직입적으로 말했다.

"…내게 건 주박, 풀어주게. 천제께 청하는 알현마저 거절당하게 하고 도대체 어쩔 셈인가?"

"알현을 거절하신 것은 천제의 어의이지 내 뜻이 아니라네."

저번과는 달리 예전, 친우였던 시절이 떠오르게 만드는 어투였다. 온화해 보이는 모습이었지만 말투에 녹아들어 있는 약간의 능글맞음이 친우였던 기린은 이미 이 세상에 없다는 것을 자각케 해주었다.

"천제를 실질적으로 움직이는 자가 자네라는 것, 이 천궁에서 모르는 이도 있던가?"

"무슨 그리 불경한 말씀을 입에 담는가. 천제께서 한낱 신수에게 놀아날 분이 아니거늘."

기린이 청룡을 노려보았다. 그가 노려보는 순간, 청룡은 자신도 모르게 움찔하고 뒤로 물러났다. 어째서 기린의 눈짓과 발짓 하나에 이리 경계를 하고 있는지 생각한 청룡은 참 우스운 노릇이란 생각에 속으로 한숨을 내쉬었다. 그리고 자존심이 무척 상해했다.

"억지로 내가 건 주박을 푼 뒤 어떻던가? 견디기 힘들었을 텐데 꽤 오래도 버텼구먼."

주박을 억지로 푼 뒤로 힘이 모두 제압당하고 본체로 돌아갈 수 없음은 물론, 때때로 오한과 열, 그리고 정신적인 불안이 찾아들었다. 정신적인 불안은 갑자기 힘을 잃어버린 것에 대해 적응을 못해서 생긴 일이라고는 하지만 그로 인해 자주 술을 찾게 되고 오한과 열 때문에 간혹 정신을 놓는 일도 있었다.

"이곳에는 이목이 많으니 본격적인 이야기는 자리를 옮겨서 마저 하도록 하지."

청룡은 자신의 주위가 새까매지는 것을 느꼈다. 마치 계(界)를 초월할 때 느끼는 감각과 비슷한 기운이 온몸을 덮쳤다.

다시 주위가 환해져 옴을 느끼고 눈을 떴을 때는 너른 초원이었다. 넓고 광대하게 펼쳐진 초원과 약간은 흐릿한 하늘, 그리고 자신의 눈앞에는 바람 때문에 옷자락을 펄럭이며 서 있는 기린이 있었다.

"마음에 드시는가? 아직 천제께서 만드신 것과는 비교도 안 될 만큼 미약하고 작은 공간이지만 차차 꾸며갈 예정이라네."

"…이 계를 자네가 만들어냈다고……?!"

뒤통수를 몽둥이로 얻어맞은 듯한 통증이 머리를 몽롱하게 만들었다. 계를 만들어내는 것은 천제가 아니면 할 수 없는 일이었다. 계를 초월해 이동하는 것은 몇백 년 더 수련을 거치면 자신 역시 가능하겠지만 자신뿐만이 아니라 다른 자까지 같이 이동시킨다는 것은 죽었다 깨어나도 불가한 일. 기린은 그 모든 것들을 장난치듯이 해냈다. 이것은 도대체 무엇을 뜻하는 것인가……?

"그래, 천제께서 내게 일임하신 능력 중 극히 '일부' 일 뿐이라네. 내가 괜히 수백 년간 천제를 보필하며 더러운 칼자루를 쥐고 인계를 뒤흔들었다고 여기는가? 천만에. 이 능력으로 하여금 자네를 내 것으로 만들기 위해서야."

청룡은 평정을 유지하려 애썼다. 그럼 천제가 자신뿐만이 아니라 모두의 알현을 거절하고 칩거를 시작한 것도 모두 기린이 한 짓이란 말인가.

"천제께서 내린 능력이라니 관여치는 않겠지만 천제의 이목을 막는 행동만은 그만두시게."

"지금 네가 남의 걱정을 해도 좋을 처지인가? 지금 너는 한낱 무력한 인간과도 다를 바가 없는데……?"

어느새 기린의 말투가 바뀌어 있었다. 계속 이야기를 했다가는 말이 길어질 눈치라 청룡은 화제를 바꾸었다.

"너와 논쟁(論爭)하고 싶지 않다. 내 몸에 건 주박이나 풀어다오."

상대 역시 자신을 존중치 않는데 청룡이라고 말투가 좋게 나올 리가 없다. 기린은 키득거리며 웃었다.

"싫다면?"

"…네놈이 건 주박이 아니냐!"

"네가 내 것이 되어주겠노라 약조한다면 모를까, 쉬이 풀어줄 수 없지."

노여움이 온몸을 뒤덮어간다. 어서 이 자리를 벗어나고 싶었지만 이것은 기린이 만들어낸 작은 계, 예전의 힘이 건재했더라도 계를 이동하는 것은 아직 불가능했다. 그는… 이미 자신이 올라설 수 없는 경지에 올라 자신을 농락하고 있는 것이다. 어쩔 수 없는 선택을 강요해 놓고 그것을 보고 즐기며 비웃고 있었다.

기린이 성큼성큼 청룡 쪽으로 발걸음을 떼었다. 청룡이 약간 움찔거리며 뒤로 물러나려는 움직임을 보였지만 기린의 손이 이미 청룡의 머리에 와 닿았다.

"아청……."

결이 좋게 뻗어 내린 머리카락을 쓰다듬다가 천천히 아래로 손을 내려 흘러내린 머리칼을 헤집고 그 사이에서 드러난 귀를 매만진다. 귀를 매만지던 손은 점점 더 아래로 내려가 곧은 콧날과 다물린 입술을 손끝으로 건드렸다. 입술에서 목으로, 목에서 어깨로, 점점 이렇게 자리를 옮겨가던 기린의 손이 청룡의 손에서 움직임을 멈췄다.

"…내가 개입했다고는 하나 그는 죽음을 원했다. 난 그의 청을 들어준 것밖엔 없다. 너도 알지 않느냐. 영원에 가까운 삶을 살아가는 신수들이 삶의 회의를 느끼게 되었을 때… 마지막에는 어떻게 되는지를……."

청룡은 기린이 하는 말을 묵묵히 듣고 있었다. 기린이 하는 말이 바람에 섞여 자신의 주위를 빙빙 맴도는 듯한 기분이었다. 무거운 것이 짓누르는 느낌, 기린의 감정은 청룡에게 그렇게 전해져 왔다. 그리고… 그가 자신의 손으로 백호를 죽이게 했다는 사실을 다시 한 번 자신의 안에서 자각하는 순간, 분노가 꾸역꾸역 치밀어 올랐다.

"그 손 치워라!"

청룡은 매서운 일갈과 함께 기린의 손을 떨쳐 냈다.

"…날 속이려 들지 마라. 백호가 스스로 죽으려 했다니 난 믿을 수 없다!! 난 백호의 옆에 있는 것만으로도 족했다. 그가 날 영원히 친우로만 여긴다 하여도 족했다……. 한데 너는 내 손으로 직접 백호를 해하도록 만들었다. 난 절대로 그것을 용납할 수도 없고 용서할 수도 없다. 네가 내 주박을 풀어주지 않는다면 나는 이대로 살겠다. 신수는 죽으려 해도 죽지 못하는 운명, 내 힘이 봉해졌다고는 하나 내가 살아 있는 한, 내가 속해 있는 성좌가 위험해질 리 없을 테니……."

청룡의 말이 끝나기도 전에 기린이 그 말을 가로막았다.

"인계에 대환란이 일어나도 말이냐?"

환란이라니, 환란 따위 일어날 조짐은 없었거늘 기린은 대체 무슨 소리를 지껄이고 있는 것인가. 기린과 더불어서 천계의 모든 업무를 주관하고 있는 황룡 역시 그런 기미를 내비치지 않았지 않는가.

"…앞으로 구 년간의 큰 환란이 있을 것이다. 오래전, 천계에서 추방당한 여선과 선인으로 하여금 지금 그런 큰 환란이 일어난다면 당연히 인계의 무수한 인간들이 목숨을 잃을 터이고, 비어 있는 서방의 성좌가 균형을 잃어버리겠지. 사신수의 성좌가 균형과 빛을 잃으면 인계뿐만이 아니라 천계에도 큰 영향을 미칠 터……."

"그런 일을 익영 형님께서 쉬이 승낙하셨을 리가 없다!"

"서방의 자리가 비어 있지 않는 한 구 년간의 환란은 큰 문제가 될 게 없고, 또한 네가 백호를 죽여 서방의 자리가 비어버리리라곤 예상하지 못했겠지. 아마 지금도 새로운 백호를 탄생시키면 된다고 가벼이 여기고 있겠지만, 또 다른 백호의 탄생 정도야 천제를 움직이면 한동안은 미뤄진다. 자, 어쩔 테냐?"

청룡은 덜덜 떨리는 무릎을 주체하지 못해 천천히 땅으로 무너져 내렸다. 기린이 이토록 무섭게 여겨진 것은 이번이 처음이었다. 그리고 자신이 이토록 무력하게 느껴진 것도.

온몸에서 점점 힘이 빠져 갔다. 머리는 혼란스럽기 이를 데 없어 청룡의 이지를 흐려놓고 있었다. 자신은 대체 어찌해야 좋단 말인가. 주박으로 인해 평생 이렇듯 무력하게 살아간다는 것은 어찌 되어도 좋지만 인계, 그리고 천계마저 큰 화가 닥치는 것은 원하는 바가 아니었다. 그렇다고 이대로 기린에게 굴복할 수도 없는 노릇.

더 더욱 믿을 수 없는 것은 백호가 스스로 죽음을 원했다는 사실이었다. 자신에게는 이렇다 할 내색 한 번 한 적이 없었다. 영생(永生)을 사는 신수들 중 너무나도 지루한 삶에 지쳐서 죽음을 택하기 위해 인계에 내려가 지내는 자들을 간혹 보아왔다. 하지만 백호마저 그랬다고는 꿈에서라도 생각지 못했던 일이다.

'거짓이다… 꾸며낸 거짓이다……!!'

청룡은 자신에게 끊임없이 되뇌었다. 기린의 눈에서 진실의 빛을 보았지만 한 가닥 주저가 그 진실을 믿는 것을 꺼림칙하게 만들었다. 자신의 손으로 그를 죽일 때 백호는 과연 어떤 마음이었을까.

기린은 청룡을 가만히 내려다보았다. 이 협박이 그에게 영향을 줄지는 미지수였다. 구 년간의 환란은 자신이 꾸며낸 일이었다. 당(唐)의 쇠락(衰落)을 위해서, 그리고 당이 망한 뒤 찾아오는 혼란기와 송(宋)이라는 새로운 나라의 건국(建國)을 위해서 원래부터 예정된 일이었다는 소리다. 하지만 분명한 것은 그가 넘어오지 않는다면 자신은 자신이 말한 바를 주저없이 실행할 거라는 것이다.

괴로워하는 청룡의 모습은 기린으로서는 가만히 지켜보고 있기 힘든 것이었다. 그 무엇보다도 소중한 존재. 기린은 청룡에게 시선을 맞춘 채 처음으로 진심을 담아 입을 열었다.

"천계와 인계의 안정, 그리고 너, 그 가운데서 한 가지만을 택하라면 난 주저없이 널 택할 것이다……"

기린은 자신도 모르게 몸을 굽히고 청룡을 끌어안았다. 끌어안는 순간 멈칫하는 청룡의 움직임에 씁쓸한 고소가 번져 간다.

"…네가 나에게 품는 감정이 애정이든, 증오든, 동정이든, 혐오든… 나에게는 아무런 상관이 없다. 내게 오직 중요한 것은 네 감정이 내게로 향해 있다는 것, 그리고 네 눈이 날 바라보고 있다면 그것으로 족하다……. 백호의 일로 네가 나를 얼마나 증오할지는 알고 있었다. 알기에 행한 일이었다."

기린의 조용조용한 음색이 귀 아주 가까운 곳에서 느껴진다. 처음 듣는 기린의 약한 목소리였다. 방금 전까지만 해도 잔인함 섞인 목소리로 자신을 핍박하던 목소리가 힘없는 애원으로 변해 자신의 귓전을 두드리고 있었다. 숨죽인 소곤거림은 계속 이어졌다.

"…아청… 아무에게도 넘겨주지 않는다. 넘겨줄 수 없다……. 신수가 되어 너를 처음 마주한 순간부터 쭉 마음속에 널 담았다. 한데, 어째서 내가 아닌 백호인 게냐……? 나에게는 네 마음 한 조각조차 내어줄 수 없는 것이냐?"

가슴 안쪽에 싸하면서도 아릿한 감각이 일었다. 어째서일까, 그가 가련하게 여겨지는 것은.

"반은 질투에 미쳐 있었지만 나라고 백호를 그리 만든 것이 편한 것은 아니었다. 죽고 싶어하는 그의 소망과 내 시기심이 맞물려 일어난 일이다……. 그것이 네 마음을 상하게 만들 줄은 알고 있었어… 하지만 멈출 수 없었다. 너를 떠올리면 떠올릴수록 더 더욱 멈출 수 없었단 말이다!"

점점 말에 담긴 감정이 격해지고 있었다. 미움이라도 자신에게 향해 있다면 그것으로 족하다고 여긴 마음은 털어놓으면 털어놓을수록 그의 마음 전부를 갖고 싶다는 탐욕으로 빠져든다.

'아아… 그래. 내가 백호를 바라보았던 마음과 그의 마음은 별 다를

바가 없다는 것을……'

문득 깨달았다. 자신이 백호에게 품었던 마음과 기린의 마음은 표현의 차이만 존재할 뿐 하등 다를 것이 없다는 것을. 아주 오랫동안 자신을 바라봤을 기린의 마음을 떠올리니 가슴속에서 피어오르는 이 감정은 그저 단순히 청룡 자신에 대한 일그러진 감정을 내보일 수밖에 없는 그를 향한 가련함과 동정인 걸까. 아니면… 다른 무언가일까. 청룡으로서는 그것에 대해 알 수 없었다.

청룡은 기린의 눈을 응시했다. 물기 어린, 금방이라도 울어버릴 것같이 위태로운 눈길을 보듬어주고 싶은 마음에 축 늘어뜨리고 있던 자신의 손을 머뭇거리다가 기린의 등과 어깨에 마주 감았다. 어째서 그리했는지는 자신도 알 수 없었다. 하지만 꼭 그래야 할 것 같았다. 그리고 그를 마주 안는 순간 청룡은 기묘한 안도감에 휩싸였다. 그리고 그 안도감은 곧 희미한 미소로 바뀌어 그의 입가에 걸렸다. 혼란스럽던 머리는 일순 사고 기능을 정지해 버린 듯 지극히 평온했다. 마치 잔잔히 가라앉은 대해(大海)와도 같이. 아니, 그것보다도 지금은 아무런 생각도 하고 싶지 않았다. 지금 잔뜩 취해 있는 이 기묘한 안도감을 오랫동안 느끼고 싶다는 기분만으로 행동하고 있었다.

기린이 아연한 얼굴로 청룡을 응시했다. 경악과 의문, 그리고 기쁨이 한데 뒤죽박죽된 묘한 시선이었다.

"아청……."

떨리는 목소리로 이름을 되뇌었지만 그는 미동도 없었다. 불안한 마음 반, 그리고 떨리는 마음 반으로 입을 열려 하자 뜻밖에도 청룡 쪽에서 먼저 입술을 포개왔다. 기린은 멍해진 머리를 간신히 다잡았다. 지금 일어나고 있는 일을 믿기 힘들었지만, 그것보다도 자신이 환영(幻

影)을 마주하고 있는 것인지도 모른다는 생각이 머리를 스쳤다.

기린은 그를 껴안고 있던 좌수(左手)를 들어 그가 몸을 뒤로 빼는 것을 막기 위해 뒷덜미를 꽉 붙잡아 움직이지 못하게 한 채 청룡의 혀끝을 찾아 혀로 입 안을 헤집었다.

문득 한줄기 서풍(西風)이 불어와 둘의 사이를 스치고 지나갔다. 청룡은 피부에 와 닿는 촉감으로 그 서풍을 인지했다.

'잠시는… 이렇게 있어도 괜찮지 않을까……'

3. 결심(決心)

길고 새하얀 머리카락이 넘실거렸다. 바람에 춤이라도 추듯 부드럽게 휘날리는 하얀 머리는 그 끝이 보이지 않는다.

'이것 좀 보시게.'

새하얀 옷, 바닥에 질질 끌리는 새하얀 머리카락. 눈처럼 흰 눈썹, 흰빛의 피부. 온통 흰빛 일색이었다. 오직 한 군데 하얗지 않은 곳이 있다면 붉은 갈색을 한 눈동자가 전부였다.

'평화로워 보이지 아니한가.'

온화한 웃음소리를 미약하지만 부드러운 바람이 조용히 감싸고 돌았다. 언제나 그의 주위에는 미약하지만 힘있게, 마치 그를 보호라도 하듯이 바람이 모여 있었다. 마치 자신의 주변에 항상 뇌전의 기운이 모여 있는 것처럼.

'과연, 그러하군.'

맞장구를 쳐주며 자신도 모르게 웃음 지었다. 언제나 온유한 그의 모습은 신수라기보단 선인에 가깝다고 생각되었다. 천계나 선계에 있는 것보단 인계에 있는 것을 더 좋아하는 그는 오늘도 어김없이 자신을 데리고 나와 인계의 창공에서 그들을 내려다보고 있었다.

'당 건국의 서막이 열리려 하고 있네. 아마도… 이 계(界)에서 가장 찬란한 문명이 탄생하지 않을까 싶네만…….'

'자네의 주 관심사는 그저 인계뿐인 게로군.'

'그래, 이 인계뿐이 아니라 다른 계에 있는 인계에도… 기회가 된다면 가보고 싶다네.'

백호가 몸을 아래로 낙하시켰다. 좀 더 가까이서 보고 싶은 마음이 들었던 탓이리라. 청룡 역시 그 뒤를 따랐다.

'그만두시게. 더 이상 내려갔다간…….'

'어차피 인간들은 우릴 발견치 못하지 않는가.'

청룡이 백호의 나풀거리는 소맷자락을 잡아 쥐었지만 어느새 저만치 앞으로 나아가 있었다. 마치… 그 손길이 닿는 것을 거부하는 것 같았다.

'백… 호……?'

어느새 백호의 모습이 사라져 버렸다. 사방을 둘러보아도 보이는 것은 창공뿐, 부드럽게 불어오던 서풍마저도 사라져 버린 지 오래였다.

'어서 오시게…….'

메아리마냥 바람결을 타고 백호의 목소리가 멀리서 들려왔다. 어디에서 나는 소리인지 자신의 청각으로도 알아내지 못할 만큼 그 방향은 멀었다. 몸은 으슬으슬 떨리고 마음은 이루 말할 수 없이 불안했다. 백호는 대체 어디로 가버렸단 말인가.

‘백호……!’

힘을 담아 목소리를 내질렀다. 이렇게 되면 인간들 역시 들을지도 모른다는 생각은 이미 머리 속에서 떠나 버린 지 오래였다. 자신이 내지른 소리마저도 사라져 버리고 주변은 점점 어둡게 변해갔다. 마침내는 눈앞조차 제대로 보이지 않을 만큼 깊은 심연 속으로 빠져들었다.

‘백호, 어디 있는 겐가?!’

사방을 둘러보아도 오직 자신과 깊은 어둠뿐, 그는 보이지 않았다. 귓가에서는 그의 목소리가, 온화한 웃음소리가 메아리치는 것 같건만…….

‘백호…….’

힘없이 흐느적거리던 무릎은 이내 땅바닥으로 곤두박질쳤다. 깊은 늪에 빠진 것마냥 바닥은 자꾸만 자신을 빨아들인다.

‘백호는 네가 죽였어.’

바로 뒤에서 들려온 귀에 익은 음성에 청룡은 뒤로 신형을 돌렸다.

‘넌……!!’

그것은 다름 아닌 청룡 자신이었다. 언제나 입던 청의가 아닌 백의를 입은 또 다른 자신은 경멸의 어조로 조소를 내뱉었다.

‘백호를 자신의 손으로 죽여놓고 이제는 뻔뻔스럽게 그 이름을 불러 대는가?’

‘무슨 소리인가. 아까까지만 해도 함께 인계의 모습을 내려다보고 있었건만……!’

백의의 자신은 냉소하며 자신이 입고 있는 백의를 가리켰다.

‘백호의 백혈로 더럽혀진 이 옷을 모른다고 잡아뗄 참인가? 부인하지 마! 백호를 죽인 것은 그 누구도 아닌 너 자신이야!!’

머리에 둔기로 강타당한 듯한 충격이 느껴졌다. 그래… 자신은… 자신의 손으로 그를 죽였다. 광기에 휩싸여 그토록 아끼던 인간들을 학살하는 그를 자신의 손으로… 여의보주의 힘을 빌어… 죽였다……!!

백향목(柏香木)을 깎아 만든 천궁 특유의 무늬가 가미된 천장이 제일 먼저 시야로 들어왔다. 백향목 특유의 향기가 은은하게 흐를 법도 하건만, 익숙해질 대로 익숙해진 향기라 그러한지 후각에 느껴지는 별다른 향은 없었다.

밤이 없이 오직 밝은 낮만이 계속되는 천궁이지만 방 안은 어두컴컴했다. 필시 창을 덮고 있는 두터운 붉은 휘장 탓이리라.

"쯧……."

창에 드리워진 휘장을 걷어내기 위해 자리에서 몸을 일으킨 순간, 청룡은 혀를 찼다. 침의가 온통 땀으로 흥건한 탓이다. 역시 인간의 몸을 하고 있으면 여러모로 불편한 점이 한둘이 아니었다.

휘장의 탓으로 드리워진 방 안의 어둠 때문에 청룡이 미처 발견하지는 못했지만 구석에 놓여진 의자에 누군가 앉아 있었다. 죽은 듯이 숨을 내쉬는 소리마저 들리지 않는 그는 청룡의 행동을 따라 조용히 눈빛을 옮기고 있었다.

"……!"

휘장을 걷고 돌아오던 청룡은 방 한쪽에 놓여진 의자로 무심코 눈길을 주고 소스라치게 놀랐다. 깊게 가라앉은 옥색의 눈동자가 자신을 주시하고 있었다. 표정은 지극히 무표정했으되, 분명 화가 나 있는 것 같았다.

"…이곳에는 어쩐 일로……?"

청룡은 애써 굳은 표정을 풀고 덤덤하게 말을 꺼냈다. 무어라도 말해 방 안에 드리워진 긴장감을 거둬내지 않으면 안 될 것만 같았다. 사실 이곳은 천궁에서 사신수의 하나인 자신에게만 주어진 거처였다. 공적인 장소와는 달라서 자신의 허락이 없으면 발조차 디디지 못하는 곳이건만 그는 아무런 제재도 받지 않고 가장 깊숙한 곳까지 와 있는 것이다. 하긴 그에게 주어진 능력으로 보자면 별로 놀랄 일이 아닐 것이다.

"꽤 오랜만이로군. 공사다망(公私多忙)했던가……."

한동안 그와 얼굴을 마주치지 못했다는 생각이 들었다. 그는 천제의 총애를 받고 비밀리에 창조의 술까지 하사받은 자이니 당연할 터.

"백호의 꿈을 꾼 건가?"

청룡의 몸이 굳었다. 어찌 그가 알고 있는 것인가란 의문이 머리를 스치기도 전에 기린은 자신의 바로 눈앞에 다가와 있었다.

"…어떻게 알았지?"

"그리 험하게 잠꼬대를 해놓고서도 모르기를 바랐는가?"

백호의 꿈을 꾼 날은 어쩐지 기린과 마주치기가 서먹했다. 그가 그 주박을 풀어준 때 이후로도 꽤 시간이 흘렀지만 어쩐지 기린에게 적응을 할 수가 없었다. 그것은 백호에 대한 죄책감인지, 혹은 까닭은 어찌 됐든 자신에게 백호를 죽이게 한 장본인이라는 사실 때문인지는 아직 결론짓지 못했지만 불편한 것은 사실이다.

"……!"

몸이 뒤로 넘어가는 것 같은 느낌이 든 순간 젖은 등에 딱딱한 침상의 감촉이 닿아왔다.

"백호의 꿈 따위… 꾸지 마라. 그 누구의 꿈도 꾸지 마……!"

자신의 팔을 잡아 누르며 쥐어짜듯이 내뱉는 기린의 목소리는 가라
앉아 있었다. 청룡은 한숨을 내쉬며 자신을 바로 위에서 내려다보고
있는 기린을 향해 질렸다는 목소리로 화답했다.

"꿈도 마음대로 골라서 꿀 수 있는 방법이 있으면 가르쳐 주지 그래.
나 역시 매일 밤 이런 꿈에 시달리기 싫으니……."

자신의 팔목을 잡아 누른 기린의 손에 힘이 들어갔는지 쥐어지는 힘
이 상당했다. 어차피 주술을 써봤자 자신이 당해낼 상대도 아니고 그
렇다고 물리적인 힘이 통하는 상대도 아니었다. 기린의 얼굴에는 계속
해서 그에게 악몽을 꾸게 했다는 죄책감과 다른 이가 나타나는 꿈조차
꾸지 못하게 하겠다는 질투심이 뒤섞여 있었다. 몇 안 되는 신수 중 하
나이면서 이런 점만은 어린애와 다를 바 없는 모양이었다.

"…훼영……."

"무거워."

언젠가부터 그는 자신을 옛 창룡가에서의 이름으로 부르고 있었다.
아청이라 불리는 것보다야 나았지만… 어쨌거나 훼영이라 불리면 왠
지 모르게 불편했다.

청룡은 자신의 위에 올라탄 그의 몸이 무겁다는 의미로 비키란 소리
를 빙 둘러 말했지만 상대는 별로 그럴 생각이 없는 모양이었다.

"역시 기억을 소거시킬 것을 그랬군……."

"…그런 짓을 했다가는 나 역시 너를 영원히 상대치 않을 거다. 날
죽이든 내 힘을 속박하든."

그제야 기린은 손아귀 힘을 풀고 몸을 일으켜 세웠다. 청룡은 얼얼
한 손목을 주무르며 침상에서 일어났다.

"오늘은 무슨 일로 내 거처까지 온 게냐?"

"내가 이곳에 오면 안 될 이유라도 있나?"

기린이 손가락을 튕기자 청룡의 침의가 순식간에 언제나 입었던 청색의 장포로 변했다. 창조의 술을 이런 데다가 남용하는 자가 있다는 것을 알면 다른 신수나 선인들이 어떤 표정을 지을까 심히 궁금해졌다.

"창조의 술은 옷 지으라고 있는 게 아닌 것을. 다른 일에 써보는 게 어떠한가?"

휘장이 걷혀진 방은 제법 볕이 들고 있었다. 청룡이 자리에서 일어나 문 쪽으로 걸어가자 기린 역시 몸을 일으켜 그 뒤를 따랐다.

"어딜 가는 거야?"

"그저 바람을 쐬려는 것뿐이다."

제발 일이 생겨서 기린이 집무실로 돌아가 주길 절실히 바랐다. 하나 자신이 걷는 대로 바로 뒤에서 따라오고 있었다.

"훼영."

"말해."

자신은 언제부터 그에게 말을 놓게 되었을까… 청룡은 애써 잡념을 떠올리며 귀에 애절하게 닿아오는 기린의 음성을 애써 무시했다. 그의 마음은 알고 있었다. 자신에게 보이는 독점욕 역시 집착의 수준이란 것도 알고 있었다. 그리고 그는… 백호를 자신의 손으로 죽이게 만든 장본인이었다. 수백 번 되뇌고, 오죽하면 자신이 기린을 증오하게 되기를 바랐다. 하나, 도저히 그를 미워할 수 없었다. 창조의 술마저 손에 넣었고 맘만 먹는다면 천제의 비호 아래 무소불위(無所不爲)의 권력을 휘두를 수도 있지만 왠지 모르게 불안스러웠다. 겉이야 어떻든 속은 마치 어린아이와 다를 바 없고 유약하다는 것을 깨달은 것은 최근이었지만… 솔직히 말하자면 그를 볼 때마다 혼란스럽다.

"……!"

그에게 손을 붙잡혔다 싶었더니 이내 벽으로 밀어붙여졌다. 청룡은 있는 힘을 다해 뇌전의 기운을 불러 모아 그의 앞에서 터뜨려 버렸다. 그제야 자신에게서 슬금슬금 물러났지만 눈에는 불만스러운 기색이 가득하다.

"이목을 생각해……! 도대체 이 천궁에 몇 개의 이목이 모여 있다고 생각하는 거야? 다시 한 번 이러면……."

청룡은 말을 하려다 멈추었다. 저편에서 두 개의 인기척이 감지되었기 때문이다. 기린 역시 그것을 알아차린 듯 얼굴에서 불만스런 표정을 거두었다.

"흑록이 아니신가? 백한까지 함께… 산책이라도 즐기고 있었던 것인가?"

두 인기척은 다름 아닌 흑록과 백한이었다. 언제나 다정한 두 영수의 모습은 천궁에서도 큰 화젯거리가 아닐 수 없었다. 화만으로 머리를 감싸 올린 백한은 빙그레 웃으며 뒤쪽의 기린에게도 인사를 건넸다.

"기린님이 아니신지요. 오랜만에 뵙사옵니다."

조용히 고개를 숙여 보이자 백한의 머리에서 화만이 소리없이 흔들리며 미묘한 향내를 퍼뜨린다. 기린 역시 정평이 나 있는 그 특유의 미소로 화답하며 인사를 받았다.

"여전히 사이가 좋아 보이시오."

문득 청룡의 머리 속으로 스쳐 지나가는 생각이 있었다. 가정일 뿐이지만 자신 역시 흑록과 백한처럼 그런 누군가를 만든다면… 기린도 자신을 포기하지 않을까 하는 것이었다. 처음에야 길길이 날뛸지도 모르겠지만 자신의 태도만 완강하다면 포기할지도 모를 일이었다. 그것은… 후에 천계에 파란을 몰고 올 청룡이 뿌리는 엄청난 염문(艶聞)의 시작이 되는 일임을 지금은 그 자신 역시도 깨닫지 못했다.

『6권으로 이어집니다』